DALE MAYER

Des Bijoux dans la Genièvre

Jolis Jardins Maudits 10

Des bijoux dans la genièvre : Jolis Jardins Maudits, tome 10
Beverly Dale Mayer
Valley Publishing Ltd.
Traduit de l'anglais par Marie-Camille Brault et Valentin Translation.

Il s'agit d'une œuvre de fiction. Les noms, les personnages, les lieux, les marques, les médias et les incidents mentionnés sont le produit de l'imagination de l'auteur ou utilisés de manière fictive. Toute ressemblance avec des événements, des lieux ou des personnes, existant ou ayant existé, est entièrement fortuite.

ISBN-13 : 978-1-773366-44-9
Format Print

Résumé du livre

Un nouveau polar « cozy mystery », par Dale Mayer, auteure de best-sellers au classement du USA Today. Suivez les aventures de Doreen Montgomery, jardinière et détective en herbe, et de ses adorables assistants (un chat, un chien et un perroquet) dans leurs enquêtes criminelles dans la jolie ville de Kelowna au Canada.

Du luxe à la misère… Le chaos continue… Les souvenirs s'estompent… mais pas pour tout le monde !

Le problème, avec la notoriété, ce sont les attentes démesurées. Quand la mère de Mack, Millicent Moreau, fait appel à Doreen pour un petit problème qu'elle cache depuis des décennies, elle se sent obligée de l'aider. Après tout, ça ne peut pas faire de mal ! Dans le pire des cas ? Ça agacera un peu Mack, mais elle commence à en avoir l'habitude.

Or quand il s'avère que le « petit problème » de Millicent implique un mariage raté, un sac de bijoux provenant d'une bijouterie rasée par un mystérieux incendie des décennies plus tôt, une éventuelle fraude à l'assurance et peut-être même un meurtre… Doreen est forcée de reconnaître qu'elle s'est encore fourrée dans un beau pétrin.

Avec son fidèle trio à fourrure et à plumes, elle déterre cette vieille affaire pour découvrir qu'elle est en réalité bien plus actuelle qu'il n'y paraît.

Prologue

Vendredi matin…

CELA FAISAIT DEUX jours que Doreen s'était rendue chez Ed Burns. Elle avait fait profil bas et était restée discrète depuis lors. C'était vendredi matin, et elle était de retour chez Millicent. Celle-ci n'avait pas cessé de parler depuis que Doreen était arrivée pour désherber, mais cela lui convenait. Doreen était plus qu'heureuse de l'écouter se remémorer le drame familial de Jude et Ed Burns, puis celui de Frank et Fred Darbunkle.

— Ma chère, vous êtes une véritable prodige, déclara Millicent.

— Pas du tout, répliqua Doreen. Qui aurait cru que je découvrirais tout ça simplement en trouvant un pic à glace dans le lierre ?

Millicent gloussa.

— Vous ai-je déjà parlé des bijoux que j'ai trouvés ?

Doreen se redressa.

— Des bijoux ? Où ?

— Ils étaient dans le genévrier, répondit Millicent. C'était il y a bien des années. Je n'ai jamais retrouvé leur propriétaire.

— Avez-vous demandé à Mack de le découvrir ?

— Mack n'était même pas policier à l'époque. Je ne crois pas lui en avoir parlé depuis qu'il a rejoint les forces de l'ordre, maintenant que j'y pense, s'interrogea Millicent en fronçant les sourcils. Vous savez quoi ? Je vais voir si je peux les trouver.

— Surtout si vous voulez savoir à qui ils appartiennent, affirma Doreen. Cela pourrait prendre du temps pour retrouver les propriétaires.

Millicent regarda Doreen et sourit.

— Pas avec vous, ma chère. Vous êtes si rapide. Je vais y jeter un coup d'œil, car je veux que vous ayez les bijoux, et je veux que vous découvriez à qui ils appartiennent.

— Oh, mais… commença Doreen.

Mais, il était trop tard. Millicent était déjà partie.

Doreen gloussa. Apparemment, une nouvelle affaire non résolue venait de se présenter à elle.

Chapitre 1

Vendredi, fin de matinée…

DOREEN RENTRA LENTEMENT chez elle, avec ses trois animaux à ses côtés. Elle venait de quitter une Millicent déconcertée, qui n'avait pas retrouvé les bijoux dont elle avait parlé. Doreen ne savait pas si la mère de Mack était sérieuse à propos de cette histoire ou si sa mémoire commençait à lui faire défaut et qu'elle imaginait peut-être tout cela. Doreen ne l'espérait pas, car cela semblait être un nouveau mystère amusant et probablement quelque chose de complètement inoffensif. Elle commençait à en avoir assez d'être la cible d'attaques durant ces missions. D'un autre côté, Mack n'aimerait pas que sa mère soit impliquée dans l'une des affaires de Doreen.

Lorsque celle-ci et ses animaux eurent atteint le ruisseau, elle se retourna et vit Goliath qui était à la traîne. Elle s'accroupit et l'appela à elle. Il s'étira en la regardant. Doreen sourit en passant un bras autour de lui, puis souleva le gros chat Maine coon roux et continua son chemin au bord du ruisseau. Goliath était clairement satisfait d'être porté. Ce fut alors que Thaddeus décida qu'il le souhaitait également.

Thaddeus perché sur son épaule, fixait Goliath, visiblement peu impressionné de devoir partager l'amour et l'attention de Doreen. Elle leva une main et caressa l'oiseau.

— Tout va bien, Thaddeus.

Il lui chanta à l'oreille, frottant doucement sa tête contre la sienne. Puis le chat fit de même, avec un peu plus de force, ce qui était sa façon de lui montrer qu'il l'aimait aussi.

Mugs en prit conscience, mais était clairement assuré de l'amour de sa maîtresse pour lui, car il sembla leur sourire. Elle gloussa et, les bras chargés, continua à se diriger vers sa maison. La rivière avait monté, mais Doreen n'était pas au courant des détails des fluctuations du niveau de l'eau. Elle savait qu'elle montait parfois avec l'eau qui descendait des montagnes – avec les niveaux les plus élevés aux petites heures du matin – puis qu'elle se retirait et parfois remontait, selon la température et la fonte des neiges. Mais maintenant, le niveau était visiblement plus élevé, et le son de la rivière qui clapotait à côté d'elle était charmant.

Bien qu'elle fut nommée Mission Creek, elle avait plus la taille d'une rivière, et il était hors de question qu'elle essaie de la traverser maintenant. Avec la force et le débit de l'eau, elle doutait qu'elle y parvienne sans être emportée vers le lac.

Cette pensée lui rappela une autre affaire sur laquelle elle avait travaillé, où un petit garçon et un homme à tout faire avaient disparu. Elle était reconnaissante d'avoir réussi à retrouver leurs corps dans le lac et d'avoir permis aux familles de tourner la page.

Elle ne voulait pas penser au scénario du pic à glace qu'elle venait de vivre. Elle voulait profiter de ces journées pour jardiner, rendre visite à sa grand-mère et peut-être trouver une librairie d'occasion pour remplacer la bibliothèque, afin de ne plus subir l'œil inquisiteur de la bibliothécaire de nuit. De retour dans son quartier, elle posa

Goliath dès qu'elle fut arrivée au coin de la rue.

— Tu peux marcher le reste du chemin, Bouboule.

Mugs aboya devant Goliath, puis courut un instant avant de ralentir, puis de poser son gros museau sur le chemin pour renifler.

Doreen s'arrêta et aperçut des planches neuves empilées sur le sol près de sa maison. Elle fronça les sourcils et se dirigea vers le côté de la maison le plus proche de son voisin, Richard de Genaro. Tout était encore là : les gros parpaings et les poutres que Mack et elle avaient empilés là, mais un tas de planches de cinq par dix avait été ajouté.

Alors qu'elle continuait vers l'avant de la maison, elle entendit du fracas. C'était Arnold, le policier plus âgé que Doreen avait rencontré lors de son premier jour ici, qui livrait les planches de bois.

— Hé, Arnold. Vous en avez en trop ?

— Bien sûr. Ma femme m'a demandé de nettoyer cette remise, répondit-il. Je ne sais pas combien peuvent être utilisées, mais Mack m'a dit de tout apporter et qu'il se chargerait de se débarrasser de ce dont vous n'avez pas besoin par la suite.

Il lui fit un sourire.

— Meilleur marché à ce jour. Je peux économiser dix dollars en ne le portant pas à la déchèterie.

— Bien, dit Doreen, en regardant le bois. Et avec un peu de chance, nous trouverons une utilité à chacune d'entre elles.

Puis le policier sortit deux très longues et grosses planches.

— Wouah, c'est pour quoi faire ?

— Elles sont parfaites pour les limons d'escalier, expliqua-t-il, en fonction du nombre de marches que vous allez découper.

Elle hocha la tête comme si elle savait ce que cela signifiait, bien que cela n'ait aucun sens pour elle. Quelle idée de limer des escaliers ? Les gens préféraient le solide. Mais en étudiant les planches, Doreen s'aperçut qu'elles avaient l'air plutôt solides, avec une épaisseur entre quatre et cinq centimètres. Et elles étaient vraiment longues. Elle ne savait pas quelle longueur avec certitude. Mais elle était quand même contente de les avoir.

— Savez-vous combien elles mesurent ?

— Environ un mètre quarante chacune, répondit-il, et j'en ai quatre.

— Que faisiez-vous avec ?

— J'étais censé construire des marches sur la terrasse, mais ma femme a changé d'avis et voulait une balustrade tout autour.

Puis Doreen tilta.

— J'ai compris. C'est à ça que ça sert, les marches pour ma terrasse.

— Ça vous coûtera un peu plus d'argent, ajouta-t-il, mais, si vous trouvez quelques pièces supplémentaires, vous vous en sortirez bien.

— Je l'espère bien, dit-elle. Je suis encore en train de réfléchir à ce que je vais mettre dessus.

— Eh bien, si vous prenez ces planches, vous n'aurez pas à l'entretenir ou à le repeindre tous les dix ans. Mais les terrasses en bois sont beaucoup plus belles. On met du bois et on se dit qu'on peut le peindre une fois. Après, ce sera le problème de quelqu'un d'autre, dit Arnold avec un rire rauque.

— Je pense que le bois fera l'affaire pour l'instant, dit Doreen en souriant.

Mais elle ne savait pas pourquoi il lui apporterait du mauvais bois. Les poutres étaient… eh bien… vertes. Elles étaient censées l'être ?

— Et, bien sûr, nous avons pratiquement utilisé toutes les balustrades que nous avions, dit-il. Il me reste peut-être quelques rails métalliques, mais pas beaucoup à mon avis.

— Je vais en parler à Mack et voir ce qu'il en pense.

En laissant tomber la dernière poutre sur le sol, Arnold dit :

— Vous savez quoi. Je lui en parlerai la prochaine fois que je serai au bureau.

— Vous ne travaillez pas aujourd'hui ?

— Non. J'ai pris ma journée. Ma femme a prévu de faire venir la famille ce week-end, dit-il avec une grimace. Elle voulait que je me débarrasse de tous ces trucs d'abord.

Doreen sourit en entendant sa réponse.

— Vous n'aimez pas les listes élaborées par votre femme ?

— Non, pas du tout, rétorqua Arnold en lui lançant un regard noir.

Sur ce, il se dirigea à l'arrière de son pick-up, ferma le hayon, puis la salua brièvement de la main avant de sauter dans son véhicule et de partir.

Ravie, Doreen se précipita à nouveau vers la pile de matériaux ; elle était beaucoup plus fournie. Non seulement cela, mais des planches qu'elle n'avait pas vu être livrées étaient empilées devant elle. La contribution de quelqu'un d'autre. Elle sortit son téléphone et se mit à parler dès que Mack décrocha.

— Arnold vient juste de passer, il a livré des limons d'escalier et des planches de cinq par dix.

— Parfait, dit-il. Comment est le bois ?

— Il ressemble à du bois ? hésita-t-elle. Un peu vert. Je ne comprends pas pourquoi on m'apporterait du mauvais bois.

— Du mauvais bois ?

— C'est vert, répéta-t-elle, comme si cela était une explication suffisante.

Mack explosa de rire à l'autre bout du fil. Elle fusilla son téléphone du regard.

— Tu recommences, le mit-elle en garde.

— Quoi ? s'enquit-il entre deux rires.

— Tu te moques de moi.

— Je ris avec toi.

— Sauf que je ne ris pas, et que je ne vois rien de drôle qui puisse me faire rire.

Elle regarda autour d'elle, cherchant d'autres morceaux de bois verts.

— Le vert signifie qu'il est traité, continua-t-il.

— Traité comment ? interrogea-t-elle. Avec respect ?

Le policier repartit dans de grands éclats de rire.

— Non. Traité pour qu'il ne pourrisse pas.

— Oh, souffla-t-elle. Évidemment, ils ne voulaient pas que le bois pourrisse. Mais alors pourquoi les cinq par dix n'ont-elles pas été traitées aussi ?

— Parce qu'une fois que tout sera en place, il sera difficile de voir ces limons parce qu'ils seront surmontés de marches.

Elle étudia les planches et hocha la tête, même si elle était totalement confuse.

— Bien, déclara-t-elle avant de durcir sa voix. Tant que tu sais ce que tu fais. Est-ce que la terrasse sera verte ?

— On peut se procurer des planches traitées en brun aussi, proposa-t-il. Tout dépend de ce que tu veux faire.

Nous pouvons poser des lames de terrasse sur le dessus, et elles auront l'apparence du bois naturel. Il faudra alors les vernir ou les recouvrir d'un autre produit de conservation. Ou nous pouvons nous procurer des lames déjà traitées qui ont un aspect plus naturel.

— J'aimerais que ce soit plus naturel.

— Nous n'en sommes pas encore là.

— Non, mais on reçoit beaucoup de bois, répliqua-t-elle, surprise. Arnold a apporté quatre de ces planches de limon.

— C'est génial, s'exclama Mack. On pourra faire un escalier avec des contremarches grâce à toutes ces planches.

— Des contremarches ?

— Imagine que nous allons tailler des triangles sur chacune des planches et poser des marches dessus, expliqua-t-il. Il en faut donc plusieurs. Mais, nous pouvons aussi faire sans sur toute la longueur de la terrasse, alors nous devrons espacer ces limons d'un mètre, ou peut-être un mètre vingt, et tu pourras ensuite poser de longues planches tout le long des marches.

Doreen opina du chef, mais elle n'avait aucune idée de ce qu'il voulait dire par « tailler des triangles ». Cependant, elle lui avait donné assez de raisons de rire pour la journée.

— Alors, de quoi d'autre avons-nous besoin ?

— Des lames de terrasse, répondit-il, et des balustrades, puis la quincaillerie pour assembler le tout.

— D'accord, et les balustrades sont plutôt chères, n'est-ce pas ?

— En effet, ce qui est une autre raison d'envisager de faire simplement des marches tout autour.

Elle contourna la future terrasse.

— Notamment si nous avons déjà quatre limons en

notre possession.

— Je ne suis pas sûr que ce sera suffisant pour l'instant, prévint Mack.

— OK. Dès que tu en auras l'occasion, tu pourras passer, jeter un coup d'œil, et voir ce dont nous pourrions avoir besoin d'autre.

— Je discutais avec un des gars du bureau. Il a une bonne partie des fixations et de la quincaillerie. Il a terminé sa terrasse, et il lui reste encore beaucoup de vis, donc j'espérais récupérer son surplus.

Doreen sourit de plaisir.

— Wouah, c'est une sacrée opération que tu as mise en place.

— Tout le monde a de la quincaillerie en trop après ces projets, déclara-t-il. L'astuce est de s'assurer de prendre le nécessaire en quantité suffisante.

— D'accord, mais, si les lames de la terrasse sont de différentes sortes et couleurs, il y a de fortes chances que la terrasse ne soit pas faite d'un seul type de lame, n'est-ce pas ?

— Pas forcément, répondit-il joyeusement. Il s'agit de voir si nous pouvons en trouver suffisamment, et si ce n'est pas le cas, il faudra mettre la main au porte-monnaie.

— Bien, grimaça-t-elle en entendant le bruit de la caisse enregistreuse dans sa tête.

— Mais, après avoir rassemblé tous ces restes de quincaillerie, je suis quasiment certain que nous pourrons obtenir un devis d'environ mille dollars pour compléter.

— Sérieusement ? s'illumina Doreen.

— Ouaip. Je passerai jeter un coup d'œil, mais pas aujourd'hui.

Le policier accompagna sa déclaration d'un lourd soupir.

— Nous sommes un peu occupés avec la paperasse et les

interrogatoires avec diverses personnes.

— Désolée pour tout ce travail supplémentaire, s'excusa-t-elle d'une voix enjouée. Contrairement à toi, je peux laisser tomber maintenant.

— N'est-ce pas… grogna-t-il. D'un autre côté, on ne peut pas trop se plaindre, car tu nous aides à résoudre toutes ces affaires.

— Tu sais, je me demande ce que vous avez fabriqué pendant ces deux dernières décennies, déclara-t-elle d'un ton doucereux. Étant donné mon arrivée récente et le nombre d'affaires que nous avons clôturés…

— Nous ne sommes pas restés les bras croisés. Crois-moi. Nous avons entendu de nombreuses blagues sur le manque d'efforts de la police sur certaines de ces affaires. Et c'est loin d'être équitable, car tu ne travailles que sur une seule affaire à la fois, alors que nous avons des tonnes d'affaires en cours.

Doreen grimaça.

— Tu as raison. Ce n'est pas juste, et je sais que vous feriez comme moi, si vous aviez de la main-d'œuvre en plus.

— Si nous avions de la main-d'œuvre en plus, répéta-t-il, nous pourrions faire toutes sortes de choses.

Elle entendait la fatigue et la frustration dans sa voix et savait que ce n'était pas juste de l'encourager. Elle le faisait seulement parce qu'il s'était moqué d'elle quelques minutes plus tôt. Et puis, elle avait toujours envie de poser des questions sur les limons et la terrasse, mais elle convint que ce n'était pas à son avantage.

— Nous parlions d'un dîner, continua-t-elle prudemment.

— Je ne peux pas ce soir, répondit Mack avec regret. J'aurai de la chance si je sors du bureau aujourd'hui.

— Tu ne dors pas là-bas, j'espère ?

— Ce ne sera pas la première fois, même si, en général, je fais plutôt des siestes dans mon fauteuil. Ensuite, je me lève et je marche un peu, pour me vider la tête.

— Tu ferais mieux de rentrer chez toi, de dormir au moins quatre heures et de revenir frais et reposé, dit-elle, avec juste assez d'autorité dans la voix pour le faire glousser.

— Qu'est-ce que tu racontes ? Tu t'inquiètes pour moi ? Et quand es-tu devenue une telle experte en nuits blanches d'ailleurs ?

— Eh bien, c'était ma vie d'avant, dit-elle. Non pas que je travaillais, mais je restais éveillée et je m'inquiétais.

— Tu t'inquiétais pour quoi ?

— Mon avenir, mon mariage, l'absence d'enfants, ce que je faisais de ma vie, et comment je me suis retrouvée dans un mariage sans amour, pour commencer.

— Désolé.

Une note de surprise tintait sa voix.

— Je ne m'attendais pas à faire remonter de mauvais souvenirs.

— Non, je le sais bien. Je me disais que j'avais besoin de parler à ton frère, puisque ma deuxième chute à travers mon petit pont a annulé notre première rencontre.

— Bien, dit-il avec une grande satisfaction. Je vais arranger ça.

— Parfait, et il vaudrait mieux que ce soit bientôt, sinon je regretterai d'en avoir parlé.

— Je l'appelle tout de suite, ajouta Mack avec un petit rire. Je te tiens au courant.

— Merci. J'ai certaines choses sur lesquelles je dois travailler aujourd'hui.

— Travailler ?

— Oui, travailler, répéta Doreen. Rien à voir avec les pics à glace ou d'autres affaires.

— Bien. Que dirais-tu de travailler dans ton jardin et de nous laisser le reste de ce travail criminel ?

— Naturellement, comme apparemment tu as un tas de choses à faire concernant tes affaires criminelles, répliqua-t-elle avec une certaine légèreté, peut-être que je vais jardiner.

Mack ricana et raccrocha.

Doreen sourit malicieusement et regarda son téléphone, en pensant à quel point elle aimait lui parler. Elle posa le téléphone sur le comptoir, puis mit la cafetière à chauffer et dit à ses animaux :

— Vous savez quoi ? C'est l'heure du déjeuner.

Elle s'ennuyait et était agitée, mais en même temps, elle était heureuse. Elle avait terminé sa journée de travail chez Millicent, et Mack lui devait encore de l'argent pour son jardinage. Millicent avait perturbé Doreen avec l'idée d'une nouvelle affaire, mais elle était heureuse de mettre tout cela de côté et de se reposer un peu.

Peut-être qu'aller dans une librairie d'occasion serait une bonne idée. Elle adorerait se procurer un tas de livres, puis revenir et se détendre sur sa terrasse. En parlant de sa terrasse… peut-être qu'elle devrait indiquer les matériaux récupérés sur sa liste, pour savoir ce qu'elle devait acheter. Ou peut-être que c'était vraiment le moment de ne rien faire et de se détendre. Elle pourrait rendre visite à Nan.

Elle s'appuya contre le plan de travail en songeant à son après-midi. Un vendredi ensoleillé ne pouvait annoncer qu'une bonne journée.

Dès que le café fut prêt, elle prit une tasse et se dirigea vers la table de la cuisine, puis posa sa boisson, car elle était trop chaude pour être bue. Elle regarda les papiers et les dossiers dans la petite pièce et attrapa le panier de coupures de journaux.

Bob Small. Elle parcourut les coupures de presse. Elle n'avait encore rien fait pour ce tueur en série. Elle ne voulait pas penser que cela pouvait attendre, mais c'était un gros projet, et elle devait être au mieux de sa forme pour trouver les indices. Et apparemment, il était soupçonné d'avoir tué plus d'une dizaine de personnes, donc elle ne voulait pas se lancer dans quelque chose d'aussi horrible sans un nouveau bloc-notes et un cerveau en état de fonctionnement. Pour l'instant, elle avait l'impression que celui-ci était en veilleuse, ronronnant sans rien faire d'utile.

Sa tasse de café à la main, elle prit sa liste de matériaux pour la terrasse dans l'autre, sortit et nota ce qu'elle possédait déjà comme matériel par rapport à ce dont elle aurait besoin. En étudiant sa liste, elle constata qu'elle n'avait pas encore la moitié des matériaux, mais qu'elle en avait déjà un bon tiers. Ce qui signifiait que le coût, selon ses calculs, avoisinerait probablement les 1700 $ à présent. Cela se rapprochait un peu plus de la réalité.

Les lames de la terrasse allaient coûter cher, et il lui fallait encore quelques traverses. Et, bien sûr, la balustrade représentait un coût astronomique. Les marches palliaient au besoin d'une balustrade. Elle en construirait quand même une sur un côté de la maison pour Nan, au cas où elle en aurait besoin pour monter et descendre dans les années à venir. Sur ce, Doreen rentra, et jeta le bloc de papier sur la table de la cuisine. Puis elle retourna à l'extérieur, s'assit au bord de la terrasse et fixa le jardin.

Doreen regrettait déjà d'avoir dit à Mack qu'elle était d'accord pour qu'il contacte son frère dans le but d'organiser une rencontre. Quelque chose qu'elle ne voulait pas affronter allait remonter à la surface. Mais elle avait encore tellement de colère et d'indignation envers son mari, bientôt ex-mari, de l'avoir traitée comme il l'avait fait. Et encore plus envers l'avocate qu'elle avait engagée pour son divorce. Même si Doreen n'obtenait rien de son mari, ce qui était moins important maintenant qu'elle était susceptible d'obtenir beaucoup d'argent de la vente aux enchères des antiquités de Nan, elle considérait que son avocate ne devait pas s'en tirer après ce qu'elle avait fait. Ce n'était pas juste. Mais tout le monde ne voyait pas la vie comme Doreen. Et c'était un peu difficile d'amener les gens à comprendre son point de vue aussi.

Pourtant, suffisamment de temps s'était écoulé pour qu'elle puisse regarder son mariage et son divorce avec un peu plus d'objectivité et voir à quel point elle avait été idiote. Elle avait été tellement cloîtrée dans son monde que, lorsque le moment était venu pour son mari et son avocate d'élaborer leurs petites manigances, Doreen ne l'avait pas vu venir.

Ce fut alors que Thaddeus s'approcha d'elle, sauta sur son genou et la regarda fixement, la tête inclinée.

— Qu'est-ce qu'il y a, mon pote ?

Il inclina sa tête de l'autre côté, la regarda à nouveau, puis inclina encore une fois sa tête dans l'autre sens.

— Ne t'inquiète pas pour moi, mon chou, dit-elle en souriant, puis elle tendit la main et effleura doucement les plumes de son cou et de son dos. Tout va très bien.

— Thaddeus est là, dit-il doucement. Thaddeus est là.

Le téléphone de Doreen sonna, mais elle ne reconnut pas le numéro.

— Allô ?

— Doreen, c'est Millicent, annonça la mère de Mack. J'ai trouvé les bijoux.

La jeune femme se redressa.

— Vraiment ?

— Oui, répondit son interlocutrice, d'un ton excité. Voulez-vous venir jeter un coup d'œil ?

— Bien sûr que oui ! Nous sommes en route.

Doreen se baissa et prit Thaddeus pour le mettre sur son épaule.

— Allez, mon grand. Allons faire une autre promenade.

Quand il l'entendit dire « promenade », Mugs bondit. Elle attacha sa laisse, juste au cas où, et ils marchèrent tous les quatre jusqu'à la maison de Millicent. Ce n'était pas si loin, et maintenant elle avait une raison de revenir, et ce n'était pas pour jardiner.

Alors qu'elle s'approchait de la porte d'entrée, Millicent l'ouvrit et dit :

— Entrez. Entrez.

— Vous avez bien dit que vous n'en avez jamais parlé à Mack, n'est-ce pas ?

— Je ne crois pas, mais honnêtement, je ne m'en souviens pas. C'est aussi pour ça que j'ai eu tant de mal à trouver où je les avais gardés pendant toutes ces années.

— Où les avez-vous trouvés exactement ?

— Nous avions un grand genévrier devant la maison.

Millicent s'approcha de la fenêtre du salon et pointa du doigt l'angle de la propriété située entre la sienne et la propriété voisine.

— Il y en avait un très gros. Un jour, il y a eu une tempête, et le sommet s'est fendu net, tout comme le tronc. Nous l'avons donc coupé, mais il restait une grosse souche. Nous l'avons laissé ainsi pendant longtemps. Bien sûr, de temps en temps, nous creusions dans le tronc et essayions de le faire pourrir, et ça a fini par marcher.

Mais nous avons quand même dû y mettre du nôtre pour faire sortir le reste. Cela dérangeait vraiment mon mari et, un jour, lorsque les employés de la ville étaient dans le coin pour effectuer des travaux avec des équipements, nous avons demandé à l'un d'entre eux de frapper la souche à plusieurs reprises avec sa machine, afin que nous puissions l'arracher au niveau des racines. Il a fait ce que nous lui avons demandé et, après leur départ, nous avons passé le week-end à la détruire. Et c'est là que j'ai trouvé ce sac minuscule.

Tout en continuant de parler, elle brandit un très vieux sac en velours délavé vert foncé.

Doreen tendit la main pour l'attraper.

— Wouah, s'exclama-t-elle. C'est une pochette à bijoux, n'est-ce pas ?

— C'est exactement ce que je pensais, acquiesça Millicent, en ouvrant la voie en direction de la cuisine. J'ai d'ailleurs écrit quelques notes dans mon journal à ce sujet.

Elle feuilletait l'un des journaux que Doreen avait déjà vus.

— Tenez. J'ai juste inscrit BG parce que je ne voulais pas que quelqu'un pense que nous avions des bijoux ici sur la propriété.

— Bien sûr. Mack n'était pas très âgé à l'époque, si ?

— Il n'était qu'un nourrisson. Mon mari et moi avons discuté de ce qu'il fallait faire, mais nous nous sommes contentés de ranger la petite pochette, en pensant que la bonne solution nous viendrait. Nous n'avions aucun moyen d'identifier à qui ils appartenaient, mais nous avons essayé, et la police aussi. Lorsque les bijoux n'ont pas été réclamés dans le délai imparti, la police nous les a rendus. Pourtant, en même temps, nous n'avions pas vraiment l'impression d'avoir un droit sur eux, alors ils ont fini par rester là.

Doreen versa soigneusement les bijoux dans le creux de sa main.

— Ils sont magnifiques, s'émerveilla-t-elle. Les pierres précieuses sont parfaitement taillées.

Elle prit une pierre verte et la tint dans la lumière. Elle scintillait et étincelait d'une couleur absolument splendide.

— Les avez-vous fait estimer ?

— Non, répondit Millicent en s'asseyant à côté d'elle. Nous avons ressenti quelque chose d'important à leur sujet, mais nous ne savions pas quoi en faire, alors nous les avons gardés.

— À votre avis, qu'est-ce que Mack va en penser ? demanda Doreen.

Millicent grimaça.

— Je peux gérer mon garçon. Il va être bouleversé. Il sera encore plus contrarié que je ne lui aie pas dit il y a longtemps, et je répondrai simplement que ça ne m'est jamais venu à l'esprit. Honnêtement, j'avais oublié jusqu'à ce que vous parliez de votre histoire de pic à glace et de lierre.

— Et puis, bien sûr, vous avez pensé, « des gemmes dans le genévrier », et vous vous êtes souvenus de ça.

— Exactement. Et, comme je l'ai dit, je veux que vous retrouviez leur propriétaire. Ils ne sont pas à moi. C'est certain.

— Donc vous les avez juste gardés ?

— On s'est dit qu'on allait les garder, en attendant de trouver le vrai propriétaire. Parce que nous ne savions pas quoi faire d'autre.

— Vous auriez pu les vendre, dit Doreen avec douceur.

Elle ne savait rien de leur situation financière, mais ils n'étaient manifestement pas riches, contrairement au futur ex-mari de Doreen. Il les aurait fait estimer et vendus en un clin d'œil.

— Non, ce n'était pas vraiment notre truc, répondit la vieille dame. Ils n'étaient pas à nous.

— Vous n'avez jamais pensé à les donner à Mack ?

— Honnêtement, nous les avons rangés et oubliés, admit-elle.

— Bien. Je vais m'y mettre. Même si je ne sais pas où ni comment commencer.

— Je vous les donne, ajouta Millicent. Et vous pourrez trouver à qui ils appartiennent.

— Et si je n'y arrive pas ?

Millicent leva les yeux vers Doreen, et celle-ci put voir le tremblement de sa lèvre inférieure.

— Cela m'a toujours dérangé de ne pas savoir, dit Millicent, alors j'espère que vous pourrez y arriver.

— Si ce n'est pas le cas, je vous les rendrai. Ça vous convient ? proposa Doreen.

La mère de Mack secoua la tête. Elle renferma les bijoux dans la main de Doreen.

— Non, vous en avez besoin. Personne ne vous donne rien pour toute l'aide que vous avez apportée à cette ville. Je n'ai pas besoin des bijoux. Mack n'a pas besoin des bijoux.

— Je n'en suis pas si sûre, dit Doreen. Ils pourraient valoir des dizaines de milliers de dollars.

Millicent haussa les sourcils, puis écarquilla les yeux avant de secouer la tête.

— Ils ne sont pas à nous, et c'est là l'essentiel. Ils ne sont pas à moi, et je n'ai pas l'impression d'avoir le droit de les garder.

— Je vais voir ce que je peux faire, mais vous ne m'avez pas donné beaucoup d'éléments pour avancer.

— En effet.

Millicent fixa les bijoux, comme si elle était hypnotisée.

— Honnêtement, je ne sais pas quoi dire.

— Avez-vous une copie du rapport qui dit que vous les avez remis à la police, par hasard ? demanda Doreen avec espoir.

Millicent la regarda avec surprise, puis secoua la tête de nouveau.

— Non. Je ne sais pas si Mack peut accéder à quelque chose comme ça.

— Trop de temps a passé, conclut Doreen, malheureusement.

Chapitre 2

Vendredi après-midi…

DE RETOUR CHEZ elle avec le précieux petit sac posé sur la table de la cuisine, Doreen avait une bonne raison d'enclencher à nouveau son système de sécurité. Qu'elle n'avait jamais cessé d'utiliser d'ailleurs, car il y avait eu assez de problèmes dans cette maison pour qu'elle ne trouve pas la paix sans lui. Mais c'était un système de fortune, de la seconde main en quelque sorte. Mack le laisserait en place jusqu'à ce qu'elle ait assez d'argent pour en installer un vrai — encore une chose qu'elle devait ajouter sur sa liste de choses à faire.

Quelques minutes après être rentrée chez elle, elle avait senti son énergie s'épuiser. Elle ne cessait de fixer les bijoux, se demandant comment elle pourrait découvrir à qui ils appartenaient. Elle aurait dû demander à Millicent des informations sur la propriété, depuis combien de temps elle y vivait par exemple, mais, d'après ce que Doreen savait déjà de Millicent et de son mari, ils habitaient là depuis des décennies. Et le genévrier était manifestement grand au moment de sa chute, donc quelqu'un avait soit perdu les bijoux bien plus tôt, soit avait délibérément enterré le sac quelque part à la racine de l'arbre. Et puis, au fur et à mesure de la croissance de l'arbre, les racines qui l'entouraient devinrent de plus en plus grosses.

Sur un coup de tête, elle s'assit devant son ordinateur portable et téléchargea une image du sac à bijoux, puis elle chercha une correspondance. C'était juste un sac en velours vert. Elle obtint rapidement des résultats, de nombreux sacs à bijoux différents. Et la plupart étaient marqués du logo de la bijouterie. Elle attrapa le sien avec curiosité et déposa soigneusement les bijoux dans un petit bol en verre transparent, puis porta le sac à l'extérieur au soleil, où elle pouvait mieux l'étudier. Il était sale, mais peut-être que si elle le nettoyait, elle pourrait trouver quelque chose.

Oh, mais il pourrait y avoir de l'ADN dessus. Elle ne pouvait pas le laver. Elle retourna à l'intérieur, prit un petit torchon et essuya doucement le tissu au-dessus de l'évier de la cuisine, en essayant d'enlever la saleté qui s'y était infiltrée. En effet, il y avait bien quelque chose et, avec une petite brosse qu'elle utilisait pour nettoyer les becs des théières, elle frotta le sac avec précaution, puis ajouta de l'eau tiède, continua de brosser légèrement le sac, en essayant de ne retirer que la saleté. Elle l'emmena ensuite dehors au soleil pour le faire sécher.

Une fois moins humide, elle prit une photo de ce qu'elle pouvait apercevoir, puis l'agrandit. Elle trouva le logo d'une bijouterie. Elle se raidit dans sa chaise, surprise. Elle ne savait pas pourquoi elle l'était, car il s'agissait de bijoux, et peut-être même de bijoux coûteux.

Alors rien de plus logique que ces pierres précieuses proviennent d'une bijouterie ? Elle téléchargea le logo puis essaya une recherche inversée, dans le but de trouver quelque chose qui correspondrait à celui-ci. Bingo : Bijouterie

Johnson et Abelman. Une recherche rapide révéla qu'il s'agissait d'une ancienne entreprise de Kelowna qui avait fait faillite il y a environ trente-cinq ans.

Elle prit son téléphone et passa un appel.

— Millicent, j'ai oublié de vous demander une copie de vos notes sur les bijoux pendant que j'étais chez vous, annonça Doreen quand Millicent répondit. S'il n'y a pas de rapport de police, vos notes pourraient m'aider à déterminer les dates de la découverte des bijoux et celles auxquelles la police vous les a rendus.

Doreen attendit que Millicent revienne avec les informations demandées.

— Nous les avons trouvés le 12 avril 1982, déclara-t-elle, visiblement essoufflée. Oh, et ils nous les ont rendus trente-trois jours plus tard, le 15 mai.

— C'est suffisant, dit Doreen, en notant les dates. Avez-vous déjà entendu parler de la Bijouterie Johnson et Abelman ?

— Oh mon Dieu ! Je n'ai pas entendu ce nom depuis une éternité.

— Il se trouve que c'est leur logo sur le sac à bijoux, expliqua Doreen. Je me demandais donc si vous connaissiez peut-être ce magasin. Ils ont fait faillite il y a environ quarante ans.

— Et c'est à peu près au moment où nous avons trouvé les bijoux. Bien que cela ne remonte probablement pas à si longtemps. Mack a déjà 38 ans, il était donc tout petit au moment de cette découverte dans le genévrier. Nous lui avons dit quand il était adolescent. Bien que je ne me souvienne pas pourquoi.

— D'accord.

Dans l'état actuel des choses, Mack ne s'en souvenait

probablement pas. Millicent avait dit qu'il était occupé à faire du sport, mais cela n'avait aucun sens non plus. Mais Doreen ne pouvait pas vraiment compter sur la mémoire de Millicent.

Cependant, la faillite du magasin il y a environ quarante ans correspondait potentiellement à la période où la vieille dame avait trouvé les bijoux. C'était tant mieux. Trouver le propriétaire du magasin ainsi que quelqu'un de vivant qui se souviendrait encore et qui pourrait fournir un indice sur les personnes qui y travaillaient serait difficile.

Doreen parcourut toutes les données qu'elle put trouver sur le magasin grâce à diverses recherches sur Internet. Les Johnson, qui se trouvaient être les propriétaires, étaient une vieille famille à Kelowna et, lorsque la fille s'était mariée, le gendre avait intégré l'entreprise. Apparemment, ils formaient une grande famille heureuse. Et pourtant, Doreen savait qu'il ne fallait pas se fier aux apparences.

En faisant des recherches sur le deuxième nom, Abel-man, elle comprit qu'il s'agissait du gendre. Ils s'étaient mariés à 28 et 27 ans et, quelques années plus tard, le gendre avait été intégré à l'entreprise familiale en tant que partenaire à part entière. Mais, en tant que fille unique, elle hériterait de toute façon de tout à la mort de ses parents. Doreen réussit à glaner cette information auprès de la société historique.

De toute évidence, la Bijouterie Johnson et Abelman était une entreprise très réputée, et la famille était extrême-ment riche. L'entreprise avait périclité et finalement fait faillite après la mort inattendue des parents, laissant la jeune génération aux commandes. Apparemment, le gendre n'avait pas le même sens des affaires que ses beaux-parents. Du moins, c'est ce que Doreen supposait. À l'époque, au début des années 1980, les femmes préféraient déjà les diamants, mais Kelowna n'était pas si grande que ça, alors un prestigieux magasin de diamants aurait-il eu beaucoup de clients ?

Cependant, le sac à bijoux que Millicent avait trouvé contenait plus que des diamants. Doreen étudia le reste des bijoux, en se demandant ce qui s'était passé à l'époque. Elle fit une recherche sur la famille Abelman et trouva Aretha et Reginald Abelman. Des recherches plus poussées révélèrent que Reginald Abelman n'avait pas vécu beaucoup plus longtemps que les parents d'Aretha. Il avait fait une overdose de drogue quelques années plus tard.

— Ça semble un peu trop opportun, marmonna Doreen en fronçant les sourcils.

Elle se replongea dans l'histoire familiale d'Aretha. Elle avait 28 ans au moment de son mariage et seulement 38 à la mort de son mari. Elle devait donc avoir une trentaine d'années lorsque l'entreprise familiale a fait faillite. Aujourd'hui, elle aurait donc 75 ans. Doreen se détendit dans sa chaise, sourit et prit son téléphone.

— Bonjour, Nan, s'exclama-t-elle joyeusement.

— Eh bien, c'est presque le soir, répondit Nan, avec un petit air joyeux dans la voix. Je reviens du bowling sur gazon. Une belle partie.

— Est-ce que tu jouais, ou est-ce que tu pariais sur les gagnants ? interrogea Doreen.

— Les deux, dit sa grand-mère d'un ton sévère. C'est un bon exercice.

— Bien. J'espérais vraiment que tu ne mises pas contre les gagnants.

— Non. Il faut aussi parier contre les perdants.

— Si tu le dis, déclara Doreen en levant les yeux au ciel, car elle savait que Nan n'avait jamais fait de pari stupide de sa vie.

— Je suis sur le point d'aller dîner, annonça la vieille dame, à moins que tu aies une meilleure idée.

— Oh, non, répondit Doreen. Je vais manger un sandwich à la maison.

— Tu as fini tout le pain aux courgettes ?

Comme celui-ci avait été donné à Doreen quelques jours auparavant, et que Mack était venu la voir plusieurs fois, il était terminé depuis longtemps.

— Oui, dit la petite-fille en riant, mais ce n'est pas grave. Un sandwich me convient très bien pour ce soir.

— Tu manges trop de sandwichs, s'inquiéta Nan.

— Non, je ne pense pas. De plus, je ne suis toujours pas une bonne cuisinière.

— J'ai quelques-unes de mes recettes préférées qui traînent ici. Je n'ai pas pu m'en séparer quand j'ai quitté la maison. Je devrais te donner le livre. Ce n'est pas comme si je cuisinais encore beaucoup.

— Si et quand tu seras prête à t'en débarrasser, je serai heureuse de l'avoir, dit Doreen en souriant.

— Il y avait une raison à ton appel ? Sinon, je vais aller manger, répéta Nan. Tout cet exercice m'a ouvert l'appétit.

— Oui ! J'appelais juste pour savoir si tu connaissais Aretha Abelman ?

— Aretha ? réfléchit Nan. J'en connais bien une, mais son nom de famille n'est pas Abelman.

— Alors, quel est-il ? demanda Doreen.

— Son mari dirigeait une des petites compagnies d'assurance du coin, répondit sa grand-mère.

— Oh, c'est logique. Elle s'est probablement remariée.

— Oui, elle et Hobart ont été ensemble pendant des décennies.

En regardant ses notes, Doreen réalisa que, même à 35

ans, il était tout à fait possible de se lancer dans un second mariage.

— A-t-elle fondé une famille ?

— Non, on a toujours soupçonné qu'elle ne pouvait pas en avoir, dit Nan sans ambages. Je n'ai jamais vraiment compris ça moi-même.

— Nous ne sommes pas tous faits pareil, justifia Doreen. Ce dut être difficile si elle voulait des enfants.

— Je ne pense pas qu'elle voulait des enfants, à mon avis elle aurait aimé concevoir, ajouta Nan en riant. La différence est subtile.

— Exact. A-t-elle déjà parlé d'un précédent mariage ou d'une famille de bijoutiers ?

— Tout le temps ! Elle nous le rabâchait tout le temps ! s'exclama la vieille dame avec dégoût.

En entendant sa grand-mère parler au passé, l'enthousiasme de Doreen s'affaiblit.

— Tu veux dire qu'elle est morte ?

— Oh, je n'en sais rien, répondit Nan nonchalamment. Cette femme n'était pas très gentille. Elle nous disait toujours qu'elle avait plus d'argent que nous.

— Mais la bijouterie a fait faillite.

— C'était après un cambriolage, ajouta Nan avec dédain. Elle n'a jamais considéré que c'était leur faute. Quelqu'un est entré et a volé une grande partie de leur stock de bijoux, et la compagnie d'assurance a refusé de payer pour tous les bijoux parce qu'ils venaient de recevoir une cargaison, mais il y avait une certaine confusion sur ce qui était arrivé.

— Wouah, dit Doreen. Pour quelqu'un que tu ne connais pas vraiment, tu as beaucoup d'informations.

— Je n'ai rien demandé, répliqua Nan promptement.

Tu dois comprendre qu'elle est le genre de personne qui ne s'intéresse qu'à te faire savoir qu'elle est meilleure que tout le monde.

— Où est-elle à présent ?

— Aucune idée, répondit-elle en reniflant, son nez se levant probablement, comme si Doreen l'avait insultée. Cependant, je pourrais demander autour de moi.

Ça ne ressemblait tellement pas à sa grand-mère d'être désagréable avec quelqu'un que Doreen ne put s'empêcher d'insister.

— Vous étiez rivales à propos d'un même homme ou quelque chose comme ça ?

Elle ne savait pas trop quoi demander d'autre. Mais le ricanement de dégoût de Nan la fit rire.

— Je suppose que non, hein ?

— Elle a épousé ce Hobart guindé, ajouta-t-elle. Cet homme était un cauchemar.

— Mais a-t-il réussi à garder le style de vie auquel elle était habituée ?

— Je ne sais pas comment ils ont fait, mais elle vivait certainement dans une grande maison très chic. Elle était propriétaire d'une des premières maisons de la région de Knox Mountain, avec une vue imprenable sur la ville, une piscine et tout le reste.

— Eh bien, tant mieux pour elle, dit Doreen.

Elle n'avait rien contre une femme qui avait réussi.

— Oui, mais ce n'est pas comme si sa petite compagnie d'assurance marchait.

— Je ne sais pas, dit Doreen. Il semble que beaucoup de compagnies d'assurance s'en sortent très bien.

— Peut-être bien. Mais je serais plus qu'heureuse de t'aider à trouver des saletés sur elle.

— Je n'essaie pas de trouver des saletés sur elle, expliqua gentiment Doreen, réticente à lui parler des bijoux, car, si Nan pensait qu'ils seraient rendus à cette femme, cela pourrait être la goutte d'eau qui ferait déborder le vase pour sa grand-mère. Je me demande juste comment toute cette affaire de bijoux a sombré. Il semble qu'un cambriolage ne devrait pas faire flancher une entreprise de longue date comme celle-là.

— C'est facile. Aucun des deux ne travaillait. Du moins pas bien. Ils n'avaient pas le sens des affaires. Elle était impliquée dans les affaires de son père, mais seulement, car elle était mannequin. Ils avaient beaucoup de bagues différentes, et apparemment elle avait des mains superbes. Son père était très fier de sa petite fille, alors elle s'est retrouvée dans beaucoup de publicités.

— Ce qui lui serait monté à la tête, bien sûr, concéda Doreen.

— Oui. Mais ça ne lui donnait pas le droit de nous dominer.

— Bien sûr que non, acquiesça rapidement Doreen. Tu la voyais régulièrement ?

— Bien trop à mon goût. Elle fut ici à Rosemoor pendant un moment. Et j'avais l'habitude de passer devant elle quand je faisais des allers-retours pour rendre visite à des amis. Mais elle est partie avant que j'emménage. Honnêtement, je ne suis pas sûre que je serais venue vivre ici si elle avait été là aussi. Cette femme est insupportable.

— Ah, Nan, dit Doreen avec un sourire chaleureux. S'il te plaît, ne change jamais.

— Je n'en ai pas l'intention, s'offusqua celle-ci. Je ne suis pas comme Aretha.

Sur ce, elle raccrocha.

— Ce serait bien que tu ne me raccroches pas au nez, Nan.

Mais sa grand-mère était partie avant que ces mots ne soient prononcés.

Chapitre 3

Vendredi en fin d'après-midi…

DOREEN DÉMARRA UN dossier, et nota les informations qu'elle avait obtenues de sa grand-mère. Puis elle commença à faire des recherches sur Aretha et son nouveau mari. Nan avait-elle mentionné un nom de famille ? Elle fronça les sourcils. Hobart comment ? Et quel était le nom de la compagnie d'assurance ? Doreen hésita à rappeler sa grand-mère pour lui poser la question. Celle-ci aurait su qu'elle travaillait sur une autre affaire, et Nan pouvait se montrer infatigable quand elle voulait des informations. Doreen fit d'abord des recherches en ligne, et essaya « compagnie d'assurance Hobart ».

Ce n'était pas le nom le plus professionnel qui soit, avec son prénom de surcroît. Mais cela avait porté ses fruits. Elle découvrit que l'entreprise avait été vendue dix ans auparavant. Hobart avait tenu trois ans de plus après cela, puis il était décédé. Après avoir creusé un peu plus, Doreen ne trouva rien de nouveau sur Aretha. Aucun signe d'une famille, éloignée ou autre, et elle n'avait pas d'enfants, selon Nan. Selon toute vraisemblance, Aretha était donc une vieille dame assez riche qui vivait seule depuis plusieurs années.

Mais où était-elle ?

Doreen étudia plusieurs articles en ligne et découvrit que Aretha se considérait un peu comme une philanthrope, car elle faisait des dons à diverses causes. En haut de sa liste, il y avait toujours les enfants, les animaux et les refuges pour femmes. Aux yeux de Doreen, cela faisait d'elle une femme plus sympathique. Mais ça ne signifiait pas nécessairement que Nan l'apprécierait. Mais pourquoi ne l'apprécierait-elle pas ? C'était si inhabituel de voir sa grand-mère détester autant quelqu'un. Mais Nan n'était pas née dans le luxe et avait construit tout ce qu'elle possédait par ses propres moyens et avait apprécié la vie au sein de plusieurs relations. Aretha était possiblement une personne pieuse et critique. Doreen savait que cela pouvait irriter Nan. Il était également possible que les deux femmes eussent un autre désaccord, comme les jeux d'argent de Nan, par exemple.

Il y avait un grand nombre de raisons possibles pour lesquelles quelqu'un n'aimait pas une autre personne. Et dès que quelqu'un ne vous aimait pas, la nature humaine étant ce qu'elle était, vous aviez tendance à ne pas l'aimer en retour. Et qu'est-ce que Nan avait dit ? Que l'assurance n'avait pas remboursé les bijoux qui venaient d'être livrés. Avaient-ils vraiment été perdus après le cambriolage ? Ou bien ce cambriolage était-il un coup monté qui avait mal tourné ? Mais alors, pourquoi cambrioler son propre magasin ? Surtout si l'assurance ne souhaitait pas vous indemniser. Rien de tout cela n'avait de sens.

Mais dans quelle mesure Aretha et son premier mari étaient-ils impliqués dans l'entreprise ? Ses parents l'avaient apparemment construite à partir de rien quand ils étaient âgés d'une vingtaine d'années. Ce ne fut qu'après le mariage de leur fille que les affaires ne marchaient plus si bien que ça.

Aretha détournait-elle des bijoux et des fonds, potentiellement pour maintenir le style de vie somptueux qu'elle considérait comme lui étant dû ? Les cordonniers sont les plus mal chaussés.

Doreen elle-même avait passé de nombreuses soirées couverte de bijoux, mais dès qu'elle était rentrée chez elle, son mari les retirait de son cou, de ses oreilles et de ses poignets et les enfermait dans le coffre-fort. Même si elle les avait reçus en cadeau pour divers anniversaires et autres occasions, son mari ne lui avait jamais permis d'y avoir accès. De ce fait, au moment de son départ, elle n'avait pas pu les prendre avec elle.

Agacée par cela, elle dressa une liste de tous les bijoux que son mari lui avait offerts, mais qu'il avait gardés. Ce n'était pas juste. Ils étaient censés être des cadeaux. Un magnifique collier de perles, un collier d'émeraudes, un somptueux pendentif en saphir, plusieurs bagues et bracelets. Elle en nota autant que possible et se demanda si elle avait des photos. Elle avait beaucoup de photos sur son téléphone et aussi sur son Cloud, où elle les avait stockées et mises de côté pour les souvenirs. Peut-être qu'elle avait des photos des bijoux.

Elle aimerait que le frère de Mack puisse récupérer ses biens personnels également. Son mari n'avait sûrement pas le droit de les garder. Elle n'avait pas envie de chercher en ligne des photos de lui et de sa petite amie avocate, celle que Doreen avait engagée pour le divorce, au cas où celle-ci porterait maintenant ses bijoux. Ce serait vraiment nul. Cela aussi la mit en colère. Finalement, elle était tellement en colère qu'elle prit son téléphone et envoya un message à Mack à propos de son frère.

Tu m'as appelé à son sujet aujourd'hui, répondit Mack

par texto. Je n'ai pas eu l'occasion de le contacter.

Elle s'affala dans sa chaise et soupira. Puis elle envoya un nouveau message. Désolée. J'étais juste en train de m'énerver en pensant à tous mes bijoux.

Quels bijoux ?

Les cadeaux qu'il m'a faits au fil des ans, tapa-t-elle. Je n'avais pas le droit de les garder avec moi. Il les enfermait dans le coffre-fort chaque soir. Et, bien sûr, je n'avais pas accès au coffre.

Et quand tu es partie, tu ne les as pas pris avec toi ?

Pas le choix.

Mais ce sont les tiens ?

Oui, il me les a offerts en cadeaux.

Wouah, ajouta Mack. Pas sympa comme type.

Non.

Je vais en parler à mon frère.

OK.

Sur ce, elle dut passer à autre chose.

Son estomac grogna. Mais la dernière chose qu'elle désirait était un autre sandwich. Elle scruta la cuisine, se demandant si elle pouvait légitimer un plat chinois à emporter. Elle n'en avait pas mangé depuis si longtemps. Elle se leva et trouva le rouleau de billets que Nan avait glissé dans le sac de légumes quelques jours plus tôt et le déroula. Encore trois cents dollars là-dedans.

— Nan, tu es si gentille.

Doreen pouvait vivre un mois entier avec ça. Bien sûr, elle avait d'autres factures à payer, et c'était un problème. Elle vérifia le frigo et grimaça en voyant qu'il était vide, puis le referma.

— Si on allait au restaurant chinois pour voir ce qu'il y a en promotion, dit-elle à Mugs, Goliath et Thaddeus en se rasseyant, on épuiserait toutes les calories en chemin.

Il ferait probablement froid aussi. Et peut-être qu'elle ne pourrait pas rentrer avec ses animaux, mais elle ne se donna pas la chance d'hésiter. Elle se leva et attrapa son portefeuille, vérifiant combien d'argent elle avait, y compris les trois cents dollars, et vit que c'était beaucoup trop pour être transporté. Elle retira dix dollars et les mit dans sa poche, pour ne pas dépenser plus, puis rangea son portefeuille.

Elle sortit par la porte d'entrée avec tous ses animaux, régla le système de sécurité, puis descendit son allée et tourna à l'angle du cul-de-sac. Elle avait encore du chemin à faire, mais ce n'était pas trop loin.

Un bureau de poste se trouvait dans ce même quartier, ainsi qu'une pizzeria et une station-service avec un petit magasin de proximité attenant. Une si belle soirée pour se promener.

Alors qu'elle traversait la route, la circulation avait ralenti et les lampadaires s'étaient allumés. Le chemin du retour serait superbe, si jamais la nuit tombait, car les lumières de la marina et les bateaux dans le port étaient visibles d'ici. C'était vraiment à couper le souffle.

Arrivés de l'autre côté du passage pour piétons, ils continuèrent tous les quatre sur deux pâtés de maisons, et Doreen tourna finalement dans la zone où se trouvait le restaurant chinois. Elle se dirigea vers l'angle où le magasin était caché à l'arrière, mais, alors qu'elle entra, M. Fong Wu leva la tête et sourit, jusqu'à ce qu'il voie Thaddeus sur son épaule et le reste de ses animaux.

— Pas d'animaux. Pas d'animaux ! s'offusqua-t-il.

Elle le fusilla du regard.

— Je veux simplement passer commande, et ensuite nous attendrons dehors.

Il sembla apaisé, jusqu'à ce qu'il voie le billet de dix dollars dans sa main, et il leva les yeux au ciel.

— Grande dépensière.

— Je ne suis pas très dépensière, répliqua-t-elle d'un air un peu rebelle, mais c'est tout ce que j'ai. Qu'est-ce que je peux avoir pour dix dollars ?

Il la regarda avec surprise, ses doigts tapant sur le comptoir, puis prit un menu à emporter et le planta devant elle. Il commença à entourer des choses.

— Menu A, B, ou C, répondit-il. Ou vous pouvez prendre un seul plat.

Elle hocha la tête et resta là un long moment.

— Et si je prends des nouilles, beaucoup de légumes et du poulet aux amandes ?

Il tapa le tout sur sa caisse.

— Avec les taxes, ça fait un peu plus de dix dollars.

Elle le regarda fixement.

— Mais il est écrit sur la vitrine que j'ai une réduction de 10% si je paie en liquide, rétorqua Doreen avec un regard noir.

— J'avais oublié, s'excusa M. Wu en souriant, puis il changea la commande et continua. Maintenant, vous avez ce qu'il faut.

Il lui rendit même un peu de monnaie.

— On va attendre dehors, indiqua-t-elle en souriant.

Elle ramena les animaux à l'extérieur, dans un grand espace avec une table ronde en béton, à côté d'un magasin d'aliments naturels qui servait aussi des milk-shakes et des cafés. Elle regarda ses pièces et soupira.

— Nous n'avons pas assez pour un café.

Mugs lui aboya dessus, sentant manifestement quelque chose qu'il voulait dans la poubelle voisine. La laisse était plus courte parce que d'autres personnes étaient présentes. Goliath, par contre, n'eut pas ce problème. Il sauta sur la grande table en béton et s'étala sur le côté, sa queue battant au soleil de fin d'après-midi. Elle s'approcha et gratta doucement ses oreilles.

— Je ne vais rien te donner à manger, dit-elle. La nourriture chinoise n'est pas pour les chats.

Le chat se contenta de la regarder. Ses yeux dorés étaient fascinants. Elle sourit, puis se pencha pour l'embrasser sur le dessus de la tête. Il la dévisagea comme si elle avait fait quelque chose d'horriblement mal. Doreen se mit à rire.

Thaddeus en profita pour sauter de l'épaule de la jeune femme et se posa à côté de Goliath, où l'oiseau se blottit contre le ventre de celui-ci et se courba de manière à être plaqué contre les aisselles de ce dernier. Elle n'avait jamais vraiment compris cette étreinte, mais Goliath ne bougea pas.

Elle le regarda et lui dit :

— Tu es un beau chatounet, et je te remercie de ne pas avoir fait de mal à Thaddeus.

Ce dernier lui lança un petit regard étrange et commença à caqueter bizarrement.

— Je ne pense pas vouloir savoir ce que cela signifie, dit-elle en le scrutant.

Le volatile continua et Doreen gémit.

— Il devrait y avoir un manuel sur les sons d'oiseaux.

Puis elle réalisa qu'il y en avait probablement un, et que tout ce qu'elle avait à faire était de vérifier sur Internet. Elle sortit son téléphone, vérifia qu'elle avait assez de données, puis fit une recherche sur les sons que font les Gris du Gabon.

Le problème, c'est qu'ils avaient la capacité d'émettre des centaines de sons ; information qu'elle partagea avec Thaddeus. Curieusement, Thaddeus semblait penser que cela méritait un petit rire. Mais rester assis là, blotti contre un chat qui était susceptible de le manger, n'était pas vraiment une raison de rire. Mais, tant que Thaddeus était heureux, elle l'était également.

Elle souriait, en regardant le livreur de pizza revenir, partir, puis revenir à nouveau.

— L'adresse de livraison doit être assez proche pour une livraison aussi rapide, marmonna-t-elle.

Pendant qu'elle attendait, le magasin d'aliments naturels passa son enseigne de « Ouvert » à « Fermé » et éteignit même les lumières. Elle pouvait voir la femme à l'intérieur, en train de clôturer sa caisse.

Au moment où elle se demandait si le cuisinier était encore en train de faire pousser ses légumes, elle entendit quelqu'un l'appeler dans son dos. Elle se retourna et vit M. Wu qui lui faisait signe.

— C'est prêt ? dit-elle en rentrant.

Il hocha la tête et sourit, puis il lui tendit un sac en plastique. L'odeur était particulièrement appréciable.

— Merci ! lança-t-elle en souriant.

— Vous revenez, déclara-t-il.

— Et si je n'ai que dix dollars ? demanda-t-elle avec ironie.

— Vous venez sans argent, répondit-il, on vous nourrit quand même.

Surprise par cela et touchée, elle le remercia :

— C'est très généreux, merci.

— Vous êtes des gens bien, continua-t-il en secouant la tête. Nous vous nourrissons.

Puis il disparut à l'arrière de la boutique.

Doreen aperçut tous les bons de commande alignés près

d'une fenêtre de la cuisine et comprit qu'il allait avoir un vendredi soir très chargé. Avec les animaux à nouveau dans son sillage, elle se dirigea cette fois vers le bord de la rivière et descendit Mission Creek. Puis elle dut traverser et tourner au coin de la rue. Elle remonta le chemin de derrière jusqu'à sa propriété, et soupira de bonheur en arrivant chez elle. La nourriture déposée sur la petite table sur sa terrasse, elle alla dans sa cuisine pour prendre un couteau, une fourchette et une assiette, et se remplit un verre d'eau au passage. Au moment où elle s'assit, elle entendit une voix l'appeler.

— Derrière ! s'époumona-t-elle.

Heureusement qu'elle avait désarmé la sécurité, sinon Mack n'aurait pas pu entrer. Elle se servit presque la moitié du plat dans son assiette, réalisant que c'était vraiment une énorme portion, et qu'elle en aurait assez pour le lendemain. Sauf que, avec Mack ici présent, il y avait de fortes chances qu'elle n'ait pas de restes. Il arriva en trombe, mais la fureur sur son visage figea Doreen sur place.

— Mais que se passe-t-il ? s'écria-t-elle.

Il s'arrêta, prit plusieurs grandes respirations et se pinça l'arête du nez.

— J'essaie de me calmer, mais…

— Avec toi, ce n'est jamais facile, le coupa Doreen avec un sourire. Je t'offrirais bien un peu de ma cuisine chinoise, mais c'est tout ce que j'ai.

— Et je dirais, merci, en l'acceptant, dit-il, en retournant à l'intérieur, avant de prendre une assiette et une fourchette.

Elle le regarda, presque avec tristesse, remplir son assiette avec le reste de son plat.

— Si j'avais su que tu venais, j'aurais pu en commander deux fois plus.

— Je suis un peu surpris que tu aies eu le temps de

commander chinois, puisque tu as été si occupée à te mêler des affaires de ma famille, cingla-t-il.

Elle le regarda avec surprise, puis elle comprit.

— Ah… Je suppose que tu as parlé à ta mère, n'est-ce pas ?

Il posa sa fourchette avec dextérité, puis la fixa du regard.

— Mais qu'est-ce que tu lui as dit ?

— Rien, pourquoi ?

— Eh bien, elle a soudainement décidé que tu étais la réponse à tout, et que tu découvrirais exactement à qui appartiennent ces bijoux.

Il s'interrompit et se pencha en avant.

— Quels bijoux ? D'où viennent-ils, et qu'est-ce que ça a à voir avec ma mère ?

— Elle ne t'a rien dit ?

Doreen ne pouvait pas l'imaginer ne raconter à Mack qu'une petite partie de l'histoire.

Celui-ci secoua la tête.

— Seulement qu'elle t'avait envoyé sur ton prochain mystère et que tu allais résoudre quelque chose qui l'inquiétait depuis longtemps.

— Wouah, s'exclama Doreen, en se redressant avec surprise. Je crois qu'elle vient de me jeter aux loups.

Mack s'affaissa dans sa chaise en riant.

— Tu sais quoi ? Je crois que c'est exactement ce qu'elle vient de faire.

Chapitre 4

Vendredi soir...

— ALORS, LAISSE-MOI t'expliquer, commença Doreen en gloussant.

Puis elle lui raconta que Millicent lui avait parlé des bijoux qu'elle avait trouvés il y a des années.

— Comment se fait-il que je n'aie jamais entendu parler de tout ça ? s'enquit Mack en la fixant.

— Je ne savais pas trop si tu étais au courant ou non. Une fois, elle m'a dit que tu ne savais pas, mais elle a aussi dit qu'elle t'en avait parlé, mais que tu étais toujours en train de faire du sport. Donc, je ne sais pas exactement ce qui s'est passé.

— Je suis flic depuis quinze ans, répliqua Mack. Elle a eu quinze ans pour me le dire.

— En effet, acquiesça Doreen, avant de prendre une bouchée de brocoli qu'elle croqua en gémissant. Mon Dieu, c'est tellement bon.

— Tu ne t'en tireras pas si facilement.

— Moi ? Je n'ai rien fait.

— Où sont les bijoux à présent ?

— Sur la table de ma cuisine, répondit-elle, mais tu dois

également savoir qu'elle les a remis à la police. Ils les ont gardés pendant une trentaine de jours, donc maintenant ils sont à elle en principe.

— Personne ne les a réclamés ?

— Personne, et, en plus, les flics de l'époque n'ont pas réussi à retrouver le propriétaire.

— D'accord.

Il secoua la tête et enfourna une autre grosse bouchée de nouilles.

— C'est vraiment bon, dit-il. Normalement, quand je viens ici pour manger, je dois d'abord cuisiner.

— Et comme je l'ai dit, si j'avais su que tu venais manger, j'aurais pu commander une double portion, rétorqua-t-elle avec un regard sévère.

— C'est vrai. On devrait prendre du dessert pour aider à combler certains trous.

— Peut-être.

Doreen repoussa son assiette vide.

— Je me demande s'il m'a donné plus que ce que j'ai commandé.

Le policier regarda la boîte.

— Combien ça t'a coûté ?

— Neuf dollars et quarante-cinq cents… à peu près, répondit-elle en fouillant dans sa poche pour en sortir la monnaie.

— Ça fait beaucoup de nourriture, déclara-t-il en examinant le rendu.

— Je sais. La portion était peut-être énorme. Je ne sais pas. Il a dit que, même si je n'avais pas d'argent, il me nourrirait.

En entendant cela, Mack gloussa.

— Ça pourrait être rentable pour toi, dit-il en secouant

la tête.

— Et, bien sûr, je ne pourrai jamais en profiter, sauf peut-être si j'ai super faim et que j'ai vraiment besoin de cette nourriture, ajouta-t-elle tranquillement. Je suis reconnaissante de ne pas être dans cette situation en ce moment.

— Hé, en parlant de bijoux, dit-il, laissant couler son commentaire.

Doreen apprécia le changement de sujet. Elle voulait discuter de tout, sauf de sa situation désespérée.

— Les bijoux que ton mari possède encore. Sont-ils vraiment à toi ?

— Je ne sais pas comment ça marche selon la loi, répondit-elle, mais il me les a donnés. L'émeraude était un cadeau de mariage. Les perles étaient mon cadeau d'anniversaire, et il y avait des boucles d'oreilles assorties. Il y avait un magnifique pendentif en saphir qu'il m'a offert pour un anniversaire de mariage.

— Quand les portais-tu ? demande-t-il en la regardant fixement.

Cette partie ne fut pas agréable à avouer.

— Quand il me le demandait. Parfois, on se disputait à ce sujet parce que je voulais porter un bijou, et il ne voulait pas le sortir du coffre. D'autres fois, il n'aimait pas mon choix, et il voulait que je mette autre chose.

— Il contrôlait tout, n'est-ce pas ?

— Tout, en effet, acquiesça-t-elle. Je n'ai jamais eu accès au coffre, donc je n'ai jamais pu sortir les bijoux par moi-même.

Mack continua à manger.

Doreen, de son côté, avait terminé. Mais le regarder manger lui donnait envie de se resservir.

— On n'aurait pas dû manger tout le pain de courgettes,

pensa-t-elle à voix haute. J'aurais adoré une part avec une tasse de café là.

— Justement. Quand tu rentreras pour faire couler du café, regarde ce que j'ai apporté. C'est sur le comptoir.

Elle le regarda avec surprise, puis se leva d'un bond et courut à l'intérieur avant de voir quelque chose emballé dans du papier d'aluminium. Elle mit le café à couler et sortit le paquet pour le placer sur la table extérieure.

— Qu'est-ce que c'est ?

— Tu en as emmené avec toi en partant ?

Mack continuait à parler de ses bijoux.

— Non, répondit-elle en secouant la tête. Il a refusé de me donner quoi que ce soit.

— Donc, ils n'étaient guère des cadeaux dans son esprit ?

— Je suis certaine qu'ils ont toujours été des biens dans son esprit. Il me les a offerts, mais, tant qu'il en gardait le contrôle, ils étaient toujours à lui.

— Bien. J'ai envoyé un e-mail à mon frère à ce sujet. Il se demandait si tu avais des preuves des différents bijoux.

— Comment pourrais-je avoir une preuve des cadeaux ? demanda-t-elle d'un ton ironique.

— Des photos des bijoux que tu portais ?

Doreen le regarda avec surprise.

— Tu sais quoi ? J'ai des photos. Tout à l'heure, je me disais qu'il fallait que j'en trouve quelques-unes.

— Pourquoi ?

— À cause de ce que tu as dit. Je ne sais pas comment dire aux gens que ces bijoux sont à moi. Même si j'essayais de récupérer certains d'entre eux, je n'ai aucun moyen de les identifier.

— Des photos seraient un bon début.

Il était toujours occupé à manger.

— Alors, qu'est-ce qu'il y a dans le papier d'aluminium ? interrogea-t-elle, en le touchant.

— Ouvre et tu verras, répondit le policier en souriant.

Elle s'exécuta et vit des brioches à la cannelle à l'intérieur. Quatre grosses brioches, chacune recouverte de glaçage.

— Oh mon Dieu, s'exclama Doreen. Où les as-tu trouvées ?

— Quelqu'un a ramené un grand plat au travail. Il en restait à la fin de notre service, alors je les ai prises. Elles seront rassies demain sinon.

— Mais elles seront parfaites avec le café de ce soir, renchérit-elle avec impatience. Heureusement que j'ai partagé mon dîner avec toi.

— En effet. Sinon, je n'aurais peut-être pas partagé mon dessert avec toi.

Elle gloussa.

— Est-ce qu'elles sont desséchées, car elles sont restées sur le comptoir toute la journée ?

Doreen en prit une, mais elle n'avait pas d'assiette propre. Elle la reposa, se leva et alla dans la cuisine pour revenir avec deux petites assiettes. Elle débarrassa la vaisselle sale, la porta à l'évier, pendant que Mack mettait à la poubelle les boîtes. Quand elle ressortit avec deux tasses de café, elle trouva deux brioches à la cannelle dans chaque assiette.

— Deux, c'est vraiment trop, avoua-t-elle, mais j'en ai trop envie.

— Tu devrais te faire plaisir. Je n'arrête pas de dire que tu mériterais de prendre un peu de poids.

— C'est bizarre d'entendre ça après toutes ces années. Mon mari aurait été horrifié de voir un seul de ces produits dans mon assiette. J'aurais été chanceuse de pouvoir en manger le quart.

— Sérieusement ?

— Il contrôlait tout, y compris la taille de mes vêtements, confessa-t-elle en souriant.

— Bon Dieu, marmonna Mack.

— Je sais, et tu te demandes pourquoi je suis restée.

— Non, car j'en ai déjà été témoin. Une fois sculptée comme il le souhaite, il est difficile pour toi de voir que tu as été un jour différente.

— Eh bien, je continue à me demander pourquoi je suis restée, parce que tout cela semble si différent de ce que je suis maintenant.

— Ne t'en fais pas trop, la rassura-t-il. Tu es une personne très différente aujourd'hui.

— Heureusement, soupira Doreen.

Mais elle regarda ensuite les brioches à la cannelle avec un sourire éclatant.

— Il y a quelque chose de particulier à faire ?

Il la regarda avec surprise.

— Qu'est-ce que tu veux faire ?

— Je ne sais pas, dit-elle en haussant les épaules. J'ai l'impression d'être une enfant dans un magasin de bonbons parce que je n'ai jamais mangé de brioche à la cannelle entière auparavant, et maintenant il y en a deux devant moi.

Mack rit.

— En général, je les passe au micro-ondes pendant une dizaine de secondes, expliqua-t-il, puis je les coupe en deux et je les beurre.

— Oh, ça me semble délicieux, s'extasia Doreen, émerveillée.

— Quand on travaille dur, on doit bien manger.

Mack prit son assiette et l'apporta jusqu'au micro-ondes. Doreen le suivit avec la sienne. Il lança le tout une quinzaine de secondes. Ensuite, il les trancha et beurra l'intérieur. La moitié supérieure avait du glaçage, mais pas la moitié inférieure. Doreen suivit son exemple, puis ils reprirent leurs assiettes direction l'extérieur. En sortant, elle prit le bol avec les bijoux, le sac à bijoux et son bloc-notes puis s'assit dans l'air frais avec lui.

— Voici les bijoux, déclara-t-elle en posant le bol sur la table.

— Ce sont des vrais ? demanda le policier en les examinant.

— Je ne sais pas, répondit-elle en haussant les épaules. J'ai découvert que le sac venait d'une boutique appelée Johnson et Abelman.

Elle lui montra le logo en bas du sac.

— C'était leur ancien logo.

Il le fixa, puis la regarda.

Doreen se contenta de hausser les épaules à nouveau.

— Ils ont fait faillite il y a quarante ans, lui dit-elle.

À ce moment-là, les sourcils de Mack volèrent.

— À peu près à la même époque, on a trouvé ceci dans le genévrier.

Elle baissa les yeux sur ses notes et tapota le bloc.

— C'est ce que m'a dit ta mère. Elle l'a noté dans son journal de jardinage.

— Et pourtant, elle n'a jamais rien dit, murmura-t-il.

— Je pense qu'elle les a mis de côté chez elle, mais aussi dans son esprit. Elle considère qu'ils ne sont pas à elle, donc elle ne les a jamais vendus.

— Ils auraient pu en tirer un bon prix, admit-il. Et ils auraient certainement pu utiliser l'argent.

— Peut-être, mais ta mère ne s'est jamais octroyé ce droit.

— Bien sûr que non. Alors elle te les a donnés.

— En me demandant de retrouver le propriétaire.

— Ce qui ne sera pas si facile, selon les circonstances. C'était il y a longtemps.

Doreen hocha la tête.

— Le truc, c'est que s'ils sont à elle, tu en hériteras. Et tu n'es pas assez riche pour refuser ce genre d'argent.

Il regarda les bijoux, comme hypnotisé.

— Wouah.

Il s'approcha et prit le gros rubis.

— Ils sont prêts à être sertis, n'est-ce pas ?

— Oui. Mais ce que j'ignore, c'est si elles sont vraies. Je pourrais les emmener à la bijouterie et les faire estimer.

— Bonne idée, acquiesça Mack. Alors, qu'as-tu découvert de plus à leur propos ?

Elle lui parla de la jeune épouse devenue veuve qui s'était remariée avec un assureur.

— Bizarrement, Nan ne l'aime pas du tout, dit Doreen et Mack gloussa.

— Cela pourrait être pour un grand nombre de raisons.

Elle lui expliqua ce que Nan avait raconté.

À ce moment-là, il s'arrêta de rire.

— Les gens qui ont beaucoup d'argent et qui regardent les autres de haut n'ont généralement pas beaucoup d'amis.

— Ma grand-mère n'est certainement pas du genre à tolérer cela, déclara Doreen.

— Nan avait pas mal d'argent caché dans cette maison, dit-il, en regardant la cuisine et le reste de la maison derrière lui.

— En effet, mais elle n'était pas intéressée par l'argent ni par quoi que ce soit d'autre d'ailleurs.

— Est-ce qu'elle s'en sort financièrement ?

— Je n'arrête pas de lui demander.

Doreen haussa les épaules.

— Elle continue à rire quand je lui pose la question, à me dire qu'elle va bien.

— Eh bien, tu n'as pas d'autre choix que de la croire pour le moment, suggéra-t-il. Contente-toi de garder un œil sur elle et assure-toi qu'elle aille bien.

Doreen hocha la tête.

— C'est ce que je pensais, acquiesça Doreen en opinant du chef, puis elle scruta les bijoux. Il y a eu un cambriolage.

Mack posa sa fourchette à la suite de cette déclaration soudaine.

— Mais c'était avant que la bijouterie ne fasse faillite. Apparemment, une nouvelle cargaison de bijoux était arrivée juste avant le vol, mais il y avait une différence entre les bijoux qui sont arrivés et ceux qui avaient été commandés. Ils n'ont donc été remboursés que du montant des bijoux qu'ils possédaient à ce moment-là.

— Et tu penses que c'est pour ça qu'ils ont fait faillite ?

— S'ils ont reçu l'argent de l'assurance pour rembourser ce qui était déjà là, mais qu'ils avaient fait livrer une grande cargaison de bijoux bruts, il est tout à fait possible que l'argent de l'assurance ait dû servir à rembourser les créanciers.

Doreen laissait libre cours à sa pensée.

— C'est possible, admit Mack. Je ne me souviens pas avoir entendu parler de cette bijouterie.

— Elle a été créée par monsieur et madame Johnson, expliqua-t-elle, jusqu'à ce que leur fille unique épouse Abelman. Ce dernier a fini par devenir un partenaire, mais une série d'événements malheureux les ont frappés et, en quelques années, tout s'est effondré.

— Et c'était il y a quarante ans ?

Doreen hocha la tête.

— La faillite a eu lieu il y a un peu moins de quarante ans.

— Penses-tu que l'un ou l'autre soit impliqué dans le vol et le remboursement de l'assurance ?

— C'est quelque chose qui doit être examiné, répondit-elle avant de froncer les sourcils dans la direction du policier. Existe-t-il un moyen de vérifier s'il y a un dossier indiquant que ta mère a donné les bijoux à la police il y a quarante ans ?

— Qu'est-ce que ça changerait ? s'enquit-il en la scrutant.

— Je déteste dire cela, mais la mémoire de ta mère n'est plus ce qu'elle était… Il est possible qu'elle ait dit quelque chose de plus aux flics à l'époque. Quelque chose qui est écrit dans le dossier qui a été ouvert quand elle a apporté les pierres cachées.

— C'est possible, dit-il, mais je ne sais pas si le dossier existe encore. Mais elle a raison, car, après trente jours, nous devons rendre les objets trouvés.

— Sauf s'il a été impliqué dans un vol peut-être.

— Et tu as raison là aussi. Alors je me demande si c'est simplement un cas où les flics n'ont pu prouver que ça faisait partie d'un vol parce qu'ils n'ont pas réussi à retrouver le propriétaire.

— Ou…

Doreen se tut et regarda Mack fixement.

— Quelles sont les chances que…

Elle fit une nouvelle pause, sachant que si elle disait quelque chose de plus, cela l'énerverait.

— Les chances que quoi ? interrogea-t-il d'une voix dure. Que les flics soient impliqués ou un truc stupide comme ça ?

— Eh bien, je suppose que la question à se poser ensuite est… quand Millicent les a récupérés, y a-t-il eu une effraction chez elle ?

— Pourquoi cela ?

— Parce que quelqu'un a découvert qu'elle avait récupéré les bijoux !

— Je n'en ai aucune idée, concéda-t-il. Je viens juste de découvrir cette histoire. Je n'arrive toujours pas à croire que tu as été la première à être mise au courant.

— Ta mère en a parlé comme ça quand on discutait de jardinage, dit Doreen. C'était sorti de nulle part.

— Tu as cet effet sur tout le monde.

Il se pencha en arrière et s'étira.

— Je peux y jeter un coup d'œil. Quarante ans… Ce serait dans les dossiers que nous avons stockés en ville. Ils sont censés les scanner, pour qu'ils soient au format numérique, mais ils ne l'ont pas encore fait. On a essayé de s'y mettre, mais on a déjà trop de boulot comme ça.

Elle hocha la tête.

— Et quelque chose comme ça, avec des pierres non serties, s'il n'y a rien pour les identifier ?

— Exactement. Je ne sais pas comment quelque chose comme ça pourrait être identifié.

— Je crois que chaque bijou possède sa propre identification, et peut-être même un certificat, mais, s'il n'y a rien sur lequel nous pouvons nous baser, je ne sais pas quoi dire.

— J'ai entendu parler de certificats, mais je ne sais pas si ça existait à l'époque.

Il remua la dizaine de petits joyaux dans le bol d'un

doigt.

— Ça pourrait représenter beaucoup d'argent, lâcha-t-il.

— En effet. Je comprends les bijoux, même si je n'ai jamais eu l'occasion d'en acheter ou d'en vendre. Et ceux-ci ont l'air très chers. Je ne crois pas qu'ils soient faux avec cette transparence.

— Je vais chercher les vieux dossiers, et tu cherches toutes les photos que tu as qui te montrent portant tes bijoux. Je sais que mon frère aimerait les voir.

— C'est noté. As-tu vu tous les matériaux que nous avons amassés pour la terrasse ?

Quand il secoua la tête, Doreen voulut se lever immédiatement, mais elle avait encore la moitié d'une brioche à la cannelle à manger.

— Elles sont vraiment bourratives, déclara-t-elle.

— Si tu ne manges pas les deux, tu peux en garder une pour le petit déjeuner.

— Bonne idée ! rayonna-t-elle. Il m'en reste la moitié, et c'était celle avec le beurre.

Elle se détendit dans sa chaise et but son café. Dès qu'elle eut fini, elle se leva d'un bond.

— Viens voir, dit-elle avant de se précipiter sur le côté de la maison, avec Mack qui la suivait lentement.

Il resta planté là, à étudier les matériaux, puis il hocha la tête.

— On y est presque.

Il se pencha et attrapa l'une des planches vertes qu'Arnold avait apportées, et sourit.

— Elles sont parfaites pour les limons.

Doreen le fixa d'un air dubitatif.

Le policier la regarda et fronça les sourcils.

— Non ?

— J'essaie encore de comprendre ce que cette planche de bois a à voir avec une lime, pourquoi on la limerait en premier lieu, ou même ce qu'est un limon.

Mack gloussa et mima des entailles avec ses doigts, puis les tint en angle.

— Ensuite, on pose les planches juste ici sur chacune d'elles.

Ce fut alors que Doreen comprit, et elle put voir les étapes prendre forme devant elle.

— C'est de ça dont tu parles. C'est parfaitement logique maintenant.

— Pas exactement. Nous devons les couper exactement de la même façon, ce qui est un peu risqué, car il est facile de se tromper. Et ce n'est pas comme si j'étais un pro en la matière.

— Non, bien sûr que non. Mais je te fais confiance. Et tu ne feras pas d'erreur exprès.

— Est-ce que ça peut être une erreur si c'est fait exprès ? demanda-t-il avec curiosité.

Elle n'en avait pas la moindre idée. Elle se contenta donc de hausser les épaules.

— Tu as dit que nous avions encore besoin de quincaillerie, n'est-ce pas ?

— Oui, mais j'ai parlé à Chester. Il a aidé son père à construire une terrasse, et il leur reste un tas de raccords en métal et d'autres choses. Ils auraient dû les ramener au magasin pour se faire rembourser, mais son père ne s'en est pas occupé, et la date limite de retour est largement dépassée maintenant. Donc il est d'accord pour nous les donner.

— Ce serait parfait, s'enthousiasme Doreen. Que nous faut-il de plus avant de pouvoir commencer ?

Mack la regarda avec surprise.

— Nous n'avons pas besoin de beaucoup plus pour démarrer. Nous aurons besoin de plus pour finir. Tu as dit que tu voulais nettoyer le sol sous la terrasse et peut-être poser quelques bâches et du gravier pour empêcher les mauvaises herbes de pousser.

— Oui, mais pas besoin de bâches de qualité pour cela, n'est-ce pas ?

— Non. Et elles sont plutôt bon marché. Princess Auto reçoit souvent des trucs comme ça.

Elle ne savait pas ce qu'était Princess Auto, mais elle était prête à l'écouter.

— Alors, on parle de ce week-end, de ce mois ou du mois prochain ?

— Bonne question, répondit-il. Je pense que nous pouvons faire le gros du travail ce week-end. Si tu veux poser des bâches, tu auras besoin de deux bâches de trois mètres par six, ou au moins trois par trois pour recouvrir le tout. Probablement plus, selon la zone que tu veux gravillonner sur le côté de la maison.

— J'aimerais faire tout le côté de la maison. J'ai entendu parler de quelqu'un qui pose des tapis en caoutchouc, marmonna-t-elle. Ce serait bien aussi.

— Oui, mais ça représente beaucoup plus d'argent.

— Mais des graviers sur une bâche comme ça, ce n'est pas glissant ?

— Parfois. On peut mettre de la pierraille. Puis on utilisera une plaque vibrante pour l'aplatir. C'est toujours une bonne idée de le faire.

— Ça dépend de ce qui est le moins cher.

— Pour l'instant, nous n'avons pas à nous soucier du côté de la maison, et nous ne pouvons pas le faire avant que la terrasse ne soit terminée, car nous avons tous les matériaux entreposés ici.

— Bien vu, acquiesça Doreen. Et nous n'avons pas encore besoin de graviers sur les bâches, si nous mettons les parpaings dessus. Nous construisons une terrasse sans support, donc nous pourrons simplement poser de grosses pierres pour maintenir la bâche en place pour l'instant.

— Exactement, dit-il. Donc, si tu veux, j'ai mon dimanche après-midi de libre. Je peux venir et commencer à placer certains de ces grands coins en béton et les mettre à niveau. Cela dépend de quand nous aurons la quincaillerie de Chester.

Il sortit son téléphone et envoya un message à Chester en fronçant les sourcils. Quand il reçut une réponse sur-le-champ, il sourit.

— Chester est en train de se préparer pour un rendez-vous, mais il apportera des affaires au poste dans la matinée.

— Parfait. Dès que tu es libre, dimanche midi, nous irons chercher ce qu'il nous manque.

— Nous verrons. Je me souviens avoir parlé à Larry, un de mes voisins. Il m'a dit avoir un tas de trucs dans son jardin, qui brunissent au soleil.

— Tu peux lui parler aussi. Nous ne sommes pas obligés de le faire ce week-end, si on peut avoir plus de matériaux. J'adorerais avoir une terrasse, mais je n'ai vraiment pas l'argent pour ça en ce moment.

— Je comprends. Et puis, il y a quelque chose de très satisfaisant à faire un travail pour un minimum d'argent.

— Oh, il n'y a pas que moi qui pense ça, hein ?

Mack gloussa.

— Je pense que tout le monde aime les bonnes affaires. Dans un cas comme celui-ci, c'est une affaire encore plus grande.

— C'est vrai. Donc, la prochaine chose à faire est de comptabiliser tout ce que nous avons. Je commence à m'impatienter.

— Voyons ce que Chester apporte demain, et je peux toujours jeter un œil au surplus de mon voisin pour voir ce qu'il a. Si besoin, je peux apporter des trucs demain aussi.

— Je me sens vraiment mal, déclara Doreen. Tu fais tellement pour moi.

— Oui, mais ça me va. On s'entraide dans ce monde.

Cela l'attristait, car, dans son monde, tant de gens n'étaient pas du genre à aider.

— Merci beaucoup.

— Ne t'inquiète pas pour ça. Tu te souviens ? Tu as partagé ton chinois avec moi, et j'ai partagé mon dessert avec toi. Donc ça va dans les deux sens.

Doreen gloussa à son tour.

— En effet, et c'était vraiment bon, non ?

— Oui. Maintenant, je ferais mieux de rentrer chez moi. La journée a été très longue. Merci pour le dîner. Si tu veux, on peut faire des côtes d'agneau demain.

Le regard Doreen s'illumina.

— Ou dimanche, si tu préfères ?

Elle le suivit dans la maison puis dans l'allée.

Mack fronça les sourcils, puis hocha la tête.

— Peut-être que dimanche serait mieux. Je vais m'arrêter en acheter. Et on les cuisinera dimanche.

Elle sourit et hocha la tête. Alors qu'il s'éloignait, elle marmonna :

— On peut cuisiner de l'agneau avec des pâtes ?

Elle savait que si elle réussissait à le convaincre de préparer une plâtrée de pâtes, elle pourrait manger toute la semaine sans problème.

De plus, elle savait que, si elle en avait l'occasion, elle mangerait des pâtes à tous les repas.

Mack klaxonna et partit, en faisant un signe de la main par la fenêtre. Doreen lui rendit son salut, ressentant un sentiment de perte et de solitude alors qu'il partait. Elle s'était vraiment habituée à sa présence quotidienne quand elle avait rechuté sur son petit pont récemment. Mais elle le reverrait bientôt. Bon sang, c'était bon de l'avoir dans sa vie. Elle se retourna et rentra.

Chapitre 5

L E JOUR SE leva, ensoleillé et lumineux. Doreen sortit de son lit avec une énergie à laquelle elle ne s'attendait pas. Démarrer l'agrandissement de sa terrasse le lendemain était une idée incroyable et excitante. Elle était quelque peu inquiète du coût que cela représentait. Et que se passerait-il si elle se lançait dans le travail et devait ensuite attendre de récolter plus d'argent ? Ce serait difficile, d'autant plus qu'elle ne pouvait pas encore gagner d'argent sur la vente des antiquités ou même sur la vente des vêtements de Nan.

Mack ne l'avait pas encore payée pour le jardinage chez sa mère. Elle gémit. Doreen savait que c'était parce qu'il était très occupé par son travail. Elle aurait aimé pouvoir l'aider, mais malheureusement, elle était en grande partie la raison pour laquelle il avait tant de travail.

Dans la cuisine, elle prépara son café du matin, désarma le système de sécurité et ouvrit la fenêtre ainsi que la porte arrière. Les animaux sortirent en trombe. Thaddeus s'envola par la fenêtre, comme si cela était plus rapide que par la porte.

— Qu'est-ce qui vous prend les gars ? s'enquit-elle en

secouant la tête, avant de se diriger vers sa petite terrasse pour regarder autour d'elle.

Cependant, il n'y avait rien à voir.

Sauf que l'eau était visiblement plus haute. Elle clapotait près du sommet du chemin à présent. Elle regarda le paysage avec surprise. Puis elle riva son attention sur la cafetière, et se rendit compte que la première tournée n'était qu'à la moitié. Elle se demanda si elle pouvait se remplir une tasse, car elle voulait longer le ruisseau, une tasse de café à la main.

Elle avait rangé les bijoux dans sa chambre la veille au soir, se demandant ce qu'elle allait en faire. Elle devait les faire expertiser, mais ne savait pas combien de temps cela prendrait. Elle n'aimait pas l'idée de laisser les bijoux ailleurs que chez elle. Elle n'aimait pas non plus l'idée de montrer les bijoux à quelqu'un d'autre. Des secrets avaient été enterrés avec eux et, s'ils étaient rouverts, tout pourrait basculer.

Finalement, Doreen réussit à se servir une tasse de café et, avec les animaux qui se pressaient autour d'elle, elle descendit jusqu'au ruisseau. L'eau était montée d'au moins vingt à trente centimètres pendant la nuit. Est-ce que cela allait continuer ? Si tel était le cas, son chemin était sur le point d'être submergé. C'était toujours en contrebas de son jardin, mais quand même. Mugs ne cessait de se rapprocher du bord.

— Mugs, stop, dit-elle en posant sa tasse pleine sur un gros rocher.

Il la regarda et aboya, puis, presque comme un enfant, il fit un pas de plus vers l'eau et commença à chuter. Doreen se précipita à ses côtés alors qu'il grimpait tant bien que mal sur la berge, essayant de sortir de l'eau. Elle réussit à l'attraper par le collier, juste à temps pour le tirer vers elle. Sauf qu'elle tomba sur son postérieur, et se mit à glisser vers l'eau. Elle se retint de justesse pour éviter de se retrouver elle-même dans le courant rapide.

Elle voyait à peine sous la surface ; l'eau était sale, comme si elle avait amassé des saletés à chaque centimètre en descendant son petit ruisseau pour devenir une rivière. Doreen se souvenait avoir vu des photos aériennes du lac, où l'eau brune de la rivière se déversait dans le lac pour former un demi-cercle foncé en son centre. Et c'était exactement comme ça que la camionnette avec ces pauvres gens avait fini dans le lac lors de la grande crue des eaux quelques années auparavant.

Ce n'était rien comparé à ça, mais c'était suffisant pour qu'elle prenne conscience de la réalité. Elle regarda autour d'elle et remarqua que, si l'eau continuait à monter à cette vitesse, elle ne pourrait plus prendre cette route le long du ruisseau pour aller chez Nan.

— Qui l'aurait cru ? s'enquit-elle en secouant la tête.

Mugs se recula de quelques mètres et s'assit à côté d'elle sur sa propriété, mais sur une petite butée, pour qu'elle puisse regarder l'eau. Heureusement, il ne s'assit pas sur la bruyère récemment repiquée.

— Si beau, et pourtant, si dangereux.

Ce fut alors qu'elle entendit une voix venant de derrière la clôture de Richard.

— Comme toute étendue d'eau, cingla la voix.

À qui appartenait cette voix ? Richard ? Sa femme ? Doreen ne savait pas à qui elle parlait quand elle n'avait pas de visage à mettre sur la voix androgyne. Richard avait dit qu'il était marié et que sa femme s'appelait Sicily. Pourtant, Doreen ne l'avait jamais vue. Le mystère de la compagne de Richard n'avait toujours pas été résolu à ce jour. Mais la curiosité de Doreen ne s'était pas émoussée.

Celle-ci fixa la clôture.

— Vous voyez comme le ruisseau est haut ?

— Ce n'est pas si haut, répliqua-t-il ou elle. Elle ne passe pas encore sous ma clôture.

Doreen resta silencieuse et regarda au loin, en pensant à cela.

— Est-ce que ça monte aussi haut d'habitude ?

— En principe, non, répondit la voix, mais j'ai déjà vu cela se produire une demi-douzaine de fois depuis que je suis ici.

— Je comprends mieux maintenant, murmura Doreen. Mais la clôture de son voisin était aussi un peu plus basse. Alors peut-être que c'était logique.

— Eh bien, je n'ai plus de clôture, donc je peux admirer cela alors que je suis assise ici sur ma propriété.

— Vous pouvez admirer autant que vous voulez, mais ça n'en reste pas moins dangereux.

— Wouah, dit Doreen. Je suis vraiment stupéfaite.

Le soleil matinal brillait sur l'eau qui dansait et jaillissait jusqu'au lac.

— C'est incroyable.

Des branches flottaient et parfois même un arbre entier.

— Il doit y avoir des milliers de litres d'eau qui se déversent ici.

— En effet, dit le voisin ou la voisine.

Après cela, la conversation fut terminée, et Doreen resta assise et profita. Sa tasse de café finalement vidée, elle fit demi-tour et retourna à la maison pour en chercher une autre. Le sol lui-même semblait un peu plus humide, comme si l'eau s'y était infiltrée pendant la nuit, jusqu'à la maison.

L'eau sortait des tuyaux qu'elle avait reliés à la pompe du puisard avec l'aide de Nan. Elle fut surprise de ne voir qu'un filet d'eau s'écouler, mais cela signifiait que les pompes fonctionnaient. Elle se pencha et souleva un des disques en bois au-dessus de la pompe pour vérifier l'eau à l'intérieur.

Alors même qu'elle regardait, la pompe s'activa, et envoya un jet d'eau qui se trouvait dans la petite citerne vers le ruisseau. Doreen sourit.

— Wouah, je ne m'attendais pas à tout ça. Est-ce que tout le monde possède des pompes par ici ?

Mais le voisin ou la voisine ne répondit pas. Soit il ou elle était au bord du ruisseau, soit il ou elle était rentré(e).

Après l'histoire des menottes, le voisin n'était pas plus amical. Il ou elle avait décidé de blâmer Doreen pour toute cette attention. Mais, jusqu'à présent, les médias n'avaient pas entendu parler des menottes en satin rose trouvées dans le jardin avant de Richard. Dommage. Elles pourraient le hanter pour une fois.

Elle gloussait encore en se dirigeant vers sa terrasse puis à l'intérieur. Elle devrait absolument faire un tour à la bijouterie du coin, se procurer un récépissé pour tous les bijoux, et les laisser à un expert, si cela leur convenait. Elle attrapa les pierres dans le sac à bijoux, mais n'était toujours pas très à l'aise avec cette histoire d'expertise. Elle devait aussi aller faire des courses et pourrait même revenir avec des bâches, de sorte que le temps libre de Mack fut consacré à faire ce qu'elle-même ne savait pas faire.

Il lui faudra un certain temps pour installer la bâche et arracher les mauvaises herbes. Elle n'était pas sûre pour les pierres, car il y en avait plein autour de son jardin et, bien sûr, si elle le voulait, elle pouvait toujours en ramasser dans son ruisseau. Une loi ou quelque chose contre cela existait certainement, mais, si elle était prudente et pas trop avare, peut-être que la ville ne verrait pas d'inconvénient à ce qu'elle en prenne quelques-unes.

Doreen prit son sac à main, réinitialisa l'alarme, et laissa les trois animaux à l'intérieur avant de sortir. Mugs sauta sur la porte, pour lui faire comprendre par ses aboiements qu'il voulait venir avec elle.

— Désolée, mon pote. Je ne peux pas t'emmener à l'épicerie et je ne vais pas te laisser dans la voiture, dit-elle à travers la porte.

Elle se rendit d'abord à la quincaillerie et trouva les bâches les moins chères. À douze dollars l'unité, elles n'étaient pas vraiment bon marché. Elle hésita à les remettre en rayon, se demandant s'il n'y avait pas une meilleure option. Elle envoya un SMS à Mack.

Comment s'appelle le magasin dont tu me parlais pour acheter des bâches ?

Il répondit, et le nom lui revint en mémoire… Mais qui associait « princesse » au nom d'un magasin automobile ? Elle trouva le chemin pour se rendre à ce qui ressemblait à un magasin fourre-tout. Elle entra et tomba sur un homme plus âgé au crâne chauve qui lui souriait.

Doreen fit de même.

— Bon, je sais que je n'ai pas l'air d'être à ma place ici, mais je cherche des bâches pour mettre sous une nouvelle terrasse que nous allons construire.

— Parfait, répondit-il en hochant la tête, puis il la conduisit aux bâches. Celles-ci sont plutôt bon marché, surtout pour ce à quoi elles seront destinées.

— Je ne veux pas que les mauvaises herbes passent à travers, donc je ne veux pas que ce soit trop bon marché.

— Pas un problème. C'est très épais. Vous pouvez également les doubler, si vous le souhaitez.

— Combien coûtent-elles ?

— Il se trouve qu'elles sont en promotion ce week-end.

Son sourire était sincère.

— Si vous en achetez une, la deuxième est offerte, donc ça fait deux pour dix dollars.

Ravie, Doreen en prit deux, puis elle s'arrêta et regarda la taille.

— Elles font trois mètres par trois.

— C'est la taille de votre terrasse ? demanda-t-il. Ou plus grande ?

— Plus grande.

Le problème, c'était qu'elle ne connaissait pas la taille du résultat final, et elle ne voulait pas faire l'impasse sur les bâches.

— Lorsque les blocs de béton seront mis en place, veillez à les creuser, sinon vous aurez des mauvaises herbes tout autour.

Elle fronça les sourcils et hocha la tête.

— Et vous pourriez en prendre une troisième et en couper des morceaux pour la prolonger, poursuivit-il.

— Ou est-ce que vous en avez des plus grandes en promotion également ? interrogea Doreen habilement.

Le vendeur gloussa.

— J'en ai quelques-unes qui font trois mètres et demi par cinq.

— Je vais en prendre deux, annonça Doreen. Je peux toujours la replier en cas de surplus.

Elles lui coûtèrent quinze dollars, mais elle les prit. Avec les deux bâches dans sa voiture, elle se mit en route vers l'épicerie. Elle n'avait pas beaucoup d'argent sur elle, car elle n'avait délibérément pas prévu de budget pour chaque semaine. Mais elle avait besoin d'un peu plus que ce qu'elle avait prévu. Y compris du café. Alors qu'elle déambulait dans les allées, remplissant son panier, elle crut entendre son prénom. Elle se retourna, mais il n'y avait personne. Puis elle entendit à nouveau son prénom, comme si quelqu'un l'avait mentionné dans une conversation. Elle se rapprocha et entendit plusieurs femmes âgées discuter de la Doreen, la petite-fille de Nan.

En arrivant à l'angle du rayon, l'une d'elles donna un coup de coude à une autre, et elles se turent toutes. Doreen les regarda et sourit.

— Est-ce que je vous ai entendues parler de moi ? J'ai cru entendre mon prénom mentionné. Doreen ?

Elle avait toujours trouvé que la meilleure façon de traiter les commérages était de les étouffer dans l'œuf.

L'une des femmes la dévisagea, puis arqua un sourcil, le nez en l'air.

— Bien sûr que non, répondit-elle. Aurions-nous une raison de parler de vous ?

L'arrogance et le ton si hautain arrêtèrent Doreen, et elle la regarda avec surprise.

— Aucune, je suppose, dit-elle, se cachant facilement derrière ses années d'entraînement avec un mari tout aussi arrogant. Évidemment, si vous commérez sur quelqu'un, ce n'est vraiment pas bien vu, n'est-ce pas ? Ma grand-mère est une personne adorable, alors je sais que, si vous parlez d'elle, ce sera amicalement.

Pendant qu'elle parlait, la femme la fusilla du regard.

Doreen lui lança simplement un sourire enjoué et se dirigea vers les bananes. Elle en prit une et la déposa dans son panier.

— C'est tout ce que vous pouvez vous permettre ? interrogea la femme.

Doreen sentit la colère jaillir en elle. Elle se retourna et scruta lentement les cinq femmes agglutinées, et une seule eut la décence d'avoir l'air gênée. Les trois autres soutenaient la femme la plus âgée.

— Bien sûr que non, mais il n'y a pas de petites économies, répliqua Doreen en balayant sa question d'un geste de la main. Vous devez être Aretha.

La femme fut sous le choc.

— Comment savez-vous qui je suis ? demanda-t-elle.

Doreen lui lança un faible sourire.

— Ce n'est vraiment pas difficile à deviner, dit Doreen, et elle commença à s'éloigner, mais Aretha n'en avait pas terminé.

— De quoi parlez-vous ? Répondez-moi !

Puis elle tendit ses griffes, et saisit le bras de Doreen.

— Comment osez-vous parler de moi !

— Je n'ai pas parlé de vous.

Si nécessaire, Doreen était capable de mentir avec snobisme.

— Mais j'ai entendu dire que votre arrogance n'était pas dans votre intérêt et que vous regardiez de haut tous ceux qui n'ont pas autant d'argent que vous, répondit-elle en riant. J'ai donc deviné tout de suite qui vous étiez. Et, bien sûr, ce sont vos acolytes. Je vais m'assurer de découvrir qui elles sont.

Sur ce, elle leur sourit simplement et, ignorant le regard choqué d'Aretha, ajouta :

— Bonne journée, mesdames !

Doreen poussa son chariot et, en passant devant elles, elle vit des employés du magasin la regarder bouche bée. Elle leur adressa un sourire radieux et leur dit :

— N'oubliez pas de ne jamais vous abaisser au niveau de ceux que vous ne supportez pas.

Et, en riant, elle se dirigea vers la caisse.

Chapitre 6

Samedi matin…

TOUJOURS EN RIANT, et après avoir vu les regards écarquillés des caissières et de tout le monde autour d'elle, Doreen poussa son chariot jusqu'à sa voiture et chargea ses quelques provisions, y compris son unique banane. Elle n'avait jamais été du genre à acheter beaucoup de bananes, car elles mûrissent très vite. Elle n'était pas experte en la matière, et il y avait peut-être un moyen de le contrer, mais il lui semblait que les bananes passaient du vert au noir en quelques secondes, en particulier quand il faisait chaud. La dernière chose qu'elle voulait était un tas de bananes noires dont elle ne savait que faire.

D'un autre côté, l'incident fut particulièrement révélateur de la personnalité d'Aretha. Mais Doreen avait rencontré beaucoup de femmes comme elle. Son ancienne vie avait été remplie de femmes qui étaient toutes tellement mieux qu'elle. Ou du moins, elles voulaient l'être. Dans son cas, son mari avait été un personnage tout-puissant, et souvent ces femmes ne voulaient rien d'autre qu'être à sa place.

En remontant dans le véhicule, elle eut vraiment envie de glousser, car Aretha serait tellement surprise d'avoir connaissance des bijoux que Doreen s'apprêtait à faire estimer. Elle conduisit jusqu'à la plus grande des bijouteries de la ville. Elle était située dans le centre commercial, qui n'était pas son lieu préféré, mais si c'était là qu'elle se trouvait, c'était là que Doreen irait.

En entrant dans le centre commercial, elle se dirigea vers la bijouterie et demanda à parler au gérant. L'employé la regarda avec surprise, puis haussa les épaules et entra dans une petite pièce à l'arrière. Très rapidement, deux femmes en sortirent. La plus âgée des deux sourit.

— Bonjour. Que puis-je faire pour vous ?

— J'aimerais faire estimer des bijoux, s'il vous plaît.

— Pour l'assurance ? interrogea la femme en retirant ses lunettes du dessus de sa tête.

— En partie, oui, répondit Doreen en jetant un coup d'œil autour d'elle. J'apprécierais que tout le monde ne sache pas ce que je possède.

— Bien sûr, acquiesça la femme avant de soulever une partie du comptoir. Venez avec moi.

Ensemble, elles se dirigèrent au fond du magasin, où se trouvait une petite table dans un espace bureau. Dès que Doreen fut assise, elle sortit le petit sac et le lui remit.

— J'ai évidemment tout photographié chez moi, expliqua Doreen, mais pour des raisons d'assurance et d'identification, nous avons besoin de plus de détails.

La femme hocha la tête et versa soigneusement les bijoux étincelants sur la table. Elle ne fit aucun commentaire, et se contenta de les étudier attentivement.

— Je vais devoir les confier à un spécialiste, murmura-t-elle.

— Vous n'avez personne ici ?

— Pas pour certains d'entre eux. Hmm.

Elle fronça les sourcils.

— Quelques gemmologues sont présents pour une convention, ajouta-t-elle. Je pourrais peut-être convaincre l'un d'eux de jeter un coup d'œil ce week-end. Je vais envoyer un petit message pour vérifier leur disponibilité.

Ceci fait, avec son doigt, elle écarta doucement les bijoux pour pouvoir les détailler. Elle sépara le rubis, plusieurs émeraudes – une plus grande que les autres – et un petit tas de diamants, dont un diamant jaune.

— Ils sont très beaux, dit la joaillière.

— Je sais. Y a-t-il un moyen de les identifier autrement qu'en prenant une photo ? Y a-t-il des certificats ou quelque chose du genre pour les bijoux ?

La femme haussa les épaules.

— Certains sont identifiés. Certains ont des marques, et d'autres sont accompagnés d'un certificat d'authenticité.

Elle regarda Doreen par-dessus ses lunettes.

— En possédez-vous ?

Doreen secoua la tête et la bijoutière fronça les sourcils.

— Donc, je me permets de vous poser la question. Où les avez-vous eus ?

— Je ne vous permets pas, répondit Doreen gentiment, mais sur la défensive. Et je ne vous le dirai pas maintenant.

La femme tapota ses doigts.

— Ils ne sont pas volés, si c'est ce que vous demandez, renchérit Doreen, et n'hésitez pas à parler au caporal Mack Moreau du détachement de la GRC.

Face à la réponse de la jeune femme, la joaillière haussa les sourcils.

— Donc, la police sait que vous les avez apportés ici ?

Doreen acquiesça.

— Oui, ils m'ont suggéré de les faire expertiser, ainsi que

de vérifier s'il existe un moyen d'identifier chaque pièce.

Fronçant les sourcils, visiblement curieuse et désireuse d'en savoir plus, la femme prit l'un des plus gros bijoux et l'examina avec sa loupe spécialisée.

— C'est une pièce plutôt spectaculaire, concéda-t-elle.

Elle le reposa et fronça les sourcils en regardant l'ensemble.

— Quand vous dites, pièce spectaculaire, commença Doreen prudemment, à combien vous l'estimez ?

— Eh bien, je ne peux pas le dire avec certitude, mais je suis convaincue quand je dis que cette pièce seule coûterait plus de vingt mille dollars.

Doreen hocha la tête en silence. Elle n'était pas surprise, car elle avait vu les bijoux très chers de son mari, même si selon elle, ces bijoux auraient dû être les siens.

— J'aimerais avoir un reçu pour ces articles, afin de savoir si tout est comptabilisé, dit-elle en se levant.

— Bien sûr, cela peut se faire.

La femme apporta un bloc de papier pour prendre des notes, puis prit des photos, transférant les images sur le reçu numérique qu'elle rédigeait.

Doreen la regarda et fronça les sourcils.

— Donc vous êtes assurés pour cela si je les laisse ici. N'est-ce pas ?

La femme acquiesça.

— Oui, bien sûr, même si nous n'avons pas encore de valeur établie.

— Alors, combien de temps pour l'expertise ? demanda Doreen, réticente à l'idée de laisser les bijoux ici s'ils ne pouvaient pas déterminer une valeur pour l'assurance.

La femme la regardait au moment où son téléphone sonna. Elle décrocha et Doreen découvrit qu'elle s'appelait

Mindy Karsten. Doreen écouta la conversation d'une oreille tandis qu'elle comptait les bijoux.

Elle prit d'autres photos des bijoux qui se trouvaient devant elle. Elle finit par comprendre qu'ils parlaient de quelqu'un dont la visite serait en lien avec ces bijoux.

Quand elle eut raccroché, la femme leva les yeux.

— Vous avez de la chance. Il sera là dans quelques minutes, si vous voulez attendre, annonça la bijoutière avant de prendre son bloc-notes et son stylo, puis elle continua. Cela me laisse le temps de finaliser votre reçu.

— Pas de problème, dit Doreen, puis elle s'assit tranquillement, observant attentivement la femme qui prenait plusieurs photos de chacune des pièces et les ajoutait soigneusement au reçu numérique.

Entendant de l'agitation au comptoir, la femme leva le regard et sourit alors qu'un homme fit le tour et entra dans son bureau.

— Jeremy, quel plaisir de te voir, dit-elle, en tendant une main qu'il serra.

Il sourit simplement quand elle lui présenta Doreen, qui se leva immédiatement pour lui serrer la main.

— Alors, qu'avons-nous, ma chère ? Vous avez des bijoux intéressants ? Ai-je bien compris ?

— Des gemmes, corrigea Doreen. Taillées mais pas serties.

L'expert fronça les sourcils. Mindy, la femme à qui elle avait eu affaire, se plaça sur le côté. Il s'assit, sortit sa loupe et regarda les bijoux avant de choisir la plus grosse émeraude.

— Excellente qualité, déclara-t-il. Il est évident qu'il ne s'agit pas de bijoux de premier ordre, mais ce sont de très, très belles pierres.

Il se tourna vers elle.

— Où les avez-vous eues ?

Doreen lui adressa un sourire éclatant.

— Je ne souhaite pas divulguer cette information pour le moment. Ce que je cherche, c'est une estimation des pièces. Et découvrir si elles sont identifiées.

— Bien évidemment, vous avez une preuve d'achat et éventuellement des certificats, n'est-ce pas ?

Son ton commençait à lui taper sur les nerfs.

— Encore une fois, ça ne vous regarde pas, dit-elle en souriant. Je parlais justement avec Mindy de certains aspects de ce processus. Je ne vous connais pas.

Il fronça les sourcils, en secouant la tête.

— Ne froncez pas les sourcils. Vous êtes peut-être un pro dans votre domaine, mais je ne vous connais pas. Je suis venue ici pour obtenir une expertise de ces pierres précieuses. Pouvez-vous me la fournir ou non ? s'énerva Doreen.

Ses doigts descendirent pour embrasser les bijoux avec une certaine révérence.

Une révérence possessive qu'elle n'aimait pas.

— Je ne pense pas que vous soyez les bonnes personnes pour gérer cette expertise, lança-t-elle. De toute évidence, c'est trop sophistiqué pour vous.

— De quoi parlez-vous ? fulmina-t-il. Je veux m'assurer qu'ils sont bien à vous.

— Cela ne relève pas de votre pouvoir.

Il la regarda avec indignation tandis qu'elle plaçait sa main sur les bijoux. Elle attrapa le sac et les mit dedans avec précaution, en les comptant au fur et à mesure. Une fois tous les bijoux sécurisés, elle regarda Mindy.

— Le reçu ne sera pas nécessaire, comme vous l'aurez deviné, dit Doreen avant de les regarder tous les deux. Vous n'avez pas été d'une grande aide. Donc si ça ne vous dérange pas, je vais partir.

— Vous ne pouvez pas partir avec ça, déclara-t-il en se levant.

— Et pourquoi pas ? demanda-t-elle très calmement.

Elle sortit son téléphone et le tint devant elle, comme si elle allait passer un appel. Au lieu de cela, elle enregistra une vidéo.

— Parce qu'ils sont très précieux.

— C'est vous qui le dites ! Vous n'avez même pas réussi à les expertiser.

— J'ai besoin de temps !

— Peut-être bien, mais je n'aime pas que vous vous sentiez en droit de me questionner. Et je n'aime pas votre attitude. Je vais trouver quelqu'un d'autre qui pourra les évaluer.

— Nous sommes les meilleurs de la ville, interrompit Mindy. Je suis sûre que nous pouvons vous aider.

— Tout ce que vous avez fait jusqu'à présent, c'est convoiter ce que j'ai apporté. Et ça me met mal à l'aise. Alors, excusez-moi, mais non merci.

— Voulez-vous les vendre ? demanda l'homme.

— Non, ils ne sont pas à vendre, répondit Doreen en le regardant droit dans les yeux.

Sur ce, elle se retourna et sortit.

Toujours dans le centre commercial, mais loin de la bijouterie, elle pouvait sentir les tremblements commencer à s'estomper. Ils avaient commencé quand l'expert était arrivé et avaient empiré quand elle avait réalisé à quel point il voulait vraiment ces pierres précieuses. Peu importe leur qualité, elle avait bien vu que quelque chose ne lui plaisait pas. Quelque chose n'allait pas du tout ici, et elle sortit du centre commercial pour se diriger vers son véhicule. Sentant que quelqu'un l'observait, elle ne cessa de regarder autour d'elle.

Dès qu'elle fut arrivée à sa voiture, Doreen s'arrêta devant une voiture différente de la sienne, puis s'accroupit, comme pour y entrer. Puis elle jeta un coup d'œil depuis l'arrière du véhicule à côté d'elle et, bien sûr, l'homme de la bijouterie était là.

Elle attendit, alors qu'elle le voyait s'approcher d'elle. Puis elle courut le long de plusieurs véhicules et sortit de nouveau son téléphone, pour filmer une nouvelle vidéo. Il était arrivé au niveau du véhicule dans lequel elle était supposée être entrée, et il réalisa qu'il n'y avait personne.

Il s'arrêta en fronçant les sourcils puis posa ses mains sur ses hanches, et regarda autour de lui. Elle l'avait bien filmé, mais comme il ne faisait rien de mal, il dirait sans doute qu'il était venu pour lui donner une autre chance dans un environnement différent, pour qu'elle ne se sente pas aussi menacée et pour qu'elle lui vende éventuellement les bijoux. Puis il sortit son téléphone et parla à quelqu'un à l'autre bout du fil.

Doreen fronça les sourcils à son tour. Pourquoi appelait-il quelqu'un ? Ça devait la concerner ainsi que les bijoux. Elle se trouvait à présent à l'extérieur du centre commercial, mais elle supposait que le parking faisait également partie du ressort de la sécurité.

Jeremy devait s'éloigner de son véhicule pour qu'elle puisse partir. Il retourna lentement vers le centre commercial, toujours en plein appel téléphonique. Dès que la voie fut libre, elle se précipita vers sa voiture, démarra et fila dans la direction opposée, bien qu'elle serait rentrée chez elle plus rapidement dans l'autre sens.

Cette fois, elle alla directement chez elle. Elle avait

d'autres choses à faire, mais celle-ci avait été suffisamment troublante.

Dans son allée, elle se gara dans le garage ouvert. En utilisant le ferme-porte sophistiqué que Mack lui avait donné, elle attendit que la porte du garage soit complètement fermée. Dès qu'elle sortit, elle prit les bijoux et son sac, puis se dirigea vers l'intérieur.

Mugs s'agitait autour d'elle, comme si elle était partie depuis des jours. Goliath s'assit dans un coin et bâilla. Doreen s'accroupit et salua à Mugs avec enthousiasme.

— J'aurais dû te prendre avec moi, chuchota-t-elle. Il n'aurait pas paru si menaçant si tu avais été là pour me défendre.

Mugs s'étant enfin calmé, elle posa son sac et les bijoux, puis repartit à sa voiture pour décharger les quelques provisions qu'elle venait d'acheter. Le rangement lui prit peu de temps, et elle se demandait à présent quelle serait la prochaine étape. Manifestement, quelque chose à propos de ces bijoux avait causé un peu de remue-ménage. Elle sortit son téléphone, et, pendant qu'elle préparait du café, elle composa le numéro de Mack. Elle entendit la tonalité pendant qu'elle moulait les grains et remplissait la cafetière d'eau.

Quand il répondit enfin, il était distrait, et il y avait du bruit en arrière plan.

— Doreen, qu'est-ce qu'il y a ?

— Tu es sur une affaire ?

— Je suis flic, Doreen soupira-t-il. Je suis sur toutes sortes d'affaires. Est-ce que tout va bien ? Pourquoi appelles-tu ?

— Parce que quelque chose de bizarre est arrivé au centre commercial aujourd'hui.

Elle commença à lui parler de l'expertise, ou plutôt de la non-expertise.

— Intéressant, marmonna-t-il. Sa réaction n'était pas normale ?

— Non. Il y avait une certaine contradiction dans son regard, et je sais que ça peut paraître ridicule, mais il y avait presque de la possessivité dans ses doigts. Je n'ai pas aimé ça du tout, alors j'ai pris tous les bijoux, et je suis partie dès que j'ai pu. Mais écoute ça : il m'a suivie jusqu'au parking, jusqu'au bout, là où j'avais fait semblant d'aller. Heureusement, je l'ai semé et j'ai remonté quelques allées, mais il ne fait aucun doute qu'il s'est arrêté là où il pensait que je serais.

— Est-ce qu'il t'a menacée d'une manière ou d'une autre ? demanda Mack d'une voix soudainement grave.

— Non, répondit Doreen, pas directement. Seulement, il n'a pas apprécié que je parte avec les bijoux.

— Tu as son nom ? continua-t-il de l'interroger et elle le lui donna. Quand je serai de retour au bureau, j'y jetterai un coup d'œil.

— Pas de souci, je sais que tu es occupé.

— En effet.

Il eut à nouveau l'air distrait.

Dans le fond, elle pouvait entendre quelqu'un l'appeler.

— Oh, je te laisse tranquille, dit-elle précipitamment. Je ne voulais pas te déranger dans ton travail.

Et elle raccrocha.

Elle fourra son téléphone dans sa poche, se versa une tasse de café et sortit sur sa petite terrasse. Sa toute petite terrasse à court terme, bientôt remplacée par une grande et belle terrasse. Si elle vendait un des bijoux, elle aurait assez d'argent pour refaire toute la maison, sans aucun doute.

Mais ils ne lui appartenaient pas. Elle comprenait ce que

Millicent ressentait à leur sujet. Ce n'était pas parce que quelque chose était entre vos mains que c'était à vous d'en faire quelque chose. Elle était heureuse que Mack en eût connaissance.

Chapitre 7

Samedi, en milieu de matinée...

EN PARLANT DE Mack, Doreen aurait dû lui demander de regarder dans les vieux dossiers à propos du cambriolage de la bijouterie, quelques décennies auparavant. Peut-être que les bijoux avaient été inventoriés, et que ces pierres en faisaient partie. Mais cela n'avait pas de sens, car, lorsque Millicent avait remis les bijoux à la police, ils auraient dû les comparer à tous les bijoux qu'ils avaient répertoriés comme volés lors du braquage de la bijouterie ou d'autres crimes de toute façon.

Elle voulait vérifier par elle-même, cependant. Elle repoussait l'idée que les flics n'avaient peut-être pas fait leur travail à l'époque, mais ce n'était pas impossible. Quand Millicent disait qu'elle leur avait donné, était-ce elle ou son mari qui y était allé ? Doreen détestait penser que l'un d'eux aurait pu dire qu'il avait fait quelque chose, mais ne l'avait pas fait. Les gens font toutes sortes de choses, mais elle savait qu'elle était sur la corde raide parce que c'était les parents de Mack.

Assise sur sa terrasse avec son bloc-notes, elle griffonnait et étudiait son jardin, tout en essayant de trouver quelles plantes à mettre à tel ou tel endroit. Elle espérait pouvoir récupérer des fleurs et des boutures ici et là, au lieu de devoir les acheter. Non seulement les plantes adultes étaient beaucoup plus stables et plus faciles à cultiver si elles étaient greffées, mais les plantes de pépinière étaient souvent délicates et ne supportaient pas bien le repiquage.

Doreen ne connaissait pas vraiment la nature du sol de son jardin et, bien sûr, un camion ou deux de terre arable seraient les bienvenus, mais ce ne serait pas pour tout de suite. En l'état actuel des choses, elle voulait des dalles au lieu d'un chemin usé jusqu'au fond du jardin. Elle avait aussi besoin de tondre l'herbe.

En regardant dans cette direction, elle poussa un soupir de mécontentement et commença une liste de travaux. Finir de bêcher le jardin, désherber le côté droit de la maison, tondre la pelouse, tailler autour du nouveau jardin, poser les bâches. À ce moment-là, elle s'illumina parce qu'elle avait déjà les bâches, donc elle pouvait les poser maintenant.

Sur ce, elle se leva d'un bond. Elle commençait à avoir faim ; après tout, elle n'avait bu que du café au petit déjeuner. Mais l'idée de se préparer un nouveau sandwich, après être allée à l'épicerie, ne lui faisait pas envie. Je vais préparer quelque chose sous peu, pensa-t-elle, alors qu'elle s'asseyait dehors, en passant en revue la zone où elle poserait les bâches. Cela ne devrait pas être trop difficile à faire aujourd'hui. Et, bien sûr, c'était tellement plus intéressant que de désherber.

Ses épaules s'affaissèrent quand elle jeta un coup d'œil sur le côté de la maison.

— C'est le problème quand on fait les choses soi-même. Personne ne peut le faire à votre place.

Si elle avait eu son équipe de jardiniers, tout aurait été

fait en quelques jours. Puis elle aurait pu continuer à arracher toutes les mauvaises herbes qui poussaient encore au centre des plantes.

Mais elle se concentrait sur l'essentiel aujourd'hui. À l'époque, avec une armée de jardiniers à son service, elle n'avait que ça à faire. À présent, ce n'était plus le cas.

Elle s'interrogea sur Aretha et la façon dont son style de vie prospère lui réussissait. Doreen savait d'expérience combien il pouvait être froid et vide. Aretha devait avoir le même âge que Nan. Mais, quel que soit son âge, elle n'avait toujours pas l'air heureuse. Ses lèvres pincées et ses joues creuses qui allaient de pair avec son style de vie sophistiqué ne révélaient aucune joie intérieure sur son visage. Doreen n'aurait pas été surprise de découvrir que cette femme était extrêmement malheureuse et déprimée la plupart du temps. Au fond, elle se disait qu'elle devrait lui tendre la main et essayer d'être un peu plus gentille, mais a contrario, elle se disait d'oublier cette idée parce que cette femme ne récoltait que ce qu'elle semait. Malheureusement, Doreen ne mangeait pas de ce pain-là.

Déterminée à accomplir quelque chose, elle se leva et prit ses gants de jardinage. Elle appela les animaux dans le jardin. Elle était décidée à désherber un minimum.

En se dirigeant vers la plate-bande envahie par la végétation, elle se dit qu'elle pourrait faire environ trois mètres sans trop de stress. Ensuite, elle réfléchirait à ce qui devrait être désherbé là où se trouveraient les bâches.

Sur ce, elle saisit sa fourche à bêcher et sa brouette et se dirigea vers sa zone de travail. Elle aurait dû lancer de la musique, et, comme s'il lisait dans ses pensées, son voisin – qui n'était pas Richard – mit de la musique. Une symphonie. Doreen n'aurait pas fait ce choix, mais c'était mieux que rien.

Tout en écoutant la musique d'une époque révolue, elle creusait, et se balançait tout en jetant les mauvaises herbes et en ramassant de grosses pierres qu'elle déplaçait d'un côté. Elle voulait garder ces pierres, mais elle voulait les placer à des endroits stratégiques lorsqu'elle aurait terminé. De ce fait, elle entassait de gros rochers dans le jardin et laissait les petits là où ils étaient.

Elle avait vraiment besoin de terreau, et c'était un problème. Elle pourrait se procurer l'un de ces sacs géants, peut-être même livré avec du matériel dans son jardin, mais cela devait coûter au moins cent dollars, si ce n'était le double. En plus, elle devrait toujours utiliser une brouette pour déplacer la terre. Elle aurait probablement besoin d'un sac pour chaque côté.

Maugréant en pensant aux dépenses supplémentaires, tout en concédant que le jardin avait été gravement endommagé au fil des ans, Doreen creusa à nouveau et trouva de plus en plus de racines. Elle s'efforçait d'arracher les mauvaises herbes à la racine, et non seulement ce qui dépassait.

Après avoir travaillé sur un bon mètre cinquante de plate-bande, elle se rendit compte à quel point elle avait surestimé ses capacités, surtout dans cette chaleur croissante. Elle voulait s'arrêter pour se servir un verre d'eau fraîche, mais elle savait que si elle s'arrêtait ne serait-ce que quelques minutes, elle abandonnerait pour la journée. Elle continua à creuser et, alors qu'elle était presque arrivée à la marque des trois mètres, elle entendit une voix qui l'appelait.

— Par ici, cria-t-elle, et Mack ne tarda pas à débouler dans la cuisine.

Il sortit sur la terrasse. Elle souleva sa toute dernière pelletée, se pencha et secoua toutes les mauvaises herbes, allant plus loin pour en arracher d'autres qui étaient plus profondes, puis tassa la terre autour des plantes.

— J'avais oublié à quel point ce travail est difficile, gémit-elle en se redressant.

— Peut-être bien. Mais tu fais un sacré boulot.

Doreen lui sourit.

— Eh bien, c'est le jardin final, continua-t-elle. Je ne voulais pas m'en débarrasser, mais il y avait un peu de travail. J'aimerais trouver un moyen de mettre quelque chose tout au fond contre la clôture pour l'empêcher de pourrir et aussi pour donner plus de définitions à l'ensemble.

— Pourquoi pas quelques planches battantes tout le long ? proposa Mack. Cela te permettrait de travailler la terre un peu plus haut au fond.

Il descendit les quelques marches et s'approcha de l'endroit où elle se tenait.

— Où est-ce que tu vas jeter tout ça ? demanda-t-il en regardant la brouette.

— Devant, dans le bac à compost, répondit Doreen. J'aurais bien ramené le bac pour le remplir, mais maintenant il est trop lourd.

Le policier éclata gentiment de rire.

— Je vais la vider pour toi.

Il se retourna et saisit les poignées de la brouette comme s'il s'agissait d'un petit jouet et la fit rouler.

Elle le dépassa en courant et ouvrit le grand bac de compost près du garage. Il était ramassé une semaine sur deux, et celui-ci était clairement plein. Quand il arriva avec la brouette, Doreen se servit de sa pelle pour verser le contenu de la brouette dans le bac.

— Qu'est-ce que tu fais ici d'ailleurs ? Tu avais l'air super occupé tout à l'heure.

— Je le suis, répondit Mack. Un tas de dossiers ont été

ouverts, et beaucoup convergent.

Elle le regarda en levant les sourcils.

— Tu peux m'en dire plus ?

— Certainement pas, répliqua-t-il en secouant la tête. Nous avons assez de travail sans que tu t'en mêles.

Elle ricana.

— D'un autre côté, si tu m'en parlais, je pourrais peut-être réduire ton travail de moitié.

— Es-tu en train de nous insulter ? s'enquit-il d'une voix traînante en haussant les sourcils.

— Non, je plaisante, le rassura-t-elle en refermant le bac à compost. Merci. On peut ramener le tout dans le jardin maintenant.

Il s'exécuta et replaça la brouette à l'endroit où il l'avait trouvée.

— Tu continues cet après-midi ?

Doreen secoua la tête.

— Non. J'avais prévu de faire les trois mètres que je viens de terminer, puis de déployer les bâches et de détermi-ner les repères dont j'avais besoin pour ensuite tondre cette partie de la pelouse. Mais ça a pris beaucoup plus de temps que prévu pour faire ces trois mètres de désherbage.

— Ah bon ? Tu vas avoir besoin de plus de terre ici, non ?

— En effet. Même si je ne sais pas comment je vais faire ni combien ça va coûter.

— Surtout ici, renchérit-il en fronçant les sourcils. On ne peut pas faire entrer un camion à benne ici. Il pourrait le déverser dans l'allée sur un tas de bâches, mais il faudra le transporter à la brouette.

Elle acquiesça.

— Et ces gros sacs qu'ils livrent ? Penses-tu qu'ils pourraient en déposer le long du garage ici ou même à l'arrière ?

Mack la regarda avec surprise, puis se dirigea vers le côté de la maison, en fronçant les sourcils à nouveau. Puis il hocha la tête.

— Tu sais quoi ? Ça a l'air faisable. Au moins, ça permettrait de contenir le tout, et tu pourrais déblayer avec ta brouette.

— C'est ce que je me disais. Je pourrais commencer par l'extrémité la plus éloignée, et revenir vers la maison. Mais au moins deux sacs seront nécessaires.

— Plus, à mon avis, si tu veux faire les deux côtés.

— C'est le cas, confirma Doreen, et je devrais terreauter cette pelouse au centre, mais je voulais installer des dalles au milieu parce que je n'aime pas marcher sur le gazon.

Il hocha la tête.

— Nous parlions d'un patio ici. Où sont les bâches que tu as achetées ?

— Je vais les chercher, indiqua-t-elle en souriant.

Elle monta les marches avec précipitation et remarqua qu'une tasse de café pleine était posée sur la balustrade. Elle le fusilla du regard.

— Tu n'achètes jamais de café ?

— Non, ce n'est pas nécessaire. J'ai juste à venir ici et à me servir une tasse.

Elle leva les yeux au ciel, prit sa propre tasse vide et entra. Heureusement, il restait encore de quoi remplir une tasse, mais le café était froid. Elle grogna et lança une nouvelle tournée, puis elle vérifia la tasse de Mack et constata qu'il était froid aussi. Elle versa le tout dans une carafe et la mit au réfrigérateur. Le café glacé serait agréable dans l'après-midi.

Pendant qu'elle attendait que le café frais finisse de couler, elle sortit dans le garage, prit les deux nouvelles bâches dans sa voiture et les amena à Mack.

— Où est mon café ?

— Il était froid, annonça-t-elle. Le café avait quelques heures. Alors je l'ai mis au frigo et j'ai fait couler une nouvelle tournée.

— D'accord, je te pardonne.

— Quel culot, cracha-t-elle en secouant la tête.

Il regarda les bâches avec intérêt.

— Hé, pas mal, lança le policier. Elles seraient parfaites pour le camping.

— Elles seront parfaites sous la terrasse ! cingla-t-elle, ce qui fit glousser Mack.

— Aussi. Alors, qu'est-ce que tu espères faire ? demanda-t-il, en en dépliant une.

— Elles sont assez grandes, non ?

— Peut-être, tout dépend de ce que tu souhaites en faire.

— Je voulais contenir certaines des mauvaises herbes sous la terrasse, pour qu'elles ne passent pas à travers.

Mack prit la pelle et traça une ligne tout autour de la terrasse existante, puis une autre pour délimiter la taille de la bâche, et encore une autre pour marquer l'agrandissement de la terrasse.

— Elle sera un peu plus grande que ça, mais ce n'est pas plus mal d'avoir un petit rebord par ici. Nous devrons niveler les blocs de toute façon.

Doreen opina du chef.

— Pendant que l'on a le marquage, je pourrais retirer tout ce gazon. Le bac à compost est ramassé lundi. Je devrais le remplir ce soir, pour pouvoir le sortir afin qu'il soit vidé lundi, et je pourrais mettre ce qui reste de ce gazon dans le bac mardi.

— Ce n'est pas une mauvaise idée, acquiesça-t-il, avant de reprendre la pelle et de commencer à l'insérer plus profondément pour que Doreen puisse retirer des blocs d'herbe. Cette zone va être difficile.

Il désigna la partie de la pelouse où elle se tenait.

— Mais, en te rapprochant de la maison, ça devrait devenir plus facile.

— Tu crois que je ne devrais pas y toucher et laisser le gazon mourir ?

Elle fronça les sourcils, en regardant le sol.

— Comme tu veux. Nous devrons enterrer les blocs, et il y a à peine quatre-vingts centimètres pour manœuvrer. Parce que la terrasse ne peut pas être trop haute. J'ai peur que l'herbe ne passe à travers.

— Ça représente tellement de travail ! gémit-elle.

— Depuis quand es-tu allergique au travail ?

— Je ne le suis pas, dit-elle en redressant les épaules, endurcie par le compliment de sa question.

Elle prit sa fourche et, pendant que Mack taillait dans la terre, elle utilisa son outil pour soulever le tout. Puis elle tapa sur les morceaux de terre avec la fourche pour les détacher et les jeta dans la brouette.

En peu de temps, ils eurent terminé une bonne bande d'un mètre cinquante.

— Ce fut rapide, dit-elle, surprise par la différence que cela faisait d'avoir de l'aide.

— C'est plus facile avec quatre mains que deux. Rien que le fait de ne pas être seul.

Doreen réfléchit et hocha la tête.

— J'ai l'impression d'avoir été souvent seule dans ma vie.

— Ce n'est plus le cas à présent, la rassura-t-il. Tu fais

partie d'une communauté, et ça fait toute la différence. En parlant de ça. As-tu trouvé autre chose à propos des bijoux ?

— Non, répondit-elle en secouant la tête, mais je me disais que tu pourrais peut-être ressortir les vieux dossiers du cambriolage. Vraisemblablement, quand ta mère a remis les bijoux à la police, ils les ont comparés avec ceux du braquage et n'ont rien trouvé qui corresponde. Je voudrais juste confirmer.

Il hocha la tête en silence.

— Mais c'était il y a longtemps, alors je ne sais pas ce que tu trouveras comme dossiers, ajouta-t-elle.

— Je ne sais pas non plus. Nous avons des dossiers papier, et seulement une petite partie a été scannée. La plupart ont simplement été stockés.

— C'est absurde.

— La digitalisation de masse…

— Espérons qu'il y ait quelque chose. À part ça, j'ai eu une conversation pas très intéressante avec Aretha à l'épicerie aujourd'hui.

Puis elle lui raconta l'échange.

Mack la regarda avec surprise.

— Au moins, tu sais te défendre, dit-il. Tu comprends les femmes comme elle.

Elle hocha la tête et leva un bras pour essuyer la sueur de son front.

— Mais tu sais quoi ? Plus j'y pense, plus je crois qu'elle n'est pas aussi riche qu'elle en a l'air. Elle ne porte pas un seul bijou. Après toutes ces années en tant que gérante de bijouterie. Ses vêtements semblaient vieillis. Je me souviens de l'aspect froissé de sa veste qui n'avait pas sa place sur le tissu. Presque comme si la vieille dame était à bout de souffle et d'argent.

— Et maintenant tu vas te montrer sympathique avec elle, je suppose, lança-t-il en lui souriant de toutes ses dents. Tu joues les dures, mais tu es une grande sensible.

— C'est toi le grand sensible ! haleta-t-elle. Alors qui est mort ?

— Une vieille dame.

— Un meurtre ? s'enquit Doreen et le policier lui lança un regard noir. Eh bien, sûrement, si tu es impliqué.

— Tous les décès font l'objet d'une enquête, tu sais.

— Qu'est-ce que cela signifie exactement ?

Il haussa les épaules.

— Quand quelqu'un meurt, et que la personne n'est pas connue pour avoir un problème de santé particulier, nous nous occupons de l'affaire jusqu'à ce que nous ayons les résultats de l'autopsie. Si rien n'est suspect, l'affaire est classée. En revanche, si quelque chose est suspect, alors nous travaillons sur l'affaire.

— Est-ce une vieille dame que Nan serait susceptible de connaître ?

Doreen enfonça sa fourche dans le sol avec un peu plus de force que nécessaire.

— Peut-être, répondit-il.

— Un lien avec mon affaire sur les bijoux ?

— Ton affaire ? rétorqua-t-il d'un ton taquin.

Elle rougit.

— OK, ce n'est peut-être pas une affaire. Mais, si ce n'est pas le cas, alors je vais me pencher sur Bob Small, le tueur en série.

— Hé, ce n'est pas une blague.

— Je ne veux pas m'ennuyer, et ça dort dans ma corbeille. Il faudra bien que je m'en occupe un jour ou l'autre.

— Ou pas, cingla-t-il, en creusant plus fort et plus vite.

Elle le regarda avec stupéfaction creuser le sol avec sa pelle, ce qui lui facilita grandement la tâche.

— Je déteste presque être gentille avec toi, dit-elle avec un sourire en coin.

Il l'ignora et continua à travailler. Alors qu'il avait terminé la moitié et qu'il était sur le point d'atteindre les deux tiers, elle s'amusait. Il s'arrêta et la regarda.

— C'est quoi ton problème ? Tu ressembles au chat qui a mangé le canari. Pourquoi ?

— Toi, répondit-elle, en riant enfin à gorge déployée. Pour que le travail soit fait, je n'ai qu'à te mettre en rogne, à te donner la pelle et, bon sang, tu laboures à cœur joie !

Mack la regarda fixement, puis regarda la quantité de travail qu'il avait accompli, et, malgré lui, il gloussa.

— Tu l'as fait exprès ?

— Non, pas du tout. Mais je suis heureuse du résultat.

— Sauf que c'est toi qui vas devoir secouer tout ce gazon, et tu es sacrément en retard maintenant.

— En effet, acquiesça-t-elle, mais j'ai déjà fait beaucoup aujourd'hui. Je pourrai terminer demain.

Au même moment, le téléphone de Mack sonna. Il baissa les yeux et fronça les sourcils, avant de se diriger vers la maison.

— Un problème ? demanda-t-elle en le suivant.

— Une autre vieille dame.

Son ton était amer. Doreen se stoppa net.

— Morte ?

— Ce n'est pas ce que j'ai dit, répliqua le policier, et, non, je n'ai pas de détails, alors n'essaye pas de me tirer les vers du nez.

— Compris. C'est une énigme intéressante, n'est-ce pas ?

— Quoi ?

Il alla dans la cuisine et se versa une nouvelle tasse de café.

— Je dois y aller, annonça-t-il en s'essuyant le visage avec un essuie-tout humide.

— Tu as vraiment envie d'en parler, mais tu ne peux pas. C'est ça l'énigme !

— Je n'ai vraiment pas envie d'en parler, corrigea-t-il, mais tu ne me laisses pas tranquille. C'est ça l'énigme.

— Bon point, Mack. Bien vu, chuchota-t-elle en riant, car il était déjà parti.

Elle se précipiterait évidemment sur les journaux dès qu'elle serait rentrée pour découvrir ce qui se passait avec ces vieilles dames. Sa journée continuait bon train.

Doreen se demanda si Aretha était l'une d'elles. Ce serait triste, car, dans son cœur, elle savait que la dame était seule et avait désespérément besoin d'une amie.

Peut-être que Mack avait raison. Je suis une grande sensible.

Chapitre 8

D E RETOUR À l'intérieur, Doreen avait vraiment faim en regardant le peu d'ingrédients dans son réfrigérateur, même après sa récente virée à l'épicerie, et gémit.

— Je ne veux pas d'un sandwich, et je n'ai bu que du café au petit déjeuner.

Le samedi, Mack ne cuisinait pas. Il revenait le lendemain pour le faire. Alors qu'allait-elle préparer en attendant ? En voyant les œufs, elle pensa qu'elle n'avait pas mangé d'omelette depuis une éternité, et elle pouvait cuisiner une bonne omelette jambon-fromage. Elle se demanda si elle pouvait ajouter des champignons et se dit que si elle les coupait en tranches très fines, ça pourrait marcher. Une omelette conviendrait pour un déjeuner tardif.

Après avoir sorti le nécessaire et préparé son appareil, elle émniça les champignons aussi finement que possible et les déposa sur l'omelette qui cuisait avant de la replier. Elle la couvrit ensuite pour laisser le fromage fondre et les champignons cuire. Une fois prête, Doreen fut heureuse de constater que les champignons étaient exactement comme elle les aimait. Elle prit son assiette et s'assit à la table de la cuisine avec son ordinateur portable.

Pour le moment, aucun décès n'avait été annoncé dans la presse locale. Mais, en consultant l'un des journaux en ligne, elle tomba sur une note intéressante à propos de la découverte d'un corps. Il n'était pas indiqué qu'il s'agissait d'une vieille dame. Curieuse, Doreen cliqua pour voir s'il y avait d'autres informations, mais ne dénicha rien.

Elle se demandait si elle pouvait trouver l'adresse d'Aretha. Il y avait quelque chose en elle qui touchait une corde sensible. Doreen avait rencontré tant de femmes comme elle, et, sans la grâce de Dieu, Doreen aurait pu finir de la même façon. Mais, en l'état actuel des choses, elle finirait plutôt comme Nan. Et c'était tellement plus amusant.

Comme si elle l'avait entendu, Nan l'appela.

— Tu as entendu ? s'écria-t-elle.

— Entendu quoi ? demanda Doreen.

— Ils ont trouvé un corps ! chuchota-t-elle avec tant d'excitation dans la voix que Doreen leva les yeux au ciel.

— Des gens meurent tous les jours, Nan. Cela ne signifie pas que quelque chose est suspect pour autant.

— Oh, tu as déjà parlé à Mack, n'est-ce pas ?

La voix de sa grand-mère était à présent teintée de déception.

— Il m'en a parlé, oui, mais ils ne savent pas si c'est suspect ou non.

— Bien sûr qu'il t'en a parlé, renchérit Nan. C'est Mack, qui essaie de ne pas te donner de détails.

Doreen réalisa que Nan avait raison. C'était tellement typique de Mack.

— Eh bien, il a sûrement de bonnes raisons.

— Bien sûr que oui, rit Nan. Il essaie de t'éviter des ennuis et de t'éloigner de son affaire.

— Je ne suis pas si mauvaise.

— Non, la rassura sa grand-mère, tu vaux bien mieux que ça. Alors, quand tu auras des informations, fais-le-moi savoir, hein ?

— Promis, acquiesça Doreen. Au fait, tu sais où habite Aretha maintenant ? Je l'ai rencontrée à l'épicerie aujourd'hui.

— Oh. C'est vrai. J'ai entendu parler de ça.

— Comment ça, tu en as entendu parler ?

— Il se trouve qu'une des cinq dames présentes vit ici, au foyer.

— Laquelle ?

— Celle qui a détourné le regard, répondit Nan avec assurance.

— Comment sais-tu qu'elle a détourné le regard ?

— Parce qu'elle le fait toujours dès qu'il y a un conflit.

— En effet, l'une d'elles essayait de se dissocier des autres.

— Oui, c'est Hillary. Elle n'apprécie pas les conflits, quels qu'ils soient.

— Et pourtant, elle est amie avec Aretha ? Cela doit l'exposer régulièrement à des conflits.

— Elles faisaient toutes partie de la même bande à l'époque, et elles se font toujours un devoir d'apparaître ensemble en public. Mais honnêtement, je ne sais pas si le mot amitié est approprié avec ce groupe.

— J'ai l'impression qu'Aretha est une vieille dame esseulée, déclare Doreen pensivement. Une femme qui a connu des jours meilleurs.

— Cela s'applique à beaucoup de personnes ici, répliqua Nan. On ne peut vraiment pas se fier aux apparences.

— Peut-être pas, mais je dois admettre, maintenant que je suis assise ici et que je repense à cette conversation, que j'ai un peu pitié pour elle.

— Ne te laisse pas amadouer par ça, l'avertit sa grand-mère. Elle n'est pas sympathique.

— Non. Beaucoup de gens malheureux ne le sont pas.

— Oh, mon Dieu ! J'avais peur de ça.

— Peur de quoi ?

— Tu es trop sensible.

— Peut-être, mais, si tu pouvais me dire où elle habite, je pourrais faire un tour en voiture, et j'aurais l'esprit tranquille.

— J'en doute, mais peut-être que si tu as de la chance, ça arrivera, dit Nan avant de lui donner le nom d'une rue proche de chez Doreen. Elle vit chez un de ses amis qui possède un grand manoir. Il n'y a qu'eux deux là-bas.

— Oh, intéressant. Alors c'est un de ces vieux domaines royaux ?

— Oui, exactement. Rosemoor n'était pas assez bien pour elle sans aucun doute, dit la vieille dame d'un ton moqueur. Ce qui est insensé, comme tu le sais, parce que c'est merveilleux ici.

Le ton de sa grand-mère se réchauffa, et Doreen sourit.

— Tu fais du bien à cet endroit, la complimenta celle-ci.

— Évidemment ! Tout le monde mourrait d'ennui si je n'étais pas là.

Doreen ne put s'empêcher de glousser.

— Tant que tu restes en dehors des problèmes.

— Bien sûr, je reste en dehors des problèmes, la rassura sa grand-mère, et, si tu veux venir me voir, j'ai encore des légumes pour toi.

— Ce serait super. On va peut-être venir à pied tout de

suite, puisque je viens de finir de manger.

— Bien, j'ai du pain aux noix. Sais-tu combien de noyers poussent dans la région d'Okanogan ? Il y en a tellement. Et des noisetiers. Et ce n'est pas la saison.

— Ne faut-il pas faire sécher les noix et les noisettes d'abord ?

— En effet, mais ensuite tout le monde veut se débarrasser de ses vieilles noix pour faire de la place aux nouvelles. Viens quand tu veux, conclut-elle avant de raccrocher.

Doreen posa le téléphone en pensant aux mots de sa grand-mère et réalisa qu'il y avait vraiment une certaine logique à cela. Mais c'était un peu bizarre d'y penser. Elle regarda les animaux. Mugs la fixait depuis qu'il avait entendu la voix de Nan au téléphone. Doreen se pencha vers lui.

— Tu veux aller voir Nan ?

— Ouaf, Ouaf ! aboya Mugs en dansant autour d'elle.

Elle regarda Goliath, étalé de tout son long, profondément endormi, sur la chaise à côté d'elle. Elle tendit une main, gratta son ventre et, alors qu'elle allait se retirer, il attrapa sa main et la ramena sur son ventre.

— Tu peux rester ici tout seul, ou tu peux venir chez Nan avec nous, annonça-t-elle quand elle eut fini de rire.

Le chat enfonça ses griffes pour garder la main de Doreen en place.

— Ce n'est pas une réponse, dit-elle. Ou pas une réponse avec laquelle je suis prête à vivre.

Thaddeus, qui dormait sur le rebord de la fenêtre, leva la tête et s'ébouriffa.

Doreen rit à nouveau.

— N'es-tu pas magnifique, mon beau.

— Thaddeus est beau. Thaddeus est beau.

— Voici une nouvelle phrase, mais je suis d'accord. Tu

es beau.

Il sauta de son perchoir et se pavana.

— Thaddeus est beau, chantonna-t-il.

— Thaddeus, tu sais chanter ?

Il ricana à la façon d'une sorcière, et Doreen se figea.

— Mon Dieu, s'exclama-t-elle. D'où sort cette si belle gamme de sons ?

Thaddeus sauta sur sa main, celle posée sur Goliath, puis il se pencha pour picorer son ventre. Goliath miaula et bondit de la chaise.

Doreen regarda Thaddeus.

— Tu l'as fait exprès, l'accusa-t-elle.

Il leva son regard vers elle, lança plusieurs « he-he-he » et se remit à chantonner.

— Thaddeus est beau.

Doreen prit la laisse et attacha Mugs qui se tortillait et mourait d'envie de sortir de la maison.

— Qu'est-ce qui ne va pas chez vous ? gronda-t-elle. Nous avons passé l'après-midi dehors.

Elle ouvrit la porte de la cuisine, puis les alarmes lui revinrent en mémoire. Elle retourna à la porte d'entrée, la verrouilla, et enclencha le système de sécurité sur la porte de la cuisine en sortant par celle-ci. Après tout, les bijoux étaient chez elle. Les animaux devant elle, à l'exception de Thaddeus, qui s'était perché sur son épaule et était toujours occupé à chanter à quel point il était beau, elle se dirigea vers le ruisseau, se demandant si elle pourrait emprunter le chemin.

Contrairement à tout à l'heure, le niveau de l'eau avait légèrement baissé. Elle sourit et se dirigea vers la maison de sa grand-mère. Elle ne pouvait rien imaginer de mieux, un samedi après-midi, que de se prélasser, de faire du jardinage et de rendre visite à ses amis et à sa famille. C'était quelque chose qui lui avait manqué pendant toutes ces années de mariage. Son mari avait refusé de la laisser avoir une relation avec sa grand-mère, et ses amis étaient ceux qu'il jugeait appropriés. Elle se souvint du divorce de quelques membres de son groupe d'amis ; on lui avait clairement dit de ne pas avoir affaire aux épouses.

Heureusement, elles ne l'avaient jamais contactée par la suite, mais elle se demandait souvent ce qu'elle aurait fait. À l'époque, elle n'avait pas vraiment de personnalité, car elle avait été soumise à ce qui était juste et correct, et précisément à ce que son mari voulait. C'était le problème quand on se mariait si jeune.

Elle n'était plus comme ça à présent. Elle avait sa propre personnalité et en appréciait chaque aspect. Bien sûr, cela ne signifiait pas qu'elle voulait que quelque chose arrive à son ex ou à sa petite amie actuelle, l'ancienne avocate de Doreen. Maintenant qu'elle y pensait, Mack n'avait pas du tout parlé de son frère quand elle l'avait vu. Mais il semblait être assez distrait par cette nouvelle affaire.

Qui aurait cru que Kelowna serait une petite ville remplie de criminels ? Mais, en y réfléchissant, elle comptait plus de 140 000 habitants, et certains de ces crimes s'étalaient sur plusieurs décennies, donc le taux de criminalité n'était pas si élevé. Mais quand même, Doreen semblait être celle qui les dénichait tous.

Peut-être qu'elle avait un don pour ça. Ou peut-être qu'elle était juste une fouineuse, comme certains le pensaient.

À peine arrivée au coin de la rue, elle vit Nan qui les attendait. Elle lui fit un signe de la main et réalisa pour la première fois qu'elle n'aurait pas à se disputer avec le jardinier. Elle traversa les dalles, avec l'impression d'avoir perdu quelque chose.

— Nan, qu'est-il arrivé à Fred ?

— Il semble qu'il ait perdu son emploi, répondit celle-ci en haussant les épaules. Au moins en attendant le procès.

— Je suis vraiment désolée pour tout ça, s'excusa Doreen.

— Bien sûr que tu l'es, dit sa grand-mère avec un sourire radieux. C'est parce que tu as un bon cœur.

— Il est possible qu'il s'en sorte avec une peine beaucoup plus légère.

Elle détestait admettre qu'elle était peut-être d'accord avec ça également.

— Peut-être, mais la loi doit suivre son cours maintenant.

— Si seulement il n'avait pas eu un rôle dans tout ça.

— Eh bien, c'est le cas, dit Nan, alors ne t'inquiète pas pour ça.

Doreen pouffa.

— Ce n'est pas comme si je ne pouvais pas m'en inquiéter.

— Bien sûr que tu peux. Tu dois apprendre à gérer ce qui t'inquiète. Si je m'inquiétais de vieillir, je dépenserais toute mon énergie sur quelque chose que je ne peux pas freiner. Je préfère donc passer mon temps à rendre chaque jour agréable.

La vieille dame sourit avant de continuer.

— Viens t'asseoir. Le thé est presque prêt. Maintenant ! conclut-elle d'une voix un peu plus autoritaire qu'à l'accoutumée.

Surprise, Doreen attrapa sa chaise et s'assit.

Chapitre 9

— QU'EST-CE QU'IL y a, Nan ?

Nan grommela légèrement, tout en s'agitant, alors qu'elle apportait des tasses de thé et une assiette de ce qui semblait être le pain aux noix dont elle avait parlé plus tôt.

Doreen ne savait pas ce qui s'était passé, mais Nan était visiblement contrariée.

— Nan ?

Celle-ci se retourna et agita un doigt.

— Je ne veux pas que tu sois impliquée avec cette Aretha.

Surprise, touchée et un peu troublée, Doreen se redressa.

— Pourquoi pas ? demanda-t-elle.

— Elle est du genre venimeux, répondit sa grand-mère.

— Peut-être qu'elle l'était, ajouta Doreen avec douceur. Elle avait l'air très malheureuse.

Nan lui lança un regard noir.

— Donc, tu veux qu'elle reste une mauvaise personne ? continua Doreen, en versant du thé dans les deux tasses. Ou est-ce que tu es contrariée par l'idée qu'elle n'est peut-être pas celle que tu pensais qu'elle était ?

— Elle était très méchante avec certaines de mes amies, répliqua Nan. Elles ne méritaient pas qu'on leur parle comme ça.

— Elle t'a déjà parlé comme ça ?

La vieille dame secoua la tête.

— Elle a essayé une ou deux fois, mais mon cran ne lui en a pas laissé l'occasion.

— Et tu en as toujours, renchérit Doreen en souriant. Mais le fait est que j'ai rencontré beaucoup de femmes comme elle. Et elles sont très malheureuses à l'intérieur. Je pense aussi qu'elle se sent seule.

— Peut-être bien, mais je te préviens. Cette femme est un poison, et c'est tout ce que je dirai à ce sujet.

Elle hocha rapidement la tête, comme pour appuyer sa déclaration.

— Je doute fort qu'elle se préoccupe de moi de toute façon, dit Doreen en cachant un sourire.

— Bien. Tu as sûrement une autre affaire sur laquelle travailler à présent.

— Sais-tu quelque chose à propos de bijoux disparus ? interrogea Doreen d'un ton vif.

— Des bijoux disparus ?

Elle hocha la tête.

— Oui. Des bijoux qui ont disparu.

— Je ne vois pas pourquoi ce serait le cas, répondit Nan.

— Oh, je me demande juste si tu connais une affaire où quelqu'un a perdu un petit sac de bijoutier rempli de pierres précieuses taillées, mais non serties.

Nan fronça les sourcils quand Doreen sortit son téléphone et montra les photos qu'elle avait prises.

— Oh, bonté divine, elles sont magnifiques ! s'exclama Nan avec un sourire éclatant. Elles sont vraiment belles.

— En effet. Mais nous ne savons pas non plus à qui ils appartiennent.

Nan fixa sa petite-fille du regard.

— Personne n'aurait envie de les perdre.

— Mais ça peut arriver, dit Doreen.

— Je ne sais pas comment.

Nan regarda le sac.

— Sais-tu quelque chose au sujet du sac ?

— Johnson et Abelman, répondit Doreen sans hésiter.

— Exact, tu as déjà parlé de cette boutique. Ils sont vraiment magnifiques. Il semble que, si c'était un vol ou si ça provenait de l'incendie du magasin, il y aurait des traces.

— Attends. Le magasin a brûlé ? interrogea Doreen en regardant Nan par-dessus le rebord de sa tasse de thé.

Sa grand-mère était en possession de certaines des plus étranges informations.

— Oui, acquiesça-t-elle, il a brûlé juste avant qu'ils ne déclarent la faillite. Ils y ont été contraints. Ils n'avaient plus rien. La compagnie d'assurance, soupçonnant une fraude pour la disparition des bijoux, a annulé leur couverture. Je crois que les parents étaient encore en train d'essayer de faire réassurer l'endroit quand il est parti en fumée. Ils ont tout perdu. Ils sont morts peu de temps après.

— C'est terrible, déclara Doreen. Je me demande si l'incendie était bien un accident ? Dommage que les parents ne soient plus de ce monde pour leur demander qui était au courant que l'assurance avait été annulée. Si personne ne le savait, alors peut-être que c'était délibéré pour sauver l'entreprise. Mais, si tout le monde le savait, peut-être que c'était délibéré pour achever l'entreprise familiale. Et encore, ça aurait pu être un terrible accident.

— Exactement, mais je mettrais ça sur le compte du

premier mari d'Aretha. Il n'était vraiment bon à rien.

— Il semble qu'il ait mené l'entreprise à sa perte.

Doreen pensa à la majestueuse Aretha ; peut-être avait-elle dû descendre de son pied d'estale après tout. Peut-être qu'au moment de la mort de son mari, il n'y avait plus d'argent.

— Non, il n'était pas doué pour les affaires, renchérit Nan avec un sourire. Et Aretha était une fille qui aimait porter des bijoux.

— Tu crois qu'elle a quelque chose à voir avec le cambriolage ? s'enquit Doreen.

Nan la regarda, surprise.

— Oh, mon Dieu, s'exclama celle-ci. Je ne peux qu'imaginer quel genre de scène ça aurait été, si c'était le cas.

— En effet. Donc, tu dis que l'entreprise a brûlé peu après ?

— Oui. C'était très peu de temps après, confirma sa grand-mère avant de secouer la tête. Je n'avais pas entendu parler des bijoux.

— Ça ne change pas grand-chose, mais ça fait réfléchir.

— Oui. Devrions-nous dire pauvre Aretha, après tout. Je ne m'en souviens plus maintenant. Son mari s'est-il suicidé ? Je crois qu'il y avait des rumeurs à ce sujet.

Elle se tapota la mâchoire en essayant de se souvenir.

— Si tel est le cas, ce n'est peut-être pas si difficile à comprendre, étant donné qu'ils étaient fauchés.

— Mais l'assurance aurait dû couvrir un certain montant.

— Ça dépend du montant pour lequel ils ont assuré l'entreprise, dit Doreen. Et les compagnies d'assurance n'aiment pas payer.

— Non, bien sûr que non. C'est de l'argent qui va dans

la mauvaise direction, en ce qui les concerne.

— Tout à fait… Bien sûr, si son mari s'est suicidé peu de temps après…

— Je connais cette expression sur ton visage, s'enthousiasma Nan, qui se pencha vers sa petite-fille. À quoi penses-tu ?

— Pas grand-chose, répondit celle-ci. C'est juste intéressant. Je vais devoir chercher son second mari.

— Lui aussi est mort, confia Nan en fendant l'air d'un geste de la main, comme pour dire « Ça va, ça vient ». Tu n'apprendras pas grand-chose sur lui.

— A-t-il encore de la famille dans le coin ?

— Bien sûr. Son frère est ici.

— Son frère ? Quel frère ?

— Mangus. Il habite ici. Mais il est plus âgé, et il est aussi un peu grincheux.

— Tout comme Aretha.

Doreen était visiblement distraite, son esprit allant dans toutes les directions.

— Ce n'était pas le grand amour entre eux, dit Nan. Quand ils étaient tous les deux ici, ils ne s'asseyaient même pas à la même table.

— Si j'étais encore mariée, que mon mari mourait et que je venais vivre à Rosemoor, je ne suis pas certaine que je voudrais fréquenter les anciens amis ou la famille de mon mari.

— Bien vu, concéda Nan. C'est entendable. Aretha ne s'entend avec personne. Tu le sais, non ?

— Tu n'arrêtes pas de me le dire, dit Doreen en souriant.

— Dis juste que tu me crois.

— D'accord.

La conversation finit par se calmer.

— Alors, qu'en est-il de Mangus ? demanda Doreen. Y a-t-il un moyen pour que je lui parle ?

— Probablement. Tu pourrais passer lundi. Il est dans mon équipe de bowling sur gazon.

— Est-ce que tu aimes ce jeu ? interrogea-t-elle avec curiosité.

Nan rit et hocha la tête.

— Oui, et je trouve ça amusant, répondit-elle. Je ne dis pas que je suis très douée, mais Mangus l'est en tout cas.

— Il est là aujourd'hui ?

— Non. Il est parti pour le week-end.

— Intéressant. Comment peut-on s'échapper pour un week-end quand on est à Rosemoor ?

Nan ricana.

— Honnêtement, il est probablement allé à l'hôpital pour une opération. De toute façon, il n'est pas là et est censé revenir lundi.

— Bien, céda Doreen. Je pourrai peut-être lui parler à ce moment-là.

Nan hocha la tête, puis regarda sa montre. C'était la troisième fois qu'elle la regardait.

— Est-ce que tu as quelque chose de prévu ?

— Mon émission préférée va commencer.

— Oh mince, s'exclama Doreen. Je ne veux pas te déranger.

— Ce n'est pas grave, la rassura sa grand-mère. Si je rate le début, je rattraperai plus tard.

— Peut-être, mais je peux rentrer maintenant.

— Si tu es sûre ?

Nan fronça les sourcils dans sa direction.

— Absolument, répondit Doreen. En plus, nous avons

terminé le thé.

Nan se mit à rire.

— Bien vu, en effet.

Puis elle se leva.

— Veux-tu emmener du pain aux noix avec toi ?

— Avec plaisir, dit Doreen chaleureusement.

Alors que Nan retournait dans la cuisine, Doreen voulut mentionner les légumes qu'on lui avait promis, mais, en même temps, Nan les avait peut-être donnés aux autres.

Puis celle-ci revint avec un panier qu'elle posa.

— Choisis les légumes que tu veux, s'il te plaît. J'ai vraiment du mal à tout manger.

— Je ne veux pas en prendre trop, dit Doreen, mais les énormes tomates lui firent de l'œil.

Nan gloussa et sortit un sac en plastique.

— Tiens. On va te mettre des concombres et des carottes. Des oignons verts, bien sûr. Oh, et quelques tomates.

Très rapidement, elle referma le sac, vidant presque tout le panier, ne se laissant qu'une tomate, deux petites carottes et un peu de laitue.

— Nan, tu es sûre ? s'enquit sa petite-fille, en baissant les yeux. Il ne te reste pas grand-chose.

— Absolument, et tiens.

Elle tendit un paquet enveloppé de papier d'aluminium.

Six tranches de pain aux noix. N'hésite pas à partager avec le gentil détective, si tu le souhaites.

— Il vient cuisiner demain soir, avoua Doreen. Donc je suis sûre qu'il va apprécier.

Nan se frotta les mains de joie, mais Doreen fronça les sourcils.

— N'en fais pas tout un plat.

L'expression de la vieille dame devint innocente, mais ne

dupait personne.

Doreen rit, puis se pencha et embrassa sa grand-mère sur la joue.

— Merci, comme toujours.

Elle appela les animaux et se dirigea vers les dalles, toujours perturbée que Fred ne fût pas là, puis marcha jusqu'au trottoir. Elle s'arrêta et regarda autour d'elle, mais Nan était déjà rentrée.

— Il est temps de rentrer à la maison, les gars, dit Doreen en regardant ses animaux.

Chapitre 10

D E RETOUR CHEZ elle, Doreen rangea soigneusement ses légumes frais et le pain aux noix. Elle possédait à présent une adresse pour retrouver Aretha, mais, plus que cela, elle avait aussi connaissance du beau-frère de son dernier mari.

Elle s'assit devant son ordinateur portable et fit quelques recherches, mais elle se sentait agitée. La soirée arriva, mais elle n'arrivait pas à se débarrasser du sentiment qu'elle devrait aller voir où Aretha habitait. Doreen repéra l'endroit sur une carte et découvrit qu'il n'était qu'à six rues de chez elle.

— Si seulement nous l'avions su, annonça-t-elle, nous aurions pu y aller directement depuis chez Nan.

Doreen rassembla à nouveau ses animaux, puis sortit par la porte d'entrée et prit un raccourci qui lui fit faire le tour du pâté de maisons, et alors il ne lui restait plus que quatre rues à parcourir. Elle y arriva en un rien de temps. Heureuse d'être venue ce soir pour ne pas avoir à s'inquiéter plus tard, elle s'arrêta devant le beau manoir avec le grand portail.

L'endroit lui rappelait la maison appartenant à Ed Burns. C'était l'affaire où le méchant fils Jude avait fait assassiner son père pour pouvoir s'emparer du domaine. Celui devant elle n'était pas aussi grandiose et ne valait certainement pas la même somme d'argent, mais c'était quand même une belle maison. Alors que Doreen regardait un bout de jardin qu'elle apercevait de l'autre côté de la clôture, le portail s'ouvrit et une femme en train de jardiner sortit et lui sourit.

— Bonjour, lança Doreen, avec un sourire radieux. Je ne faisais qu'admirer le jardin.

— Vous êtes Doreen, n'est-ce pas ? s'enquit la femme.

Doreen fut décontenancée.

— Comment le savez-vous ? demanda-t-elle, mais la femme se contenta de rire.

— À cause de la ménagerie qui est venue avec vous, bien sûr.

Doreen baissa les yeux et vit Mugs qui se promenait parmi les belles marguerites du jardin.

— Oh, mon Dieu, je suis vraiment désolée ! Mugs, viens ici !

Elle tira sur la laisse. Mugs s'assit et la regarda, comme pour lui faire comprendre qu'il s'en moquait.

La femme sourit.

— Ne vous inquiétez pas. Il est plus que bienvenu dans mon jardin. Je m'appelle Heidi, au fait.

— Oh, c'est gentil. Certaines personnes n'acceptent pas cela.

— Pas chez moi, la rassura Heidi.

— J'aimerais avoir de belles plantes comme celles-ci, continua Doreen. Je suis en train de refaire le jardin de ma grand-mère. Enfin, je devrais dire mon jardin maintenant. Mais je n'ai pas beaucoup de plantes vivaces.

— Entrez et jetez un coup d'œil, proposa Heidi. Je suis

en train de désherber. J'ai tellement de plantes qu'elles sont envahies.

Doreen la regarda avec surprise.

— Vous en avez à donner ?

— Oh, bon sang, une tonne ! répondit Heidi. Venez. Je ne vais même pas garder tous ces bulbes cette année. S'ils survivent à l'hiver, tant mieux. Sinon, je les arracherai.

Les bulbes dont elle parlait étaient des dahlias. Doreen se posta devant un magnifique dahlia violet et haleta.

— Ils sont magnifiques, murmura-t-elle.

— Je suis vraiment fière d'eux. Mais vous savez comment sont les tubercules. Ils se multiplient rapidement.

— En effet, acquiesça Doreen. Si jamais vous en avez en trop, j'adorerais en planter. J'ai une section du jardin où je pourrais ne mettre que des dahlias.

— Il est trop tôt pour arracher les tubercules, car ils n'ont pas encore fleuri, expliqua Heidi, mais il m'en reste encore beaucoup de l'année dernière. Je n'ai même pas pris la peine de tous les replanter.

Les deux femmes parcoururent le jardin, qui était étonnant. Des marguerites blanches et colorées, de l'échinacée, et des Rudbeckies hérissées, pour n'en citer que quelques-unes. Doreen en possédait aussi quelques variétés, mais rien de tel. Des plantes rouges qu'elle ne reconnaissait pas rampaient telle une couverture végétale.

— Wouah, dit-elle. C'est un jardin extraordinaire. J'aimerais avoir autant de plantes.

— Vous êtes plus que bienvenue de revenir demain. Je vous préparerai quelques boutures, dit Heidi, il y en a trop.

Elle en désigna quelques-unes.

— Vous voyez ? J'ai déjà arraché celles-là.

Doreen s'approcha et vit encore de nombreuses plantes.

Des plantes vivaces, de petits viornes obiers manifestement spontanés, un petit hortensia, et toutes les fleurs ressemblant à des marguerites qu'elle venait de voir.

— Si vous n'en voulez pas, je serai plus qu'heureuse de les prendre, lui dit Doreen en se tournant vers elle.

— Avec plaisir. Je déteste faire mourir une plante.

Doreen hocha la tête.

— Auriez-vous par hasard un sac dans lequel je pourrais les mettre ? demanda-t-elle. Comme vous pouvez le voir, je suis en train de me promener. On se balade dans toute la ville.

— Vous faites bien. C'est un excellent exercice. Je vais vous chercher ça à l'intérieur, déclara Heidi avant de disparaître dans la grande maison.

Tout à coup, des cris provinrent de l'intérieur.

Doreen fronça les sourcils et regarda ses animaux. Le bruit ne plaisait pas à Mugs qui était assis tranquillement à côté de la brouette, mais à présent, il regardait en direction de la maison en aboyant.

La femme sortit, l'air un peu secoué.

— Je suis désolée. Il y a un problème ? demanda Doreen avec hésitation.

La femme la regarda, et secoua légèrement la tête.

— Non. Juste une petite résistance à laquelle je ne m'attendais pas.

— Oh, mon Dieu. Je suis vraiment désolée.

— Ça n'a pas d'importance. Voilà. Voyons ce qu'on peut emballer pour que vous puissiez les emporter.

Heidi fourra rapidement tout ce qui se trouvait dans la brouette au fond de deux sacs. Elle les secoua légèrement pour les soupeser.

— Qu'en dites-vous ? Vous pouvez les porter sans problème ?

— Oh, bien sûr, répondit Doreen, en lançant à la femme un sourire éclatant. Merci infiniment.

Elle remarqua ensuite un autre petit sac que la femme avait ramené avec elle et qu'elle tendit à Doreen.

— Il n'y a que des dahlias, dit-elle. Comme je l'ai dit, je n'ai même pas eu la chance de les mettre en terre, mais c'est un mélange. Je ne peux pas vous dire la couleur. Je ne m'en suis jamais vraiment souciée et j'ai toujours considéré que c'était la joie de planter.

— Oh, ma foi, merci.

— Je n'ai pas encore eu l'occasion d'aller dans mon abri de jardin, donc, si vous voulez revenir demain, j'ai encore des bulbes. Je comptais les apporter à la vente de charité de l'église, mais si vous voulez des tulipes ou des jacinthes, j'ai tellement de plantes ici, vraiment.

Elle regarda autour d'elle, presque impuissante, un jardin qui était complètement envahi par la végétation.

— Je suis ravie et très reconnaissante de vous débarrasser de tout ce que vous ne voulez plus, dit Doreen. J'ai de nombreuses plates-bandes à garnir.

— Oh, mon Dieu, ça va être magnifique, haleta Heidi de joie.

— Un jour, mais ce n'est pas pour tout de suite.

— Si vous aviez une voiture…

Elle s'arrêta et regarda Doreen, qui hochait la tête.

— J'en ai une.

D'un signe de tête, la femme sourit.

— Et pourquoi pas une pelle ? Si vous pouviez apporter une pelle dans votre voiture demain, nous pourrions remplir des sacs et des seaux, proposa-t-elle en désignant des dizaines et des dizaines de plantes dont elle voulait se débarrasser.

— J'en serais ravie, s'exclame Doreen, le cœur rempli de gratitude. Mon jardin abondera dès qu'il sera terminé.

— Ils auront un peu de mal à s'enraciner à cette période de l'année, mais, si vous les taillez, ils pousseront l'année prochaine.

— Absolument, acquiesça Doreen et, sur ce, les deux femmes se donnèrent rendez-vous le lendemain matin.

Après lui avoir fait un signe de la main joyeux, Doreen se retourna pour sortir à nouveau.

Lorsque le portail se referma derrière elle, elle se retourna et fut surprise par un bruit inattendu. Aretha se tenait sur le perron, les mains sur les hanches, et fusillait Doreen du regard. Celle-ci leva une main et dit :

— Ravie de vous voir, Aretha.

Puis elle souleva les plantes et continua :

— Heidi a eu la gentillesse de me les donner.

— Ne vous en faites pas pour elle, chuchota celle-ci. Elle peut se montrer grincheuse, mais c'est vraiment une bonne personne au fond.

— N'est-ce pas triste que la gentillesse doive parfois se cacher à l'intérieur parce qu'on a tellement peur de la montrer aux autres ?

— Si, acquiesça Heidi avec un sourire radieux. Je suis vraiment contente de voir que vous comprenez. Cela fait un an que nous vivons ensemble. Nous avons eu quelques moments difficiles, mais c'est vraiment quelqu'un de bien.

— Charmant, dit Doreen, en le pensant vraiment. J'ai hâte de vous voir demain matin.

Sur ce, elle se mit en route, reprenant le chemin de la maison. La promenade fut agréable, mais les plantes étaient lourdes. Au départ, elles ne semblaient pas l'être, mais quand Doreen arriva chez elle, elles l'étaient certainement.

Une fois rentrée, elle fit le tour et posa les plantes dans l'une des tranchées qu'elle avait creusées et prit le tuyau d'arrosage pour les arroser délicatement. Elle devrait les planter assez rapidement, mais elle voulait attendre de voir ce qui lui serait proposé le lendemain, afin de pouvoir planifier un peu mieux son jardin.

Le fait qu'il y avait un hortensia, qui pouvait facilement atteindre trois mètres, et qui était apparemment violet, confirma la nécessité de planifier. Heidi en avait aussi des roses et des blancs, donc, si Doreen arrivait à obtenir une petite bouture de chaque, elle pourrait placer les trois comme pièces centrales, avec une tonne d'autres plantes tout autour.

Excitée, ravie et réconfortée par la gentillesse d'une inconnue, tout en réalisant à quel point ce serait amusant, elle arrosa abondamment les plantes et les couvrit légèrement de terre pour la nuit afin qu'elles ne se sèchent pas, puis elle rentra. Il ne faisait pas encore nuit, mais celle-ci commençait à tomber, et Doreen fut heureuse de s'arrêter là.

À l'intérieur, elle vérifia ses e-mails. Elle en ouvrit un de Mack. Il avait envoyé un fichier.

Ou ce qui semblait être une capture d'écran d'un vieux fichier. Impatiente, elle se rendit compte que c'était une copie du dossier du cambriolage. Une fois assise pour le lire, elle le trouva incroyablement maigre.

Il y avait eu une effraction durant la soirée. Les serrures des portes avaient été cassées, et une fenêtre avait été brisée. Le vol, semblait-il, avait été interrompu à mi-chemin. Ils avaient réussi à dérober une certaine quantité de bijoux, puis avaient soudainement pris la fuite. Personne n'avait été attrapé, donc personne n'avait été jugé ni même accusé du crime.

Certains des bijoux avaient été récupérés sur les lieux.

Certains étaient au sol, d'autres avaient été semés à l'extérieur. Puis, plus rien là où un véhicule était garé sur le trottoir, et le voleur avait pris la fuite. Le voleur était-il seul, ou bien accompagné, étant donné la quantité de dégâts causés et l'endroit où il se trouvait ?

Aucun suspect n'avait jamais été inculpé. Le dossier contenait également une note indiquant que certains des articles étaient assurés, et d'autres non.

Ce dont Doreen avait vraiment besoin maintenant, c'était une copie de la police d'assurance. Elle répondit au mail du policier, lui demandant s'il y avait un moyen d'obtenir des copies des dossiers d'assurance.

Mack répondit rapidement. Non, à moins que tu ne contactes l'assurance.

C'est ce que je pensais. Merci, Mack.

Elle ouvrit un nouvel onglet de recherche et lut que Hobart's Insurance avait été racheté par West Liner et était toujours en activité aujourd'hui. Aretha et son mari l'avaient vendue, ensemble.

Il était à présent décédé, mais elle vivait sur l'argent obtenu de la vente, et West Liner avait été rachetée par une compagnie d'assurance beaucoup plus importante, même si elle avait gardé son nom. Doreen se rendit sur leur site Internet et constata que, comme elle le soupçonnait, il s'agissait d'une compagnie d'assurance moderne et sophistiquée.

Ils voulaient déjà qu'elle leur rende visite pour faire plusieurs devis. Peut-être devait-elle s'y résoudre, même pour sa propre maison. Maintenant que toutes les antiquités étaient parties, elle pourrait peut-être souscrire une assurance moins chère – si Nan avait assuré les antiquités en premier lieu, ce qui était une question légitime. Bien sûr, Doreen ferait encore plus de cauchemars, en pensant au fait que quelque chose de grave aurait pu se produire, et que toutes ces merveilleuses antiquités auraient pu être perdues.

Très vite, elle en eut assez de s'agiter et de s'inquiéter et réalisa qu'il était presque l'heure de se coucher, alors elle se prépara à aller au lit. Elle monta prendre une douche chaude, et ne tarda pas à s'écrouler dans son lit et à s'endormir.

Chapitre 11

Dimanche matin…

LE JOUR POIGNIT, clair et ensoleillé. Encore une belle journée s'annonçait. Doreen se leva pleine de courbatures à cause des gros travaux de terrassement de la veille, puis se rendit compte qu'il était presque 9 heures. Elle devait retrouver Heidi dans une heure.

Choquée, elle s'habilla, courut au rez-de-chaussée, puis prépara son fidèle café et mit du pain dans le grille-pain. En servant à manger aux animaux, elle se demanda si elle devait les prendre avec elle.

— Mugs, je te laisse ici, ou je t'emmène ?

Étant donné qu'elle conduisait, elle pouvait tous les prendre, mais les garder à l'œil pourrait s'avérer difficile. Elle souhaitait que Goliath l'accompagne plus souvent en voiture, et un trajet de six pâtés de maisons ne lui ferait pas trop de mal. Du moins, elle l'espérait.

Elle sortit avec quelques seaux et beaucoup de sacs. Notamment des sacs-poubelle, pour qu'ils puissent contenir les racines.

Doreen n'avait aucune idée de la quantité qu'elle allait ramener, mais elle espérait que c'était beaucoup. Ce n'était pas comme si son jardin n'en avait pas besoin. En fait, il avait besoin de beaucoup plus.

Elle devait également arracher le gazon sur le côté du jardin, car, si Mack venait tôt, ils pourraient éventuellement commencer la terrasse. Cela la fit sourire.

Ses toasts mangés, les animaux nourris, et sa première tasse de café avalée – la deuxième avait été versée dans un mug de voyage – elle fit monter tout le monde à bord et se rendit à son point de rendez-vous. En arrivant, les portes s'ouvrirent devant elle. Elle ne savait pas trop quoi faire, mais Heidi était là et lui faisait signe d'entrer. Elle s'exécuta et se gara sur le côté, puis laissa les animaux sortir.

— Je suis désolée. Je n'ai pas pensé à demander, s'excusa Doreen avec regret, alors que les animaux dégringolaient du véhicule. Ça ne vous dérange pas que je les aie amenés ?

Heidi rit et s'accroupit pour saluer Mugs. Pour ne pas être en reste, Goliath s'approcha d'elle également. Elle les caressa avec enthousiasme.

— Je suis absolument ravie que vous les ayez amenés, répondit-elle. Aretha est allergique, donc je ne peux pas avoir d'animaux.

— J'en suis navrée. Ça doit être très dur.

— En effet, parce que j'aime les animaux.

— Je pense que, même si je découvrais que je suis allergique à l'un d'entre eux, je ne sais pas si je pourrais me débarrasser de ces petits gars.

Doreen tapota doucement Thaddeus, qui était assis sur son épaule.

— Bien sûr que non, acquiesça Heidi. Ce serait terrible.

— Oui. C'est un peu ce que je ressens, dit Doreen avant de lui lancer un sourire éclatant. Alors, où est-ce qu'on commence ?

Elle ouvrit le coffre de sa voiture.

— J'ai apporté quelques sacs, des seaux et ma pelle.

— Parfait. Je commencerai dans ce parterre.

Pendant que Doreen marchait à ses côtés, Heidi parla de ce qu'elle avait fait ce matin-là.

— J'ai déjà arraché un tas de plantes pour vous, mais si vous n'en voulez pas, ne soyez pas gênée de refuser. Je les jetterai dans le bac à compost.

— D'accord. Mais, comme vous, je déteste ne pas donner à chaque plante une chance d'avoir une bonne vie.

— Oh là là ! rit Heidi. Alors vous allez ramener beaucoup de plantes chez vous aujourd'hui.

Les deux femmes commencèrent à remplir le premier sac. Heidi ramassa une demi-douzaine de plantes plus petites, puis elles arrivèrent aux glaïeuls, qu'elle divisa rapidement et fermement avec une bêche, séparant un grand groupe de glaïeuls bruns, jaunes, et rouges.

— Elles sont magnifiques, s'enthousiasma Doreen avec admiration. Et elles vont s'épanouir.

— J'en suis certaine, consentit Heidi. J'ai des couleurs différentes de l'autre côté, si vous en souhaitez d'autres.

— Absolument.

Doreen les emballa à la hâte et les déposa sur le côté de sa voiture. Elle rabattit le siège arrière et plaça les glaïeuls dans un coin.

Pendant l'heure qui suivit, elles parcoururent le jardin, et s'affairèrent à déterrer puis diviser certaines des spontanées qui se pressaient dans le jardin. Lorsqu'elles eurent terminé un côté du jardin, la voiture de Doreen était étonnamment pleine. Elle n'était pas encore complètement remplie, et elle pouvait sans doute en faire rentrer beaucoup plus. Mais le jardin avait l'air extraordinairement luxuriant.

Et le jardin derrière elles était également beaucoup plus beau, avec beaucoup plus d'espace entre les plantes, tandis que les deux femmes ratissèrent et déplacèrent le paillis d'écorce d'avant en arrière pour que le jardin soit parfait en tout point. Elles s'occupèrent ensuite du second côté.

— Il y a beaucoup de plantes, dit Heidi en riant.

— Tant que vous ne me donnez que ce dont vous ne voulez pas, dit Doreen, alors je suis heureuse de toutes les prendre.

— Pas de problème !

Et elles continuèrent à travailler.

Quand elles eurent terminé, la voiture était pleine à craquer.

— Wouah, s'exclama Doreen.

— Il y en a encore d'autres derrière la clôture, dit Heidi en souriant, si vous le souhaitez.

Puis elle regarda la voiture d'un air dubitatif.

— Cependant, je ne suis pas sûre que vous ayez de la place, ajouta-t-elle.

— Je peux en faire entrer d'autres, lui assura Doreen, avant de marmonner pour elle-même. Bien sûr, qui sait quelle quantité ?

De l'autre côté de la clôture, elles longèrent un magnifique phlox et une misère, ainsi que tout un tas de dianthus et d'œillets. Heidi taillait et divisait, même si la période de l'année n'était pas forcément parfaite pour la taille ou le repiquage. Doreen les ramènerait chez elle et leur donnerait tout l'amour et les soins qu'elle pourrait.

L'année prochaine, après six mois de croissance, et en fonction des gelées, ils se porteront beaucoup mieux. Quand Heidi et Doreen eurent terminé avec le jardin extérieur, la voiture de celle-ci débordait et elle soupira de joie.

— Merci mille fois. Il m'aurait fallu beaucoup de temps et d'argent pour acquérir autant de plantes.

— Avec plaisir. Je suis ravie de ne pas avoir eu à tuer toutes ces merveilleuses plantes.

— Je serai plus qu'heureuse de mettre tout ça dans mon jardin.

En se retournant, Doreen leva les yeux vers la maison.

— C'est dommage qu'Aretha n'aime pas jardiner.

— Elle n'aime pas se salir les mains, expliqua Heidi. Nous sommes le jour et la nuit.

— Comment s'est-elle retrouvée à vivre avec vous ?

— Je ne suis pas trop fière d'admettre que j'ai besoin d'argent, et Aretha ne se sentait pas très bien à Rosemoor. Elle cherchait quelque chose de plus personnel.

— Alors, elle est là comme une pensionnaire ?

— Oui, répondit Heidi en hochant la tête. C'est ma maison, et elle habite ici avec moi. C'est agréable d'avoir de la compagnie, honnêtement, et elle cuisine très bien aussi. Donc c'est plutôt sympa. À nous deux, nous nous débrouillons plutôt bien.

— Je suis ravie de l'entendre, dit Doreen avec un sourire. Je ne voudrais pas qu'elle soit toute seule et malheureuse.

— Exactement. Et elle n'a pas autant d'argent qu'elle veut le faire croire à tout le monde. En fait, je pense qu'elle n'en a pas du tout. Mais, tant qu'elle me paie, je peux continuer à payer les factures ici.

— C'est pour ça que vous jardinez ?

— Mon équipe de jardiniers a disparu depuis longtemps, déclara Heidi. Les temps sont durs, et mon mari est parti depuis longtemps également. Je me suis diversifiée et j'ai pris quelques décisions difficiles en matière d'investissements qui n'ont peut-être pas été bénéfiques pour moi. Le fait est qu'Aretha a rempli un vide nécessaire pour moi.

— Il n'y a rien de mal à ça, la rassura Doreen.

— Vous n'avez pas de travail non plus, si ? interrogea Heidi avec curiosité, en regardant les animaux. Je crois savoir que Nan vous a donné la maison.

— En effet, acquiesça Doreen en riant. J'ai hérité de l'ancienne plomberie, du toit à réparer et des meubles anciens entassés du sol au plafond.

— Oh, non ! s'offusqua Heidi avant de rire. Je vous comprends. Nous recevons ces soi-disant mines d'or, mais c'est à nous de trouver comment les réparer et comment transformer les détritus en or.

— Exactement. Mais honnêtement, malgré les défis, je m'amuse beaucoup à les relever.

— Parfait. De toute façon, si jamais vous en voulez plus, revenez me voir.

— Si jamais vous divisez vos plantes à nouveau, faites-le-moi savoir.

— C'est vraiment beau maintenant, déclara Heidi en désignant le jardin autour d'elle.

— Merci encore, Heidi.

Doreen se dirigea vers sa voiture en appelant les animaux.

Mugs arriva, et elle dut réorganiser certaines choses pour le faire entrer dans la voiture, car il y avait tellement de plantes à présent. Mais, avec Mugs sur le sol, Goliath sur le siège et Thaddeus sur son épaule, elle réussit finalement à tout faire rentrer.

Au même moment, Heidi se dirigeait vers la porte d'entrée. Doreen était déjà montée dans la voiture et avait démarré le moteur quand Aretha apparut soudainement à ses côtés.

— À présent, vous restez loin d'ici, dit-elle en se penchant sur le véhicule.

Doreen s'adossa à son siège et leva les yeux vers la vieille femme.

— Aretha, je suis désolée que vous soyez si malheureuse. Heidi est une personne charmante. Assurez-vous d'être assez gentille avec elle pour pouvoir rester ici quand vous n'aurez plus d'argent.

Instantanément, la femme se raidit, et siffla :

— Ma situation financière se porte bien, et qu'est-ce que vous en savez ?

— J'en sais beaucoup plus que vous ne le pensez, répondit Doreen avec tristesse. Et je sais aussi ce que c'est que d'avoir eu de l'argent et de se retrouver sans. Si jamais vous souhaitez en parler, vous savez où j'habite.

Sur ce, elle démarra, laissant la femme plus âgée bouche bée derrière elle. Sur le chemin du retour, Doreen souriait.

— Prends ça, l'univers. Pas besoin de s'abaisser au niveau de tout le monde autour de soi.

En arrivant, elle vit le pick-up de Mack dans l'allée et réalisa qu'il était très tard. Au lieu d'entrer dans le garage avec la voiture pleine à craquer, elle se gara à côté de lui. Mack n'était pas dans son véhicule. Elle fit sortir les animaux et commença à décharger les sacs dans l'allée. Mugs sauta et courut à l'arrière en aboyant à tue-tête. Elle entendait Mack parler au chien et soudain il se trouva à côté d'elle, la regardant avec surprise. Doreen sourit et lui expliqua ce qui s'était passé.

— Tu étais chez Aretha ?

— Non, j'étais là où habite Aretha. Elle loge chez Heidi.

— Oh. Heidi est une femme charmante.

— Je sais, et regarde toutes les plantes qu'elle m'a données. Je suis absolument ravie.

Mack les regarda, toujours avec surprise, et ramassa les sacs qu'elle avait déjà déchargés.

— Je vais prendre ça et je reviens.

— Timing parfait. Qui aurait cru que j'aurais besoin de tes muscles ? plaisanta-t-elle en souriant.

— Ha ! Je me suis dit que tu l'avais fait exprès.

— Non. J'ai oublié que tu venais.

— Aïe, c'est méchant, ça.

— Désolée, dit-elle dans le dos du policier.

Ce n'était pas très diplomate de la part de Doreen.

Elle déchargea le reste, empilant les sacs tout autour d'elle, puis ferma la portière. Elle attrapa quelques-unes des plus grandes plantes dans les sacs, juste quand il revint et attrapa tout le reste.

— Tu as raison, il y en a beaucoup, consentit Mack.

— C'est vrai. Mais, quand je les aurai toutes plantées, cela ne paraîtra pas aussi fourni. Le jardin a tellement besoin d'être renouvelé.

— J'ai aussi obtenu un devis pour le type qui livre les sacs de terre végétale, annonça-t-il. Un de mes collègues vient de s'en faire livrer. Ça a coûté cent-dix dollars.

— Je me demande quelle taille fait un sac ? marmonna-t-elle.

— Je pense que c'est la taille d'un coffre de pick-up, répondit-il. On pourrait donc le faire nous-mêmes. Soit nous le déversons devant, si tu veux, soit il le livre directement sur le côté.

— Ce serait donc un sac près du garage.

Mack opina du chef.

— J'aime bien cette idée. Comme ça tu pourrais le décharger au fur et à mesure de tes besoins.

— Je sais. Mais, en même temps, c'est cent-dix dollars.

Le coût la fit grimacer.

— Mais tu viens d'acquérir tout un tas de plantes gratuitement, fit-il remarquer. Et elles ont besoin d'être entretenues, donc ce sol de qualité sera nécessaire.

— Je sais.

— Au fait, continua-t-il en plongeant une main dans sa poche, je ne t'ai pas payé pour le jardinage de ma mère.

Il lui tendit les quarante dollars qu'elle attendait.

— Tu sais, si je garde ça pour trois semaines… dit Doreen en souriant.

— C'est le prix d'un sac. Ou nous pourrions simplement remplir ma benne.

— Mais comment le décharger de ton pick-up ?

— Avec tes bras et ta pelle, répliqua Mack avec un sourire diabolique.

Elle le fixa d'un air ahuri.

— Ton camion ne se soulève pas ?

— Sérieusement ?

Le policier la fixa du regard et gloussa.

— Ce serait logique, non ? répondit-elle avec un regard noir. Sinon, tu devras le remplir puis le vider.

— Non seulement le remplir et le vider, répéta-t-il d'un air peu enjoué, mais aussi pousser la brouette jusque dans le jardin.

— Tu sais quoi ? Ces cent-dix dollars ne me paraissant pas si chers après tout, dit-elle avec un peu plus d'entrain.

— Je savais que tu changerais d'avis rapidement.

— Je me demande combien de temps cela prendrait.

— Tu peux probablement te faire livrer demain. Mais je doute que ce soit le cas aujourd'hui.

— D'accord. Mais nous pourrions faire cela demain.

— Pas nous, corrigea-t-il. Je travaille, tu te souviens ?

Doreen leva les mains en signe de capitulation.

— C'était juste une façon de parler. Alors j'en ferai livrer la semaine prochaine.

— Hmm hmm, dit-il, comme s'il ne la croyait pas.

Elle se contenta de le fixer.

— Je te le jure.

À présent dans son jardin, elle jeta un coup d'œil à tous les sacs et plantes.

— Je dois absolument les planter.

— Je te suggère fortement de les arroser pour les garder en vie, et passe une commande de terreau dès demain matin pour pouvoir te mettre au travail. Lorsque tu en auras terminé avec la première livraison, tu pourras en passer une nouvelle.

Elle grimaça à ce sujet.

— Je me demande s'il y a une réduction pour les commandes multiples.

— Peut-être, mais il y a de fortes chances que cela dépasse une ou deux commandes, déclara Mack.

— Peut-être. Je ne sais pas. Je vais laisser cette idée de côté pendant un moment.

Elle se promena un peu plus loin, étudiant les grands parterres qu'elle n'avait toujours pas fini de désherber et gémit.

— C'est là que j'aimerais avoir mon équipe de jardiniers parce que j'ai encore tout ça à finir.

Doreen désigna une plate-bande d'environ quatre mètres qui devaient encore être désherbés avant qu'elle puisse y mettre de nouvelles plantes, puis elle regarda la terrasse.

— Sans parler de ça à terminer…

Quand elle réalisa qu'il ne lui restait plus que les trois-quarts, mais la moitié à finir, elle regarda Mack, choquée.

— C'est toi qui as fait ça ?

Celui-ci acquiesça.

— Je m'attendais à ce que tu sois là, et comme ce n'était pas le cas, je me suis mis au boulot.

— Ta maman t'a bien élevé, dit Doreen en riant.

— Malheureusement, oui. Alors, dis-moi. En sais-tu plus sur les bijoux ?

— Rien, mis à part que l'entreprise a brûlé, selon Nan. Et notre Aretha s'est remariée après la mort de son mari. Curieusement, elle a épousé l'assureur qui avait assuré son entreprise. Et, après qu'ils ont vendu l'entreprise à une compagnie d'assurance beaucoup plus importante, il est décédé. D'après Nan et Internet.

— C'est quand même intéressant. Cela te mène dans une direction quelconque ?

— Oui, le mari, répondit-elle. Le premier. Il semble qu'il ait été complètement à la ramasse et qu'il ait pris de mauvaises décisions commerciales.

— Penses-tu que c'était une fraude à l'assurance ?

— Je ne sais pas, mais je veux parler à l'entreprise.

— Ce n'est pas parce qu'ils ont racheté la société qu'ils auront les archives. Beaucoup d'années ont passé.

— En effet. Je pense que les réponses dont j'ai besoin sont dans la tête d'Aretha. Mais c'est une femme très malheureuse.

— Et il n'y a plus personne d'autre, n'est-ce pas ?

En entendant cela, Doreen claqua des doigts.

— Si, il en reste une, dit-elle. Mangus, le frère de son mari. Le deuxième. Il passait sur le billard ce week-end, donc je ne peux pas lui parler avant lundi.

— Intéressant, concéda Mack. En d'autres termes,

l'affaire est toujours en cours.

— Pas seulement en cours, je me demande vraiment si ces bijoux appartiennent de droit à Aretha ou pas.

— Que vas-tu faire si c'est le cas ?

— Je ne suis pas sûre, répondit Doreen en secouant la tête. Cette femme a vraiment besoin d'argent. Mais je ne sais pas à quel point. Et ta mère me les a donnés. Que veux-tu faire avec les bijoux ?

— Je n'ai pas l'impression qu'ils m'appartiennent, admit-il en haussant les épaules.

— Je vois ce que tu veux dire, dit-elle en souriant, parce que je n'ai pas l'impression qu'ils sont à moi non plus.

Elle se retourna et regarda la terre derrière lui.

— Tu sais quoi ? J'ai vraiment besoin de creuser, n'est-ce pas ?

— Si tu veux une terrasse, c'est sûr.

Elle gémit, puis attrapa sa fourche.

— Dis-moi que tu as préparé du café ?

— Non, répondit-il. Le système de sécurité est en marche, alors je ne suis pas entré.

— Tu as raison, acquiesça-t-elle avec un franc sourire. J'ai failli oublier en partant. Mais maintenant que j'ai ces bijoux en ma possession…

— N'oublions pas que tu as aussi les autres bijoux.

— Quels autres bijoux ?

Elle le regarda en fronçant les sourcils.

— Le collier et les boucles d'oreilles en émeraude de ta grand-mère, les perles ?

— En effet ! J'espère vraiment ne pas avoir à les vendre, mais je suppose que je devrais les faire expertiser.

— Tu devrais. Mais peut-être pas chez le même bijoutier.

— Certainement pas, dit-elle en riant. Je n'ai pas l'intention d'y retourner.

— Tu penses vraiment qu'il y avait quelque chose de bizarre chez cet expert ?

— Il y avait clairement quelque chose de bizarre chez lui et je ne sais pas quoi penser de cette Mindy.

— C'est-à-dire ?

— Il ne voulait pas lâcher les bijoux, répondit-elle lentement. Alors je ne sais pas s'il les a reconnus, mais il voulait me les acheter sur-le-champ. Peut-être que c'est le genre de gars qui a vu quelque chose de bonne qualité, mais qui lui a glissé entre les doigts. Quand je les ai repris, il n'arrivait sans doute pas à se faire à l'idée qu'il ne pouvait pas les avoir.

— Tu penses qu'il est dangereux ?

Elle regarda le policier, sourit et dit :

— Honnêtement, Mack, c'est quelque chose que tu me répètes depuis notre première rencontre. Tout le monde, moyennant des circonstances appropriées, est dangereux. Si tu me demandes si ce type est dangereux selon moi, j'avoue penser qu'il l'est.

En le disant, Doreen comprit intérieurement que c'était vrai. Il y avait quelque chose d'étrange chez ce type. Il avait vraiment voulu ces bijoux, et ça le rendait dangereux.

Elle ne savait simplement pas à quel point tout cela allait empirer.

Chapitre 12

Dimanche en début d'après-midi...

L A QUANTITÉ DE travail qu'ils pouvaient accomplir à deux était incroyable. Doreen ne savait pas si Mack avait prévu de rester tout l'après-midi pour l'aider, mais il avait déjà fait tellement de choses, et il s'était simplement remis au travail. Pour une fois, elle apprécia vraiment cela.

— Merci pour tout, murmura-t-elle en le regardant.

— Pas de problème. Je n'avais pas prévu de venir aussi tôt, marmonna-t-il, tout en continuant de creuser. Surtout que nous allons cuisiner ce soir.

— Et je suis en retard sur mon jardinage.

Puis elle regarda sa montre, et gémit.

— L'heure du déjeuner est largement dépassée.

— Oui. Je ne suis arrivé qu'à midi, et tu as passé quelques heures avec Heidi.

— Plus que je ne le pensais, admit Doreen. C'était agréable de passer du temps avec quelqu'un qui partage les mêmes idées et le même hobby que moi.

— As-tu réussi à te faire des amis depuis que tu as emménagé ?

— Non, répondit-elle sèchement. J'ai l'impression de ne

rencontrer que des femmes liées aux affaires, et qu'elles n'ont pas la même opinion de moi au final.

Cette conclusion fit rire Mack.

— On ne peut pas vraiment leur en vouloir, ajouta-t-il. Regarde Penny. Tu l'envoies en prison pour plusieurs années.

— Ce n'est pas ma faute, se défendit Doreen. Cette femme m'a attaquée.

— S'il n'y avait que ça…

Il apporta la brouette et la remplit de compost.

— Je vais mettre ça devant.

Elle hocha la tête et se pencha à nouveau, avant de jeter quelques mottes supplémentaires.

— Penses-tu que nous irons beaucoup plus loin que ça ?

— Tu en fais un peu plus à chaque fois. Je dois aller faire des courses, mais ça ne sera pas long. Je reviendrai plus tard pour le dîner.

— Pendant ton absence, je vais manger un bout. Je n'ai mangé que des toasts pour le petit déjeuner.

Il s'arrêta, se retourna et la fusilla du regard.

Elle lui lança le même regard.

— J'ai fait les courses hier, déclare-t-elle. Donc je peux me préparer un sandwich.

Mack leva les yeux au ciel.

— Tu manges autre chose que des sandwichs ?

— J'ai fait une omelette hier, répliqua-t-elle. J'ai même ajouté des champignons.

Un sourire satisfait se dessina au coin des lèvres du policier.

— Et que dirais-tu de faire des pâtes ?

— J'en serais ravie. Peut-être que tu pourrais les cuisiner ?

— Et si je regardais pendant que tu en cuisines ? proposa-t-il.

— C'est préférable. Tu sais que je n'arrive pas à me souvenir de ce qu'on est censé manger ce soir ?

Inquiète, elle se mordilla la lèvre inférieure.

— Est-ce qu'on a déjà décidé ? ajouta-t-elle.

— C'est pourquoi je vais faire des courses. Nous avions parlé de côtelettes d'agneau, mais j'ai une envie de saumon.

— On peut se le permettre ?

— Je peux, répondit-il joyeusement. Alors, si je prends du saumon pour ce soir, avez-vous des légumes ?

— J'ai des légumes frais pour une salade. Nan m'en a donné.

— Du riz ?

— Je n'ai toujours pas terminé le paquet que nous avons ouvert la dernière fois.

— Alors que dirais-tu de faire simple ? Du saumon et une salade avec du riz à la vapeur.

— Ça marche, dit-elle avant de le fixer à nouveau. Ou nous pourrions cuisiner des pâtes.

Il gloussa.

— Ou peut-être que nous pourrions cuisiner des pâtes avec le saumon, renchérit-il.

— Ça me va. On pourrait mettre le saumon dans les pâtes ?

Il la regarda en fronçant les sourcils.

— Comme dans une sauce à la crème avec un peu d'aneth ?

Le visage de Doreen s'illumina.

— Oui ! Des fettuccine avec une sauce au saumon et à l'aneth. Miam.

Elle frotta ses mains l'une contre l'autre et Mack gloussa

de plus belle.

— Nous verrons. Écoute. Je vais aller jeter ça devant. Puis je te laisse pour quelques heures. Je reviendrai à 17 heures.

— Il est déjà 15 heures, annonça-t-elle en regardant sa montre.

— Je sais. C'est pourquoi je dois y aller. Oh, quelqu'un va peut-être passer déposer des matériaux supplémentaires pour la terrasse.

— Ça, ce serait énorme, s'exclama Doreen.

— Ça se peut. Je ne sais pas s'il y aura beaucoup de choses par contre. Nous verrons.

— Pas de souci.

Elle le regarda disparaître avec la brouette, espérant qu'il la ramènerait, sachant qu'elle devait faire le gros du travail avant qu'il ne revienne.

Elle travailla pendant une heure jusqu'à ce que son estomac grogne et ne puisse plus être ignoré. Une fois la brouette à nouveau remplie, elle l'emmena devant le bac à compost, qui était sacrément plein maintenant. Il s'affaisserait un peu avec le temps, mais il était bien rempli. Elle devrait faire un tas quelque part, puis le charger dans le bac après qu'il eut été vidé le lundi.

Avec cette idée en tête, elle retourna à l'intérieur. Les animaux la suivirent dans la maison où il faisait frais, et elle se frotta les mains et le visage pour retirer la saleté. Elle s'assit ensuite pour se préparer un sandwich. Ayant très faim, elle en fit deux gros, puis les coupa en deux et s'assit dehors sur la petite terrasse. Thaddeus fit de même à côté d'elle, grignotant des petits morceaux de légumes verts qu'elle avait mis à sa disposition. Elle avait apporté des friandises pour Mugs et Goliath, refusant de leur donner des bouts de son sandwich, ce qui montrait bien à quel point elle avait faim.

Alors qu'elle était assise là, son téléphone sonna. Elle ne reconnut pas le numéro.

— Allô, répondit-elle.

— Doreen, dit un homme avec un ton bien trop joyeux.

— Oui, qui est-ce ?

— J'ai cru comprendre que vous avez des bijoux que vous voulez faire expertiser, annonça l'homme.

Elle se raidit.

— Je suis désolée. Je ne sais pas qui vous êtes. Vous devez vous tromper. Je ne sais rien sur de soi-disant bijoux.

— Avez-vous trouvé des bijoux dans un petit sac de Johnson et Abelman ? demanda-t-il, le ton devenant dur.

Doreen essaya d'écouter attentivement, se demandant qui c'était et si c'était le même homme qu'elle avait rencontré à la bijouterie.

— Je n'ai pas la moindre idée de ce dont vous parlez. Est-ce que vous téléphonez toujours à des inconnus pour leur parler de ce genre de choses ?

— J'ai entendu dire que vous aviez des bijoux à faire expertiser.

— Vous n'en savez rien, dit-elle calmement, puis elle regarda le numéro et se dit qu'elle devait le noter pour le donner à Mack.

Elle se leva et rentra.

— Et s'il vous plaît, ne me dérangez plus.

— Je ne cherche pas à vous déranger, continua-t-il, mais ces bijoux valent beaucoup d'argent. Je suis tout à fait prêt à les payer grassement.

— Vous ne les avez même pas vus. Vous n'avez donc aucune idée de leur valeur ou du prix intéressant que je pourrais demander.

Doreen sentait sa colère monter, mais elle nota le numéro pour pouvoir le retrouver plus tard. Ou plutôt pour que Mack puisse le retrouver.

— Eh bien, gardez mon numéro à portée de main, déclara-t-il. J'ai de l'argent, et je serais heureux de les acheter. Il est difficile de dénicher de la qualité.

— Je ne sais pas de quoi vous parlez.

— Vous venez de dire le contraire, répliqua-t-il en riant. Comme je l'ai dit, appelez-moi. Ils valent beaucoup d'argent. Vous pourrez vous nourrir pendant un bon moment avec ça.

— Je n'ai pas votre nom, et je ne traite pas avec les gens qui ne me donnent pas de nom.

— Zachary, répondit-il. Zachary Winters.

Sur ce, il raccrocha.

Elle nota son nom, ainsi que le numéro, toutes pensées à propos de son sandwich ayant disparu de son esprit.

— Alors, qui était-ce, et quel rapport a-t-il avec cette bijouterie ? s'interrogea-t-elle.

Elle avait à l'esprit sa tentative ratée d'obtenir une expertise. Personne d'autre ne pouvait connaître la qualité de ces bijoux. À moins que… Doreen s'arrêta dans son élan et regarda le nom.

— À moins, bien sûr, que vous n'ayez quelque chose à voir avec leur disparition.

Chapitre 13

QUELQUES HEURES PLUS tard, Doreen s'arrêta de creuser quand elle entendit un véhicule remonter son allée.

— J'espère que c'est Mack, dit-elle en regardant son chien.

Mugs commença à aboyer et détala sur le côté de la maison. Elle planta la fourche dans le sol, prit la brouette et la poussa fermement devant la maison. Elle arriva juste à temps pour voir Mack sauter hors de son véhicule avec des sacs de provisions dans les mains.

— Avant que tu ne rentres avec ça, pourrais-tu secouer un bon coup ce bac à compost afin que je voie si je peux en rajouter ? J'ai déjà commencé un tas pour le remplir après qu'il soit vidé, mais j'aimerais bien ajouter ça aussi.

Il acquiesça et posa les sacs sur le capot de son pick-up, puis secoua légèrement le bac avant de presser le tout. Ensuite, Mack lui donna un coup de main pour déplacer le contenu de la brouette dans le bac.

— Tu peux rajouter une brouette de plus, annonça-t-il. Ensuite, il sera plein.

— Ça me va. Je vais ramener ça dans le jardin. Merci.

— De rien. Je vais ranger ces provisions et me laver les mains.

— Bonne idée. Je suis fatiguée et j'ai faim.

— Bien, parce que je n'ai pas bu de café tout à l'heure, et une tasse me ferait vraiment du bien.

— Moi aussi. Je lance la cafetière dans une minute, répondit-elle en riant.

Le café commençait à lui coûter cher, mais son aspect social était tellement agréable qu'elle ne voulait pas que cela s'arrête. Elle ne serait pas du tout surprise si Mack venait chez elle juste pour le café.

Elle retourna dans son jardin pour ramasser le reste de la pelouse et remarqua qu'elle avait presque fini. Si elle avait de la chance, elle pourrait tout mettre dans le bac à compost. Sinon, elle remplirait la brouette et la laisserait jusqu'à ce que le compost soit ramassé, plutôt que d'agrandir le tas devant la maison.

Elle travailla sans relâche jusqu'à ce qu'elle entende la porte claquer. Elle leva les yeux et vit Mack avec deux tasses de café dans les mains. Il descendit les marches et examina la zone.

— Wouah, tu as fait beaucoup plus que je ne le pensais.

— Mais c'est tellement irrégulier, dit-elle. J'espère que ça ne sera pas un problème.

— Nous devrons niveler les blocs de toute façon.

Doreen se redressa après avoir secoué les dernières saletés du gazon, les jetant dans la brouette.

— Voilà. J'ai fini.

Elle sourit et accepta le café.

— C'est bien d'avoir accompli un exploit physique, mais j'aurai des courbatures demain.

Mack regarda le sac encore plein de plantes.

— Tu ne devais pas les planter aujourd'hui ?

— Je devais, répondit-elle. Elles sont déjà en train de faner. Mais je ne suis pas sûre de l'endroit où je veux les placer.

— N'est-il pas préférable de les planter pour les sauver, en sachant que tu pourras les déplacer plus tard ?

— Peut-être…

Cafés à la main, ils errèrent dans le jardin de Doreen, à la recherche d'emplacements pour ses fleurs.

— Tiens donc ma tasse, et on va commencer à planter, ordonna Mack avant de prendre une pelle. Qu'est-ce que tu disais ? Tu voulais mettre quelque chose où ?

Elle indiqua où elle voulait les glaïeuls.

— Ils ont besoin de beaucoup d'espace parce qu'ils se multiplient rapidement, mais je pensais mettre un massif au centre de chacun de ces panneaux de clôture.

Elle désignait en même temps le ruisseau derrière sa propriété. Elle possédait dix panneaux de clôture, et seulement trois massifs de glaïeuls, mais Doreen savait que Millicent possédait de gros massifs bleus, dont elle espérait obtenir des cormes.

Mack attrapa les sacs avec lesdites fleurs, et ils furent plantés en peu de temps.

Doreen avait du fumier et un peu d'engrais naturel, alors elle en mit aussi.

— Le sol est convenable ici, et ces choses ont tendance à pousser partout de toute façon.

Quelques mauvaises herbes étaient coincées entre elles, alors elle les arracha soigneusement.

Ils trouvèrent leur rythme, et, pendant que Mack creusait d'autres trous, Doreen s'occupait de planter. Les glaïeuls furent plantés en un rien de temps.

— Je suppose que quand on est deux, on peut accomplir beaucoup de choses, déclara-t-elle en riant.

— Beaucoup de gens aiment réfléchir avant de se lancer. J'ai tendance à être le genre de personne qui fonce. Tu pourras toujours les déplacer plus tard, après avoir vu comment ça se développe.

— Bien vu, acquiesça-t-elle. En attendant, l'aide était la bienvenue, et elles devraient toutes survivre.

Ils continuèrent à travailler jusqu'à ce que Doreen se redresse et annonce :

— Je crois qu'il ne reste qu'un seul sac.

— Choisis où tu souhaites les mettre. Je vais chercher du café. Ensuite on les plantera. Après ça, on verra si on peut installer des tuyaux d'arrosage perforés. Tu n'as pas dit que Nan en avait un paquet ?

— J'en utilise déjà quelques-unes, mais en effet, elles auront toutes besoin d'être arrosées.

Doreen regarda Mack ramasser les deux tasses et retourner à l'intérieur pour écouler la cafetière. Elle se dirigea vers le dernier sac, la collection de marguerites de toutes les couleurs. Une grande plate-bande centrale serait charmante, pensa-t-elle, en déambulant dans le jardin. Elle remarqua que les cinquième et sixième panneaux de clôture n'étaient pas vraiment fournis, mais que le cinquième était plus visible au milieu du jardin, tandis que le dixième panneau était adossé à la maison et donnait plus l'impression de faire partie de celle-ci. Elle les disposa de façon à ce que chacun eût un grand espace et déposa les marguerites colorées à l'avant, car elles ne pousseraient jamais autant que les autres.

Maintenant que tout était disposé comme elle le voulait, elle ramassa tous les sacs, les mit à la poubelle et accepta la tasse de café de Mack quand il revint.

— Il ne reste plus grand-chose, dit Doreen en désignant le jardin.

— Tant mieux.

Dix minutes plus tard, tout était planté. Pendant que Doreen tenait la tasse de Mack, il attrapa les tuyaux d'arrosage perforés et, avec les conseils de celle-ci, les posa délicatement dans le jardin jusqu'à ce qu'ils atteignirent le fond vers le ruisseau.

— Le ruisseau est assez haut, déclara-t-il.

— En effet, mais ça fluctue entre quinze et vingt-cinq centimètres.

— C'est logique, cela dépend de la quantité de neige fondue qui descend des montagnes et du nombre d'autres rivières qui dérivent dans ton petit ruisseau. Les quantités vont fluctuer régulièrement.

— Ça reste magnifique.

— Je te le confirme. Cette propriété est assez unique.

— Je le pense aussi. Et nous voilà enfin en train de la réparer. Je sais que la terrasse fera une énorme différence lorsqu'il s'agira de profiter du jardin.

— Oui, et cela agrandira ton espace de vie.

— Exactement.

Après un dernier regard vers le ruisseau, Doreen se tourna vers le jardin.

— Je vais les arroser, maintenant que tout est en place.

Elle revint sur ses pas et alluma le tuyau d'arrosage, puis regarda l'eau s'infiltrer dans le sol.

— Tu devrais prendre un tuyau et en arroser quelques-unes, suggéra Mack.

Elle acquiesça et était prête à le faire avec les bons raccords. Il ne lui restait plus qu'à visser le deuxième tuyau et à prendre un embout. Puis elle parcourut le jardin de long en large. Malheureusement, il n'atteignait que la moitié, alors elle dut relever le jet pour l'envoyer aussi loin que possible. Elle réussit à imbiber les nouvelles plantations, ce qui était l'unique objectif de l'arrosage de ce soir. En fermant le tuyau, elle laissa le tuyau perforé en marche, puis regarda Mack avec un sourire fatigué.

— On peut manger maintenant ?

Celui-ci éclata de rire.

— Peut-être. Fatiguée, hein ?

— Clairement. Et c'est vraiment le moment de manger.

— Tu as mangé des sandwichs tout à l'heure ?

— Oui, mais j'ai été interrompue, et ce n'était pas suffisant.

Il sourit en hochant la tête.

— OK. Allons manger.

Enjouée, Doreen se dirigea vers la petite terrasse et regarda la grande zone qu'ils avaient dégagée.

— Wouah, on avance.

— En parlant de ça, l'interrompit Mack, quelqu'un a-t-il livré d'autres matériaux pour la terrasse ?

— Non. Ou alors je ne l'ai pas remarqué.

— C'est bon. Il ne pouvait peut-être pas venir aujourd'hui.

Mack entra et, tandis que Doreen le regardait, il mit à bouillir l'eau des pâtes qu'elle voulait désespérément manger. Puis il ouvrit le frigo et en sortit un beau morceau de saumon.

Elle haleta de joie.

— Ça a l'air délicieux.

— Nous allons le précuire légèrement dans la sauce à la crème, puis nous l'ajouterons aux pâtes.

Doreen opina du chef, lança le dictaphone sur son téléphone, mais elle surveilla également chacun des mouvements du policier.

Pendant qu'ils attendaient que les pâtes bouillent, Mack alluma un autre brûleur et fit revenir le saumon jusqu'à ce qu'il soit presque prêt. S'assurant qu'il n'y avait pas d'arêtes à l'intérieur, il retira la peau et démarra la sauce dans la poêle où le saumon avait cuit. Très rapidement, il obtint une belle sauce crémeuse, et il y déposa délicatement le saumon.

— Tu peux mettre cette sauce sur le saumon, puis mettre les pâtes par-dessus, ou verser la sauce sur les pâtes et mettre le saumon par-dessus la sauce. Mais cette méthode est tout aussi facile.

Il remua légèrement la sauce, et l'arôme de l'aneth se fit sentir.

— Wouah. Ça sent merveilleusement bon, s'enthousiasme Doreen.

Mack la regarda sérieusement.

— Je fais mon boulot. Et toi ? La salade est prête ?

— Oups.

Les joues de Doreen virèrent au rose, et elle se dépêcha de sortir les ingrédients de la salade. En lavant la laitue, elle dit :

— Oh, au fait, j'ai reçu un coup de fil bizarre pendant ton absence, dit-elle en lavant la laitue.

Elle raconta à Mack la suite de l'appel.

— Zachary Winters, dit-il, en fronçant les sourcils.

— Je ne le connais pas, mais il essayait de m'acheter ces bijoux.

— Comment penses-tu qu'il les a découverts ?

— J'ai d'abord pensé à la bijouterie, répondit-elle, mais je n'ai aucune preuve de cela.

— Cela me paraît logique. Je suppose que la notion

d'atteinte à la vie privée n'existe pas dans ce genre d'affaires.

— Eh bien, cela aurait dû être le cas, répliqua Doreen en fronçant les sourcils. Les bijouteries doivent être attentives à ces questions, car la plupart de leurs clients ont de l'argent. Évidemment, personne ne veut piéger ses clients pour qu'ils se fassent cambrioler.

— Je ne connais pas ce nom. Enfin, ce n'est pas un secteur d'activité dont je connais tous les acteurs.

— J'ai son numéro. Il m'a dit de le garder, au cas où je voudrais vendre les bijoux. Je pensais aussi qu'il avait peut-être quelque chose à voir avec le vol des bijoux, ou du moins qu'il était au courant, car, en dehors des employés de la bijouterie, qui d'autre aurait pu le savoir ?

— Je ne sais pas. Quand on y pense, les bijoux ont été remis à la police. Donc plusieurs employés pouvaient être au courant. Et ils auraient pu en parler à d'autres personnes.

— C'est vrai. On a peut-être demandé à ta mère de les vendre quand elle les a rendus.

— Aucune idée. Peut-être qu'on devrait chercher la réponse.

Pendant que les pâtes cuisaient, et que Mack surveillait la sauce, il appela sa mère.

Doreen écouta leur conversation, mais n'entendit que la moitié.

Lorsqu'il eut raccroché, il se tourna vers Doreen.

— Elle ne se souvient pas de grand-chose. À l'époque, plusieurs personnes auraient proposé de les acheter. Mais elle n'était pas intéressée par la vente parce qu'elle ne considérait pas qu'ils leur appartenaient à elle et à mon père.

— Selon toi, elle a emménagé combien de temps avant de trouver les bijoux ?

Mack secoua la tête.

— Pas longtemps. Pas longtemps du tout.

Chapitre 14

Le dîner du dimanche...

— MAIS... IL y a des photos de l'ancienne maison, bien avant qu'ils ne l'achètent, et ce genévrier empiétait gravement sur l'allée. Il était déjà assez gros.

— Intéressant, dit Doreen. Je me demande depuis combien de temps les bijoux étaient là ? Peut-être ont-ils été enterrés dans la précipitation avec l'intention de les déplacer plus tard ?

— Je ne sais pas. Le sac en velours ne se trouvait pas très profond, d'après maman. Ils l'ont trouvé quand ils ont essayé d'extraire les racines.

— Mais pourquoi, si quelqu'un l'avait caché là, ne serait-il pas revenu ?

— La raison la plus probable est qu'ils n'ont pas pu.

Dès que la salade fut terminée, Doreen regarda Mack égoutter les pâtes, les enduire de beurre, puis en servir dans leurs assiettes. L'estomac de la jeune femme grogna. Ensuite, Mack versa délicatement la sauce au saumon et à l'aneth sur le dessus.

— Tu as fait ça si facilement, souffla-t-elle avec étonnement.

— C'est facile, dit-il en remettant la casserole sur la cuisinière.

Elle était ravie de voir qu'il y aurait des restes. Il s'était servi une plus grande portion, mais cela lui convenait, car elle trouvait que la sienne était déjà énorme. Et il s'était dépensé physiquement aujourd'hui aussi. Il porta les deux assiettes tandis qu'elle ouvrait la voie vers la table de la terrasse. Elle revint rapidement avec la salade et les couverts. Une fois assise, Doreen s'émerveilla.

— Qui aurait pu penser que tu pourrais faire quelque chose comme ça ?

— Il y a beaucoup de restes, gloussa-t-il.

— Ce qui est une bonne chose. Je vais pouvoir en manger toute la semaine.

Mack secoua la tête en entendant cela.

Quand Doreen goûta le plat, elle gémit de joie.

— Tu as ajouté du jus de citron quand je ne regardais pas ? demanda-t-elle avec méfiance.

— Tu as filmé quand j'ai fait la sauce.

— Mais tu m'as envoyé préparer la salade, répliqua-t-elle. Alors je ne sais pas ce que j'ai manqué.

— Ce n'est pas difficile, dit-il. Tu m'as vu le faire.

— Je n'ai toujours pas cuisiné de pâtes toute seule, avoua-t-elle.

— Tu étais censée faire ça du début à la fin ce soir, dit-il avec un air abattu.

— Tu n'auras qu'à revenir pour cuisiner.

— La prochaine fois que je viens, c'est toi qui cuisines. D'abord, je devais t'apprendre à cuisiner, mais maintenant je cuisine et ensuite tu manges.

— Ça marche aussi, dit-elle avec un sourire enjoué.

Mack leva les yeux au ciel et tous les deux se mirent à

manger.

Quand l'assiette de Doreen fut terminée, son estomac était au paradis.

— C'est absolument merveilleux, déclara-t-elle pour la énième fois, en raflant le reste de la sauce dans son assiette.

— Il en reste, si tu veux, proposa Mack.

Elle s'affala dans sa chaise.

— Je ne peux plus rien avaler. Je suis rassasiée.

— Bien. Alors tu as des restes pour au moins demain soir, si ce n'est plus.

En repensant à la quantité de sauce dans la casserole, elle hocha la tête.

— Au moins deux dîners, confirma-t-elle, et les pâtes iront plus loin que ça.

— Mais tu peux manger les pâtes nature.

— Ou sautées avec des œufs, dit Doreen avec enthousiasme.

— Ou juste avec du fromage, ajouta Mack.

— Les restes de pâtes ne finissent jamais à la poubelle ici, conclut-elle en riant.

À ce moment-là, un coup frappé à la porte d'entrée résonna dans toute la maison. Mugs aboya. Mack la regarda, surpris, et Doreen haussa les épaules.

— Je n'attends personne.

— Ah, mais moi, si. C'est peut-être mon collègue.

Ils se dirigèrent ensemble vers la porte d'entrée, et Doreen l'ouvrit. Un homme qu'elle se souvenait vaguement avoir vu sur des scènes de crime se trouvait là. Mack et lui se saluèrent.

— Je ne m'attendais pas à te voir ici, dit-il à Mack.

— J'ai travaillé dans le jardin tout l'après-midi, grommela Mack. Canton, Doreen. Doreen, Canton.

Le gars ricana.

— Vous voulez bien me donner un coup de main pour décharger tout ça ?

Ils se dirigèrent tous les trois vers son camion rempli d'un tas de planches et de ce qui ressemblait à des poteaux en acier. Doreen ne savait pas trop à quoi ils allaient servir, mais Mack était plutôt content de voir tout ça. Elle les aida à porter les autres objets, qui étaient des petites formes bizarres avec de grosses vis dessus, ainsi que d'autres types de maté-riaux, y compris des boîtes de vis. C'était la quincaillerie dont Mack avait parlé. Elle en ramena autant qu'elle put. Pour ne pas laisser les boîtes de quincaillerie à l'extérieur, elle les posa sur la table de la cuisine. Quand le type partit, elle sortit sa liste de fournitures, essayant de comprendre ce qu'on venait de leur donner.

Ensemble, debout à la table de la cuisine, la porte arrière grande ouverte, ils rayèrent tout ce qu'ils avaient collecté aujourd'hui et passèrent en revue la liste. Mack la regarda, hocha la tête et dit :

— Cela ne devrait plus te coûter que quatre ou cinq cents dollars maintenant.

— Sérieusement ?

— Probablement, oui, acquiesça-t-il. La semaine pro-chaine, j'ai un long week-end dans mon emploi du temps. On pourrait commencer à ce moment-là.

Doreen regarda l'herbe et le gazon qu'elle avait déplacés.

— Et moi qui pensais que nous avions déjà commencé.

Mack gloussa.

— On ne peut pas commencer à niveler les blocs pour les fondations maintenant, le travail est trop important. Vu qu'on est dimanche soir. Mais peut-être que vendredi nous pourrons commencer à les mettre en place.

— Tu auras peut-être besoin d'aide ? s'enquit Doreen.

— Si je n'ai pas d'aide, tant pis. Ça veut juste dire que ça va prendre un peu plus de temps.

— Ce serait bien d'avoir de l'aide. Je ne sais pas si je peux t'aider à porter beaucoup de choses plus lourdes.

— Ne t'inquiète pas pour ça, la rassura-t-il. Je vais voir si quelqu'un est disponible.

— Je doute que beaucoup de gens veuillent venir m'aider, répliqua-t-elle d'un ton sec. Je suis presque sûre que la police ne voudra plus se montrer bienveillante.

— Non, pas du tout. Ils n'apprécient peut-être pas tout le travail supplémentaire, mais ils aiment résoudre les affaires et permettre aux familles de tourner la page. Ce n'est pas un problème.

Doreen sourit.

— Ce serait génial, dit-elle. Et qui sait ? Peut-être que cette semaine, je vais résoudre une autre affaire.

Mack leva les yeux au ciel et grogna.

— Et si cette semaine tu restais en dehors des problèmes ?

— Je n'ai jamais de problèmes ! protesta-t-elle.

— Et ne contacte pas ce Zachary. Je veux d'abord découvrir qui il est.

— Dès que tu seras parti, je le découvrirai moi-même, déclara-t-elle gaiement.

— Envoie-moi ce que tu trouves. Il est évident que les bijoux valent beaucoup d'argent, peut-être même plus que tu ne le penses.

— Peut-être. Mais une partie de moi a l'impression que le mystère qui les entoure vaut bien plus que ça.

— Je ne pense pas que des décès aient été associés à ces crimes à l'époque. Et des crimes financiers sur une affaire aussi datée que celle-ci ? Il sera vraiment difficile de trouver suffisamment de preuves pour engager des poursuites.

— À moins que quelqu'un n'avoue, renchérit Doreen.

— C'est vrai. Et, bizarrement, les gens ont tendance à ouvrir leur bouche et à te dire toutes sortes de choses.

— Dommage qu'Aretha n'ait pas voulu me parler.

Doreen s'illumina.

— Mais demain est un autre jour, et je vais aller parler à Mangus.

— Tiens-moi au courant, exigea-t-il, avant de poser sa tasse dans l'évier. Je vais rentrer chez moi.

En regardant le désordre, il fronça les sourcils.

— Mais je vais t'aider avec la vaisselle d'abord.

— Rentre chez toi, dit Doreen en secouant la tête. Tu as assez travaillé aujourd'hui.

Lorsqu'il lui jeta un regard suspicieux, elle lui adressa un sourire niais.

— Qu'est-ce que tu manigances ?

— Rien, répondit-elle, mais au fond, elle avait hâte de découvrir qui était Zachary Winters. En plus, il n'y a presque pas de vaisselle à faire.

Elle ramena leurs assiettes de l'extérieur, tandis que Mack hésitait.

— Vas-y. Je suis plus que reconnaissante que tu aies cuisiné, sans parler de tout le travail extérieur.

— Bien, céda-t-il. Passe une bonne nuit.

— Sans problème.

Elle l'accompagna jusqu'à la porte d'entrée.

— Et les deux décès de vieilles femmes ? s'enquit-elle quand il sortit. Vous avez des nouvelles ?

— On attend les rapports d'autopsie, répondit Mack. Jusqu'à présent, on ne peut pas dire s'ils sont suspects. Tu te souviens ? On nous appelle pour toute mort inhabituelle.

— C'est logique, surtout si elles sont âgées.

— On meurt tous un jour, conclut-il, et, avec un petit signe de la main, il se dirigea vers son pick-up et monta dedans.

Avec tous les animaux à ses pieds, Doreen le regarda sortir du cul-de-sac.

Chapitre 15

C E MATIN-LÀ, DOREEN sortit du lit et prit sa douche, ignorant joyeusement les courbatures causées par le gros travail de jardinage de la veille, alors qu'elle réalisait à quel point ils étaient proches du début de la construction de la terrasse. Et, sans oublier la générosité du collègue de Mack, elle était vraiment ravie.

Elle descendit les escaliers tout en pensant au petit déjeuner, mais soudain, ses pensées furent dirigées vers les restes du dîner et elle grimaça.

— Je ne peux évidemment pas dîner tout de suite, se murmura-t-elle.

Elle lança le café, ouvrit son réfrigérateur et vit les pâtes. Elle le ferma résolument, glissa plusieurs tranches de pain dans le grille-pain, et prit du beurre de cacahuète et de la confiture accompagnés d'un morceau de fromage. Au pire, elle mangerait cela pour le petit déjeuner et garderait les pâtes pour le déjeuner. Dès qu'il fut 9 heures, elle téléphona à sa grand-mère.

— Bonjour, ma chérie. Comment vas-tu ? répondit Nan de sa voix douce, qui rappelait à Doreen tout ce qui lui avait manqué pendant les années où elle avait été si malheureuse en ménage.

Celle-ci sourit.

— Je vais bien. La nuit fut bonne. Je me demandais si le moment était opportun pour venir parler à Mangus.

— Sans doute. Nous partons pour l'entraînement de bowling sur gazon dans une heure, donc il va manger et ensuite se préparer.

— Pourrais-tu l'appeler ? demanda Doreen avec précaution. Juste pour voir s'il accepterait de me parler ?

— Bien sûr. Je te rappelle.

Nan raccrocha. Le café avait coulé, et Doreen en avait déjà bu une tasse quand sa grand-mère la rappela.

— Il s'apprête à prendre le thé dans le jardin et veut savoir si tu te joindras à lui.

Doreen baissa les yeux sur son café.

— Avec plaisir, répondit-elle.

— Bien. Viens chez moi, et nous partirons ensemble.

— Parfait, dit Doreen en riant.

Elle se leva d'un bond, ajouta un filet d'eau froide dans le peu d'espace disponible dans sa tasse, puis avala son café d'un trait. Elle ne souhaitait pas souffrir de migraine à cause du manque de caféine. Et elle n'avait pas l'intention de chercher à savoir pourquoi elle continuait à boire quelque chose qui, si elle n'en buvait pas assez, lui donnait la migraine.

Jonglant avec la tasse remplie et une bouteille d'eau dans une main et le toast dans l'autre, elle se dirigea vers le ruisseau, tout en mangeant. Les animaux étaient heureux d'être dehors, avec Goliath qui courait en tête et s'arrêtait jusqu'à ce qu'ils arrivent à sa hauteur, puis courait à nouveau. Mugs semblait trotter de bon cœur. Thaddeus tint même une conversation décousue pendant tout ce temps. Il lui raconta qu'il était là depuis au moins deux minutes. Quand il fut épuisé, elle tendit une main et caressa doucement son front, puis l'arrière de sa tête.

— Thaddeus est beau, chuchota-t-elle.

Il se lança dans sa charmante chansonnette, la répétant à tue-tête.

Doreen riait encore quand elle franchit le coin de la rue et se dirigea vers la résidence Rosemoor. Nan attendait, regardant Thaddeus avec étonnement alors qu'il continuait à chanter « Thaddeus est beau », tout le long du chemin. Elle lui tendit une main, sur laquelle il sauta, puis s'approcha de son épaule. Posé, il roucoula contre sa joue et frotta douce-ment sa tête.

Nan regarda Doreen avec surprise, et celle-ci éclata de rire.

— Je ne sais pas quand il a commencé à faire ça. Je l'ai entendu pour la première fois hier. Et maintenant, il adore le dire, évidemment.

— Et il le fait si bien, évidemment.

Nan se mit à rire elle aussi. Elle serra gentiment le petit gars dans ses bras tout en caressant Mugs et Goliath.

— J'espère que tu as faim. Apparemment, Mangus a décidé de prendre son petit déjeuner dehors également.

L'estomac de Doreen grogna, même si elle avait déjà mangé.

— Bien. Allons nous régaler, lança sa grand-mère après avoir entendu ce bruit.

Doreen gémit.

— Et si j'ai déjà mangé ?

— Tu mangeras à nouveau alors. Je suis sûre que ce ne sera pas un problème.

Nan ouvrit la voie en gloussant. Dans le jardin, elles s'arrêtèrent pour s'assurer que tous les animaux suivaient, et Doreen s'inquiéta soudain de ne pas avoir demandé à Nan la permission de les amener. Elle marcha derrière Nan alors qu'elles contournaient le bâtiment par l'arrière, où une série de jardins et de grandes tables avec des parasols avaient été installés.

— Nan, quel beau jardin ! s'émerveilla Doreen.

— En effet. Nous nous asseyons souvent ici pour prendre le thé avec des petits gâteaux.

La vieille dame continua sa route en passant par un petit patio jusqu'à un coin ombragé par des arbres. Un homme âgé était assis là, la main sur sa canne alors qu'il examinait la table du petit déjeuner.

Doreen fut ébahie.

— Il y a de la nourriture pour six, si ce n'est plus.

— Je lui ai dit que tu avais faim, murmura Nan. Et souviens-toi. On n'a pas besoin de payer un supplément pour ça.

Doreen hocha la tête. Elle regarda Nan interpeller Mangus.

Celui-ci releva la tête, puis la regarda et sourit.

— Vous voilà toutes les deux. Pardonnez-moi, si je ne me lève pas.

Doreen se précipita vers lui et lui serra la main.

— Ne vous levez pas, s'il vous plaît. C'est gentil de m'inviter à prendre le thé.

Il désigna à la chaise à côté de lui.

— C'est toujours agréable d'avoir deux charmantes dames qui se joignent à moi pour un repas, dit-il. Bien sûr, ce n'est probablement pas le plus sain des repas, mais c'est assurément mon premier choix quand il s'agit de nourriture aujourd'hui.

Doreen regarda la sélection de beignets et de brioches à la cannelle avec quelques pains aux noix et des croissants.

— Ça a l'air délicieux, admit-elle. Cependant, je ne suis pas sûre que les diététiciens de Rosemoor seront d'accord avec nous.

Il gloussa.

— À mon âge, je ne me soucie plus de ce que je mange. Mon corps ne fonctionne plus de toute façon. Bientôt, ils mettront ces trucs dans un mixeur et me les enverront directement dans l'estomac. Et je ne pourrai plus rien manger de tout ça. Et comment allez-vous, ma chère ? termina-t-il en regardant Nan.

Nan rougit et sourit, presque avec coquetterie. Doreen les regardait flirter avec étonnement. Apparemment l'âge n'avait rien à voir avec les comportements étranges entre les hommes et les femmes.

Quand ils eurent terminé, Mangus se tourna vers Doreen et lui montra les assiettes.

— Je vous en prie, servez-vous et ne soyez pas timide sur la quantité.

Doreen sourit ; il attendait qu'elle se serve avant de prendre quelque chose. Elle prit un croissant et le mit dans son assiette, puis une brioche à la cannelle.

— Une fille comme je les aime, dit Mangus, en prenant lui aussi une brioche à la cannelle et un croissant, avant de froncer les sourcils. Oh, il n'y a pas de fromage ici…

Il sortit son téléphone et envoya un message.

Doreen le regarda, stupéfaite, lorsque quelqu'un sortit rapidement de la résidence pour apporter une grande assiette.

La préposée leur sourit à tous les trois.

— Vous auriez dû demander le fromage en premier.

— Je sais, répondit Mangus en haussant les épaules. Tu

sais comment est ma mémoire.

Le plateau de fromages fut posé devant eux, ainsi qu'un deuxième plateau avec divers confitures, beurres de cacahuète et miels.

Doreen sourit.

— C'est tout à fait charmant. Merci, dit-elle chaleureusement à la jeune femme.

Le badge avec son nom était sur son épaule, mais Doreen n'arrivait pas à le lire. La femme leur fit un petit signe de la main et repartit.

— Vous avez de la chance de pouvoir faire ça, lança Doreen à Mangus.

— Je ne sais pas si la chance y est pour quelque chose, répliqua-t-il. Nous payons suffisamment cher, n'est-ce pas, Nan ?

Celle-ci opina du chef.

— En effet !

Doreen se demanda alors si la situation financière de sa grand-mère était toujours bonne. Inquiète, elle fronça les sourcils vers celle-ci.

— Ma petite-fille a toujours peur que je sois à court d'argent, expliqua Nan à Mangus tout en tapotant la main de Doreen.

— Alors vous êtes très chanceuse, dit-il en souriant.

Le silence se fit quand ils se mirent à manger. Et même si Doreen avait déjà mangé deux toasts, elle n'était pas dupe. Elle n'aurait pas besoin de déjeuner après ça, et elle avait beaucoup de restes pour le dîner de ce soir. C'étaient des gourmandises, qu'elle ne pouvait pas s'offrir, et elle n'en mangeait que lorsqu'elle venait voir Nan.

Une fois le croissant et le fromage engloutis, elle coupa la brioche à la cannelle en petits morceaux, tandis que Nan servait du thé à tout le monde.

— C'est magnifique ici, répéta Doreen, alors qu'une légère brise traversa le jardin, et les branches au-dessus de leurs têtes se balancèrent doucement.

— Je vous le confirme, acquiesça Mangus. Quand j'ai besoin de m'asseoir, je préfère venir ici.

— Je comprends tout à fait, consentit Doreen.

Mangus termina la petite brioche à la cannelle dans son assiette, puis prit un beignet et ce qui ressemblait à une tranche de cake à la banane. Doreen sourit en voyant qu'il n'avait aucun problème à se resservir.

— Mangez. Mangez, dit-il en désignant l'assiette de la jeune femme.

Il lui restait encore un peu de brioche à la cannelle, mais elle prit un morceau de cake à la banane et le posa dans son assiette.

Avec une note de satisfaction, Mangus hocha la tête et s'installa confortablement.

— Maintenant, pourquoi me questionniez-vous sur Aretha ?

— Eh bien, je n'ai pas vraiment envie de diffuser l'information, car je reçois déjà des appels téléphoniques suspects, mais j'essaie de retrouver les propriétaires de certains bijoux.

— Des pierres précieuses ? s'enquit Mangus en se penchant en avant pour la regarder attentivement. Alors j'ai quelques questions à vous poser.

Chapitre 16

Lundi, en milieu de matinée…

QUAND MANGUS POSA ses questions à Doreen, elle comprit que son esprit était aussi vif que possible. Il voulait savoir quel type de taille, combien de carats, quel type de pierres, combien il y en avait, où elle les avait trouvées et pourquoi elle posait des questions sur sa belle-sœur. Quand elle eut répondu à tout ce qu'elle pouvait, il hocha la tête.

— Aretha est un cas désespéré, en quelque sorte, déclara-t-il. Elle s'accroche encore aux jours de gloire d'autrefois, mais, en vérité, elle vit de sa petite retraite et du peu qui lui reste de son mari, mais elle ne va pas bien du tout.

— Je l'ai vue à la maison où elle loge, lui fit savoir Doreen.

— Elle est pensionnaire là-bas, précisa-t-il. Elle voulait rester ici, mais elle n'avait pas les fonds nécessaires.

Il hésita, puis poursuivit.

— Je dois admettre qu'une partie de moi se dit que je devrais l'aider, mais honnêtement, je n'ai pas beaucoup plus d'argent qu'elle. D'autant plus qu'ils n'arrêtent pas d'augmenter les tarifs ici.

Il regarda Nan, qui acquiesça.

— C'est un problème. Si j'étais mort, ce n'en serait pas un, et elle pourrait hériter d'une partie de l'argent qu'il me reste, mais j'ai aussi une famille que j'essaie d'aider.

— Bien sûr.

Doreen pensa à la femme qui s'était tenue si fièrement, se moquant vivement des autres.

— Elle a l'air d'être coincée dans une autre époque.

— Elle ne peut pas perdre la face et faire savoir à tout le monde qu'elle est fauchée, d'autant plus qu'elle n'est pas près de mourir, continua Mangus. Elle a été mariée à mon frère cadet pendant de nombreuses années. Vendre cette entreprise était la meilleure chose qu'il pouvait faire. Au moins, ils ont récolté un peu d'argent.

— Ils auraient dû récolter beaucoup d'argent, dit Doreen, s'interrogeant à voix haute. N'est-ce pas ?

— Peut-être, mais quand mon frère est mort, il en a donné une grande partie à mes neveux. Aretha en a perçu un peu, mais elle est entrée dans sa vie plus tard, et il avait déjà deux fils, donc les deux garçons devaient aussi en hériter.

— A-t-il fait quelque chose de son argent après la vente ? demanda Doreen.

Mangus ricana.

— Vous voulez dire, à part les mauvais investissements ? Ils ont acheté un camping-car personnalisé pour voyager, et ils ont eu un accident avec. Ils étaient assurés, mais l'assurance n'a pas couvert les réparations nécessaires, alors ils ont perdu de l'argent quand ils ont essayé de le vendre. Mais c'était mon frère. Hobart n'a jamais été très intelligent, conclut-il en secouant la tête.

— Étaient-ils heureux au moins ? s'enquit Doreen.

C'était terrible de penser que cette femme avait traversé une telle série de déboires.

— Non, je ne pense pas qu'ils l'étaient. Mon frère avait épousé son amour de jeunesse et, quand elle est morte d'un cancer du sein, le laissant avec deux enfants, je pense qu'il recherchait désespérément de la compagnie, même si ce n'était pas comme avant. Il me semble qu'elle cherchait quelqu'un pour s'occuper d'elle. Mon frère ressemblait probablement à une bonne affaire, peut-être à cause de la compagnie d'assurance. On pourrait penser qu'il y aurait eu de l'animosité entre eux à cause des problèmes d'assurance antérieurs, mais au lieu de cela, l'incident semble leur avoir donné une raison de se rapprocher. Mais le fait est que lorsque mon frère est décédé, il ne lui restait pas beaucoup d'argent. Cela fait quelques années maintenant, donc je suis sûr qu'il lui reste très peu.

— Heidi m'a semblé être une femme charmante, dit Doreen, et Mangus hocha la tête.

— Oh que oui ! Nous avions parlé de faire emménager Aretha avec elle, car, à l'époque, Heidi n'était pas sûre de vouloir vivre avec quelqu'un, pour ainsi dire. Mais elle a fini par se rendre compte qu'elle en était capable. Son père était pasteur et avait aidé de nombreuses personnes de la communauté à différents moments, alors Heidi a pensé qu'elle pouvait faire cela pour aider aussi.

Aretha était un cas social, et cela dérangeait énormément Doreen.

— Je suis désolée pour Aretha. Le changement de situation a dû être très difficile.

— Le cambriolage leur a attiré des ennuis, dit Mangus. Son premier mari était un bon à rien. Il était horrible. Les parents d'Aretha étaient de bons amis à moi, et ils étaient hors d'eux lorsqu'ils essayaient de redresser les pots cassés les uns après les autres, grâce à lui. Mais ce cambriolage ?

Il secoua la tête encore une fois.

— Et personne n'a jamais trouvé le coupable n'est-ce pas ?

— Non. C'était sacrément regrettable, si vous voulez mon avis.

— Ce que je ne comprends pas, intervint Nan, c'est pourquoi l'assurance n'a pas tout couvert.

— Parce que, selon la bijouterie, ils venaient de réceptionner un grand nombre de pierres précieuses, et le coût de ces pierres n'était pas couvert par l'assurance.

— Mais s'ils avaient des factures pour le prouver…

— C'était le problème. Ce que la plupart des gens ne savent pas, c'est que…

Mangus prit une grande inspiration, comme s'il se préparait à raconter une bonne histoire.

— Si ma mémoire est bonne, ils ont passé une commande de pierres précieuses, et celle-ci a été payée. Mais ensuite Reginald, le premier mari d'Aretha, a appelé et rajouté des éléments à la commande, de manière importante. Il dit avoir payé, mais n'a pas pu le prouver, car il n'avait pas de factures. Souvenez-vous. Ce n'était pas l'ère du numérique à l'époque, et rien ne se passait rapidement. Il a dit qu'il avait payé. Le vendeur a dit l'inverse. Contrairement à la politique du vendeur, la commande a été expédiée, mais n'était accompagnée d'aucun document. Ou les documents ont disparu.

Mangus secoua de nouveau la tête.

— Apparemment, selon Reginald, ce qui a été livré ne correspondait pas à ce qui avait été commandé. Le cambriolage a eu lieu pendant ce chaos total, donc ils ne pouvaient pas dire exactement ce qui avait été volé, car ils n'avaient pas de factures ni d'expertise pour les nouveaux bijoux. Ainsi, lorsque l'assurance les a remboursés, elle ne couvrait que le coût de la commande principale dont ils avaient une trace, sans les bijoux ajoutés à la dernière minute. L'enquête de l'assurance a vérifié auprès du fournisseur. Il avait des reçus pour ce qu'il avait expédié sur la commande principale, mais les ajouts qui avaient été faits par téléphone ne correspondaient pas à ce qui avait été expédié. Et puis, alors que la demande d'indemnisation était toujours en suspens et suspecte, peu après, tout a brûlé dans le grand incendie de la bijouterie Johnson et Abelman.

— Donc, c'était une double déclaration de sinistre, c'est ça ? s'enquit Doreen. Oh, non, la compagnie d'assurance a annulé toute couverture jusqu'à ce que ce sinistre soit réglé, car ils avaient des doutes sur la déclaration de vol… n'est-ce pas ?

— Exactement. Lorsque l'enquêteur de l'assurance s'est rendu dans le magasin, il a découvert que la bijouterie n'avait pas la sécurité adéquate ni les alarmes incendie mises à jour que la compagnie d'assurance exigeait, ce qui invalidait toute couverture. Ils se sont donc dégonflés et ont abandonné toute couverture alors qu'ils se battaient encore sur la réclamation pour les bijoux volés. Juste avant que l'incendie ne se produise.

— C'était la compagnie d'assurance de votre frère ?

— Oui, mais il n'était qu'un copropriétaire, répondit Mangus. Son associé passif – j'ai oublié son nom, mais il est décédé il y a de nombreuses années – a essayé de maintenir l'entreprise à flot après cela, et, bien sûr, ils ne voulaient pas payer pour tout ce qu'ils n'avaient pas à payer.

— Ce qui expliquerait aussi comment lui et Aretha se sont liés, renchérit Doreen en hochant la tête. Parce qu'il aurait reproché à son associé d'être difficile.

— C'est exact, acquiesça le vieil homme. Mais la vérité, c'est que mon frère était un homme d'affaires très avisé. Et il gagnait bien sa vie, mais je sais que ses deux fils ont eu de gros problèmes financiers et qu'il les a tirés d'affaire. Ils étaient issus de son premier mariage avec la femme qu'il adorait, alors il faisait tout ce qu'il pouvait pour leur faciliter la vie. Et, bien sûr, il était marié à Aretha à l'époque, mais il s'est d'abord occupé de ses deux fils. Je ne pense pas qu'il ait donné beaucoup d'argent à Aretha.

Doreen s'affala dans sa chaise et continua à picorer son cake à la banane. Elle était surprise de pouvoir continuer à manger, mais c'était si bon.

— La vie d'Aretha semble tragique, déclara-t-elle.

— Le problème, c'est qu'il est difficile d'avoie pitié d'elle, ajouta Nan, parce que ce n'est pas une personne très gentille.

— Notamment avec la gent féminine, précisa Mangus. Je pense qu'elle a toujours vu les femmes comme des concurrentes. Comme sa situation a changé, elle ne pouvait pas être à la hauteur.

— Et toutes les femmes qui l'entourent ?

— C'est une bonne question, répondit-il. Je n'en sais rien. Peut-être que c'est parce qu'elle fait partie des familles les plus anciennes ici, et c'est pourquoi elles aiment la fréquenter. Honnêtement, je suis heureux qu'elle ait des amis parce qu'elle en a clairement besoin.

Il fronça les sourcils en étudiant son assiette.

— Alors, qu'est-ce que je devrais manger ensuite ?

Nan gloussa.

— Tu n'as rien mangé de tout ça, dit-elle en poussant de petits beignets vers lui.

Il tendit les doigts, et hésita, comme s'il n'arrivait pas à se décider.

— Oh, tant pis, dit-il avec un haussement d'épaules, puis il prit les deux.

Doreen sourit. Mangus vit l'expression sur le visage de la jeune femme et sourit malicieusement.

— Hé, quand vous aurez atteint mon âge, rien d'autre ne comptera.

Puis il la regarda, et attrapa deux autres beignets qu'il jeta dans son assiette.

— Vous êtes une grande gaillarde. Vous pouvez en manger plus !

Doreen fixa avec horreur les deux beignets sucrés, puis gloussa.

— Je serai une grande gaillarde si je continue à manger comme ça.

Cette remarque le fit éclater de rire.

— Vous en êtes loin ! À vrai dire, quelques kilos en plus ne vous feraient pas de mal.

Elle se contenta de lever les yeux au ciel.

— J'ai mangé du saumon avec des fettuccine accompagnés d'une sauce crémeuse à l'aneth hier soir. Je ne suis pas vraiment affamée.

Nan, les yeux soudainement illuminés par la curiosité, se pencha en avant.

— Est-ce que Mack a cuisiné ça pour toi ?

— Oui, et, bien que j'aie vu ce qu'il a fait, ou du moins la plupart de ce qu'il a fait, je ne sais pas si je pourrais le reproduire.

— Qui aurait cru que notre enquêteur serait un si bon cuisinier ? dit Mangus.

— Pas moi, répondit Doreen, mais j'en tire clairement profit. Avez-vous déjà élaboré des théories sur ce qui s'est passé lors de cette effraction ?

— Bien sûr. J'étais presque certain que Reginald avait orchestré tout ça.

— Quelle théorie intéressante, dit-elle. Pourquoi pensiez-vous cela ?

— J'imagine que c'est à cause de ce que j'ai entendu d'Aretha et de ses parents au fil des ans. Son mari n'avait pas le moindre sens des affaires, mais il était aussi un peu saltimbanque. Il n'écoutait les conseils de personne. Chaque projet qu'il essayait de gérer tournait au désastre. Il n'arrivait pas à se mettre dans le rythme des affaires. Il avait tous ces grands projets, dont l'un était de tout vendre et d'aller acheter tous les billets de loterie possible, en disant : « Je vais forcément gagner ».

— Aïe, interrompit Nan. Ils sont truqués, et plus on en achète, et plus ils le sont. Sans oublier qu'à l'époque, la loterie était un nouveau jeu en ville. Il n'y avait rien de sûr.

Mangus hocha la tête.

— Nous le savons tous, mais il était toujours à la recherche d'un plan d'enrichissement rapide.

— Mais il était associé dans une grande bijouterie qui lui reviendrait de toute façon, à lui et à sa femme, argumenta Doreen. Pourquoi était-il si pressé de s'enrichir ?

— Parce qu'il ne voulait pas vraiment travailler pour vivre, répondit Mangus. Pas comme nous le faisions dans le temps.

Il jeta un coup d'œil à Nan, qui était occupée à hocher la tête tout en mangeant une pâtisserie que Doreen n'avait pas vue sur les plateaux.

Elle les scruta pour voir s'il en restait, puis réalisa à quel point elle était ridicule, car son assiette contenait encore un petit morceau de brioche à la cannelle, du cake à la banane et deux beignets sucrés. Mais elle était prête à relever le défi.

— Mais si Reginald avait fait ça, continua-t-elle, on l'aurait sûrement arrêté ?

— Eh bien, il y a eu l'incendie, qui a pratiquement mis fin à l'entreprise, et les parents d'Aretha sont morts, déclara Mangus. Donc, même s'ils ont hérité, ils n'ont pas hérité de quelque chose de grande valeur.

— Mais l'assurance aurait payé, répliqua-t-elle.

— Pas pour les bijoux, car ils n'avaient aucune preuve de la valeur du stock. Seulement un avenant pour indiquer le montant qu'ils gardaient pour une journée classique. Pas pour cette nouvelle livraison. Et, une fois le bâtiment incendié, sans la moindre assurance, ils n'avaient plus rien.

— Reginald est mort à la même période ?

— Quelques années après ça. Il avait changé. J'avais l'habitude d'y aller de temps en temps, de faire réparer ma montre, d'offrir à ma femme un bijou. Après l'incendie, il n'y avait pas d'autre endroit en ville avec la même qualité. Je me souviens l'avoir vu dans un pub, noyant son chagrin. Il divaguait sur le fait que sa femme ne le lâchait pas et qu'elle le rendait responsable de tout.

— De tout ?

Il hocha la tête.

— Le vol, l'incendie, la faillite. Tout.

— Wouah, s'exclama Doreen, avant de penser à Aretha, cette femme froide qui avait tant souffert. Elle aurait très bien pu lui en vouloir, et, si jamais elle avait trouvé des preuves, alors, bien sûr, cela aurait rendu les choses encore plus difficiles.

— Toujours.

— Les parents se sont-ils suicidés ? Peut-être abattus par la perte de leurs revenus, de leur entreprise ?

— Je ne pense pas, répondit-il. D'après ce que j'ai compris, c'était un accident de voiture.

— Intéressant, dit-elle. Mais les Abelman ont hérité à ce moment-là, non ?

— Bien sûr, mais, comme je l'ai dit, ils n'ont pas hérité de grand-chose.

— C'est vrai, acquiesça Doreen. Après tous ces ennuis, tout cela devait être très compliqué.

— À moins, bien sûr... intervint Nan. Et je me pose simplement la question... mais peut-être que les Johnson en voulaient à leur gendre d'avoir détruit leur entreprise. Alors peut-être qu'il l'a brûlé en représailles ?

— Et ça ne serait arrivé que s'ils avaient une raison de le suspecter, contra Doreen.

Elle essayait de remettre toutes les pièces à leur place, mais elle n'en possédait pas encore assez.

— Je donnerais n'importe quoi pour avoir accès à certains des formulaires d'assurance de l'époque.

— J'ai encore beaucoup de boîtes de l'entreprise de mon frère, dit Mangus. Vous pourrez y jeter un œil.

— Pourquoi possédez-vous ces boîtes ? s'enquit-elle en le dévisageant.

— Parce que mon frère a tout gardé de l'entreprise. Il voulait que ses fils prennent la relève. Mais ils n'avaient aucun intérêt ni les épaules pour cela, et mon frère était assez intelligent pour le comprendre.

— Alors pourquoi vous êtes-vous retrouvé avec les boîtes quand elle a été vendue ? Pourquoi tout n'est pas parti avec l'entreprise ?

— Il s'agit d'archives. Il avait déjà tout scanné, donc les copies numériques se trouvent quelque part sur le cloud, expliqua-t-il, comme si c'était quelque chose de complètement étranger. Je lui ai dit de ne pas se débarrasser des dossiers papier, juste au cas où, et que je pouvais les stocker, pour qu'il ait une sauvegarde.

— Mais il est décédé depuis quelques années maintenant, n'est-ce pas ?

— Oui. Le truc, c'est que j'ai tout mis dans un entrepôt. Je loue un de ces grands entrepôts, et un de ces jours, quand je ne serai plus là, ma pauvre famille devra le vider. Mais, si vous voulez, vous pouvez prendre ces boîtes et voir si vous pouvez trouver quelque chose.

— Avec plaisir, dit Doreen. Une idée du nombre de boîtes dont on parle ?

— Une douzaine environ, répondit Mangus en souriant de toutes ses dents.

— Oh, non, gémit-elle.

— Oh, si, répliqua-t-il en riant. D'ailleurs, ce n'est pas comme si vous aviez autre chose à faire.

— Eh bien, j'essayais de finir mon jardinage pour pouvoir construire une terrasse, mais j'ai du mal à rassembler le matériel nécessaire.

— Oh, bien. Dites-m'en plus.

Ce fut ainsi que la conversation dériva sur l'extension de sa terrasse.

— Je pense qu'elle devrait me coûter environ quatre cents dollars à présent, expliqua Doreen. Mais je ne pense pas que les matériaux que je possède déjà puissent faire autant baisser la facture. Je ne suis donc pas encore tout à fait sûre. Ce sera certainement le double.

— Je ne serais pas du tout surpris, déclara Mangus. Une fois que vous commencez un tel projet, la facture ne cesse d'augmenter. Le budget part aux oubliettes, et si vous arrivez à finir cette fichue chose, vous aurez de la chance.

Chapitre 17

Lundi midi...

UNE FOIS LE brunch terminé, Doreen n'avait toujours pas d'informations concrètes, mais elle devait maintenant aller chercher une douzaine de boîtes. Mangus avait proposé de les lui envoyer à son domicile, et elle en avait été reconnaissante. Elle lui demanda ce qu'elle devrait faire quand elle en aurait fini avec elles.

— Déchiquetez tout et jetez ça dans le bac de recyclage.

Elle acquiesça. Elle ne savait pas quand elle recevrait les cartons, mais la journée serait longue si elle devait en parcourir une douzaine, ou plus, remplis de paperasse potentiellement inutile. D'un autre côté, elle ne pourrait pas comprendre toute l'histoire autrement. Elle aimait bien la théorie selon laquelle Reginald était responsable de tous les problèmes, mais, en même temps, c'était aussi une réponse simpliste. Et le magasin avait récupéré une grande partie des bijoux, mais les avait-il tous récupérés ? Elle n'en savait rien. Selon Doreen, quelqu'un qui faisait partie de tout ce bazar avait essayé de sauver un sac de bijoux et les avait mis de côté pour plus tard. Peut-être Reginald ou Aretha.

Cette dernière en faisait-elle partie ? Doreen espérait que

non, mais il était possible que ses maris soient impliqués. À présent, si seulement Aretha voulait en discuter avec Doreen… Quelles étaient les chances que ces bijoux appartiennent à Aretha ? Et si c'était le cas, Aretha en avait vraiment besoin. Mais elle ne les obtiendrait que s'ils étaient vraiment à elle. Doreen devrait patienter et voir ce que contenaient les cartons de Mangus.

Toutes sortes d'informations pouvaient s'y trouver, mais Doreen ne savait pas quels documents professionnels devaient être remis à l'assurance pour couvrir ce type de déclaration. S'agissait-il simplement du stock à remplacer ou du manque à gagner ? Et il fallait ensuite le prouver.

Elle flâna jusque chez elle, sans pouvoir s'empêcher d'y penser. Elle avait à peine atteint la limite de la propriété quand son téléphone sonna. C'était encore Zachary Winters.

— Bonjour, dit-elle.

— Salut. Vous avez réfléchi à mon offre ? demanda-t-il.

— Non. Je vous ai déjà dit que la réponse est non.

— Bien sûr. Mais vous savez quoi ? Je suis passé devant chez vous, et il est évident que vous avez besoin d'argent.

— J'aimerais savoir comment vous avez découvert les bijoux, ordonna Doreen.

— Oh, vous savez, les belles trouvailles sont de bons sujets de discussion, répondit-il.

— Peut-être, mais ça ne renforce pas la confiance.

— La confiance est surfaite. Tant que je paie, qu'est-ce que ça peut vous faire ? Vous pourriez récolter des dizaines de milliers de dollars.

— Mais j'aimerais savoir à qui ils appartiennent.

— Attendez. Ce ne sont pas les vôtres ? s'enquit Zachary.

Doreen réalisa sa gaffe.

— Si, ils sont à moi, mais ils viennent de quelque part.

— Donc vous ne connaissez pas leur histoire ? demanda-t-il, d'un ton méfiant.

— Vous vous souciez de leur provenance maintenant ? interrogea-t-elle d'un ton mordant.

Elle en avait plus qu'assez de s'occuper de la provenance après que toutes les antiquités de Nan avaient été découvertes.

— Oh, d'accord. Je comprends maintenant que vous les avez trouvés.

— Oui, on peut dire ça comme ça, répondit-elle.

— Voilà une meilleure raison pour que je vous les rachète.

— Et comment savez-vous qu'ils sont d'aussi bonne qualité ?

— Parce que quelqu'un me l'a dit.

— Qui a divulgué l'information à la bijouterie où je suis allée ? Mindy ou Jeremy ? Leurs entreprises pourraient s'effondrer à cause de ça. Partager des informations confidentielles est contraire à l'éthique.

— Je ne crois pas. D'ailleurs, si vous acceptez l'argent, nous serons tous heureux.

— Peut-être pas. Il y a un prix à payer pour le silence.

— Quoi ? Alors maintenant, vous exigez un prix plus élevé ?

Ce fut au tour de Zachary d'être dégoûté.

— Et pourtant, vous semblez penser que vous me proposez un prix équitable, rétorqua Doreen qui haussa les sourcils en entendant la proposition suivante.

— Vous me dites que ce n'est pas suffisant ? Si vous investissez cela, vous vous en sortirez très bien pendant un certain temps.

— Peut-être, répliqua-t-elle, mais elle ne pensait qu'à Aretha.

Doreen détestait le fait qu'elle puisse sympathiser et s'identifier à cette femme.

— Nous avons supposé qu'ils provenaient d'un cambriolage ayant eu lieu il y a des années, déclara Zachary.

— Et comment le savez-vous ?

— Parce que beaucoup de bijoux de qualité ont disparu il y a plusieurs années, et n'ont jamais été retrouvés. Nous pensons que ceux-ci pourraient faire partie de ce butin. Comme ils n'étaient pas assurés, il n'y a pas eu d'expertise pendant toutes ces années.

— Je suppose que c'est logique, concéda-t-elle.

— Les compagnies d'assurance ont tendance à contacter d'autres bijoutiers, sertisseurs et joailliers pour les informer des vols. Parce qu'une fois qu'ils ont été volés, ils peuvent devenir un objet totalement différent. Et, bien sûr, ils doivent être rendus à la police.

— Intéressant, dit Doreen. Je suppose qu'aucune de ces vieilles alertes n'est en votre possession, n'est-ce pas ?

— Peut-être, répondit-il, d'un ton curieux. Mais ils sont à vous légalement, non ?

— Oui, assura Doreen en souriant.

— Avez-vous des preuves ?

— J'aimerais d'abord voir vos alertes.

— Donnez-moi votre e-mail, et je vous les enverrai. Je souhaiterais vraiment les acheter.

— Vous pouvez acheter des bijoux n'importe où, alors pourquoi vous intéressez-vous tant à ceux-là ?

— J'aimerais l'émeraude en particulier. Je me suis dit que je devais acheter tout le lot pour l'avoir.

— Pourquoi celui-là ?

— Parce que selon la personne qui m'en a parlé, il semble correspondre à celui que j'ai et que j'ai acheté pour ma femme il y a longtemps. Nous avons commandé le deuxième, mais il n'est jamais arrivé.

— À qui l'avez-vous commandé ? demanda-t-elle calmement, mais elle attendit en retenant son souffle.

— Johnson et Abelman, répondit Zachary.

— C'était il y a longtemps.

— Oui. Nous sommes mariés depuis de nombreuses années, et j'ai toujours voulu lui offrir.

— Vous vous êtes accroché à la première émeraude pendant tout ce temps ?

— Oui. Elle devait correspondre à la sienne.

— Ça a de l'importance pour elle aujourd'hui ?

— Énormément.

— Envoyez-moi les alertes, et laissez-moi y jeter un œil.

— Bien sûr. N'oubliez pas. Si c'est l'un de ces cas, la police doit être informée.

— Ne vous inquiétez pas pour la police. Tout est en ordre.

— Intéressant, murmura-t-il. Comme je l'ai dit, je le veux toujours.

— Je vous ai entendu, confirma-t-elle, et je veux ces alertes.

— Je viens de vous les envoyer. Rappelez-moi.

Et il raccrocha.

Chapitre 18

Lundi en début d'après-midi...

DÈS QUE DOREEN fut entrée dans sa maison, elle s'assit devant son ordinateur portable. Ayant trop mangé, et ne ressentant pas le besoin de se revigorer, elle ouvrit sa boîte mail. Évidemment, elle avait reçu un message. En ouvrant le fichier, elle découvrit une photocopie d'une page datant de nombreuses années en arrière. Quelqu'un avait dû les conserver. Il s'agissait d'une alerte sur le cambriolage de la bijouterie Johnson et Abelman et sur un certain nombre de bijoux qui avaient disparu. Il y avait une brève description des types de bijoux et une image affreusement floue en haut de la page. Ce qui pourrait décrire ce qu'elle avait trouvé ; ou une partie correspondait du moins.

Il n'y avait pas eu de suivi, mais il était possible que Zachary n'eût pas tout envoyé. Peut-être que certaines de ces alertes étaient envoyées par la bijouterie elle-même ? Dans l'espoir d'inciter quelqu'un à lui remettre les pierres précieuses ? En regardant la page, elle remarqua qu'elle provenait de la compagnie d'assurance de Hobart. Donc, si quelque chose de similaire se trouvait dans les cartons provenant de Mangus, il pourrait y avoir un document signalant que certains des bijoux avaient été trouvés.

Elle imprima cette alerte et, en même temps, transféra l'e-mail à Mack. Son téléphone sonna sur-le-champ.

— C'est intéressant, dit Mack.

— Pourquoi la police aurait-elle rendu les bijoux à ta mère s'ils correspondaient à ceux du vol ? Et, non, je ne sais pas s'ils l'ont fait, mais l'image que je t'ai transmise m'a fait réfléchir.

— La raison la plus importante serait qu'ils ne pouvaient pas prouver que les bijoux provenaient de ce cambriolage. Je suis toujours à la recherche du dossier sur ce sujet.

— Hmm, dit Doreen, une note de suspicion dans la voix. Ça devient un peu louche.

— Ne commence pas à faire des hypothèses, prévint Mack. Souviens-toi. Nous faisons mieux que ça.

— En effet, mais je suis toujours coincée à me demander comment et pourquoi.

— C'est intéressant qu'il t'ait contacté.

— L'expert, Jeremy, a appelé Zachary, expliqua Doreen. Jeremy est celui qui a pris la grosse émeraude pour l'évaluer.

Pendant qu'elle parlait à Mack, de nouveaux e-mails arrivèrent de la part de Zachary.

— Attends, s'interrompit-elle. Il m'envoie d'autres trucs. Et, en effet, l'un d'eux est une copie d'une commande manuscrite pour les émeraudes. Puis une note de suivi de la bijouterie, prouvant la livraison de la première pierre et que la deuxième était commandée. Je te les transfère.

Doreen était surexcitée.

— Ça confirme l'histoire de Zachary, ajouta-t-elle.

— Cependant, pourquoi et comment ont-ils atterri chez mes parents ?

— Je suis presque sûre, d'après ce que Mangus suppose,

répondit-elle en insistant soigneusement sur ce mot, que le premier mari d'Aretha était responsable.

— Tu penses qu'il a lui-même organisé le cambriolage ?

— Pour l'assurance, très probablement. Et puis, avec l'incendie, je ne sais pas combien ils ont réclamé. Par contre, Mangus me fait livrer quelques cartons avec des papiers de l'assurance.

— Incroyable, souffla Mack.

— Peut-être.

Ce fut alors qu'on sonna à sa porte et que Mugs détala en aboyant.

— Quelqu'un vient de sonner, gémit Doreen.

Elle continua à parler à Mack, tandis qu'elle ouvrait la porte et vit un pick-up garé devant chez elle. Doreen dévisagea le jeune homme pendant que Mugs dansait à ses pieds.

— Bonjour, je suis Grantham, le petit-fils de Mangus, se présenta-t-il, et ces cartons sont pour vous, apparemment.

Il ouvrit la moustiquaire et déchargea tous les cartons dans son salon.

— Dieu merci, il n'y a que douze boîtes, annonça Doreen à Mack, tandis que le gamin la salua d'une main avant de s'en aller.

Mack rit.

— Rappelle-toi. Si tu trouves quelque chose...

Elle s'empressa de lui raccrocher au nez, en fixant le téléphone.

— Pas cool, Mack, marmonna-t-elle.

Mugs était occupé à renifler les boîtes, et même Goliath avait sauté sur l'une d'elles. Thaddeus, qui ne voulait pas être en reste, sauta sur l'un des cartons et planta son bec dedans, la tête penchée, comme s'il lisait les lettres inscrites dessus.

Doreen rangea son téléphone dans sa poche et scruta les boîtes empilées sans ordre particulier, constatant que chacune d'entre elles était datée. Des dates remontant à quarante ans. Elle siffla.

— Ce sera peut-être plus facile que je ne le pensais, déclara-t-elle, et elle dégagea la plus ancienne des boîtes qui était scotchée.

Elle se rendit dans la cuisine, prit un couteau aiguisé, puis retourna ouvrir le couvercle. À l'intérieur, elle s'attendait à trouver des dossiers, mais tomba sur des feuilles volantes empilées les unes sur les autres, y compris des fiches cartonnées et des cartes plus petites qui semblaient provenir d'un petit Rolodex. Doreen était habituée à des boîtes beaucoup plus petites que celles-ci.

Elle en vida une, tout en s'assurant de garder les papiers classés et en espérant qu'il y ait un peu d'ordre dans ce chaos. Elle fut ravie de voir que la plupart des papiers étaient rangés par ordre chronologique. Les dates sur la boîte couvraient une période de cinq ans.

Elle était certaine qu'une telle entreprise générait beaucoup plus de paperasse que cela, alors peut-être qu'il s'agissait juste de cas problématiques ou de cas qui n'avaient pas été résolus. Pas de nouveaux clients ou de comptes sans réclamation ou quelque chose comme ça. En les parcourant, elle comprit que c'était une collection de cas problématiques. Et la pile qu'elle avait devant elle venait principalement de Johnson et Abelman.

Elle s'assit, adossée à la boîte, et parcourut lentement les documents. L'assurance initiale, puis le vol, pour lequel il y avait un rapport de police. Elle en rit à gorge déployée. Elle le sortit et se leva, gardant soigneusement les papiers dans la même position et le scanna, pour l'envoyer à Mack.

Puis elle le remit à sa place, mais cette fois avec une note collée sur le dessus. Puis elle passa en revue le reste.

Ce qui suivit était essentiellement la logistique de fond. Le cambriolage de l'entreprise, et un vol qui n'avait pas été entièrement assuré. Une note manuscrite contenait des commentaires, suggérant une certaine dissension et des querelles entre les propriétaires, et que plus de stock que nécessaire avait été commandé. Un commentaire indiquait même que l'on soupçonnait que le cambriolage faisait partie du problème et qu'il s'agissait peut-être d'un coup monté.

Doreen trouva quelques missives, des lettres de la famille Johnson, essayant d'obtenir une assurance pour tout le stock qui avait été acheté et qui avait disparu, mais, parce qu'ils n'avaient pas de preuve pour une grande partie, même s'ils avaient fait de leur mieux pour obtenir des copies des factures, la compagnie d'assurance n'était pas prête à couvrir le montant exorbitant. Ils avaient couvert ce qui faisait partie du stock et, selon leur avenant classique, un pourcentage de l'entreprise elle-même. Mais il y avait encore un litige, et ils devaient passer par un règlement des différends à ce sujet. En fait, les Johnson avaient même intenté un procès contre la compagnie d'assurance.

Elle trouva également des notes sur la copie de la compagnie d'assurance qui indiquaient que leurs avocats avaient été contactés. Alors qu'elle continuait à parcourir les documents, moins de deux mois plus tard, un incendie se déclara et ravagea l'entreprise. Concernant ce sinistre, la compagnie d'assurance avait hésité à rembourser davantage en raison des problèmes liés au sinistre précédent.

Doreen récupéra cette note, la scanna et l'envoya à Mack. Puis elle colla un post-it pour signaler que cette page était importante, remit le tout en ordre et continua. La lecture était fascinante. En fin de compte, la compagnie d'assurance n'avait pas eu à payer pour l'incendie, et ils n'avaient pas non plus payé le montant total pour tous les bijoux.

Elle ne se souvenait pas avoir vu une annotation concernant la faillite de la bijouterie, mais celle-ci avait mis la clé sous la porte à peu près au même moment, et tous les créanciers n'avaient pas pu être payés. Certains bijoux avaient été récupérés, et la plupart vendus, y compris tout le stock récupérable, afin d'aider à couvrir les dettes, mais ils avaient quand même fini ruinés. En arrivant à la fin de la boîte, Doreen constata qu'il y avait d'autres affaires.

Une seule note disait que les poursuites étaient abandonnées. Les Johnson, propriétaires majoritaires de la société, étaient décédés, laissant Reginald et Aretha aux commandes. Ni l'un ni l'autre n'avait les moyens pour un procès, et une autre note indiquait que l'affaire était close. Doreen plaça un élastique autour de tous les documents relatifs à l'affaire Johnson et Abelman, reconnaissante de ne pas avoir à fouiller dans les autres boîtes. Elle passa tout de même le reste du carton en revue, juste au cas où, mais rien d'autre n'était lié à la bijouterie Johnson et Abelman.

Reprenant ce qu'elle avait trouvé sur celle-ci, elle sortit chacune des pages avec les post-it, en fit des photocopies, avant de les réinsérer dans la pile chronologique, puis vérifia à nouveau qu'il n'y avait pas d'agrafes ou de trombones dans le reste de la paperasse, et passa le dossier entier dans son scanner. Quand elle eut terminé, elle rassembla le tout et le rangea dans la boîte qu'elle ferma.

Une fois la numérisation en sécurité et ses notes en main, elle réfléchit et décida qu'elle devait parler à Aretha. Et ce ne serait pas une partie de plaisir. Elle grogna, sachant qu'elle ferait mieux d'en finir.

— Bon, Mugs. Si on allait se promener ?

Mugs aboya et courut dans la cuisine, où Doreen avait apparemment rangé sa laisse. Il la ramena avec excitation, en la faisant virevolter, jusqu'à ce que l'extrémité de la laisse heurte Goliath, qui se mit à courir après le chien, en essayant de l'attaquer. Mugs glapit et se précipita derrière Doreen, se servant d'elle comme d'un bouclier contre Goliath, qui était toujours en colère.

Rejoignant la foule, Thaddeus atterrit au centre et s'écria :

— Thaddeus est beau.

Doreen regarda sa ménagerie ridicule et gloussa.

— Allez. Nous avons tous besoin d'une promenade. Espérons que cela changera votre comportement.

Elle les rassembla autour d'elle et, après avoir sécurisé les portes avant et arrière, se dirigea vers la maison de Heidi. Doreen ne vit aucune trace de celle-ci dans le jardin, et le portail était fermé à clé. Doreen trouva un bouton sur lequel appuyer, et peu après, la voix d'Aretha en sortit.

— Aretha, c'est Doreen.

— Que voulez-vous ? demanda la femme, l'air exaspéré.

— J'aimerais vous parler de l'affaire des bijoux et des problèmes d'assurance chez Johnson et Abelman.

Il y eut un silence choqué à l'autre bout.

— Pourquoi cela ? s'enquit-elle.

— Parce que je pense que c'est important, répondit Doreen, avec gentillesse. Je pense savoir beaucoup de choses sur ce qui s'est passé, mais j'aimerais que vous me disiez la vérité.

— Quelqu'un connaît-il vraiment la vérité ? interrogea Aretha, d'une voix fatiguée et âgée.

Mais elle appuya sur le bouton et déverrouilla le portail,

pour que Doreen puisse entrer. Alors que celle-ci se dirigeait vers la maison, elle étudia le jardin et sourit, car il avait meilleure mine. Aretha l'attendait à la porte d'entrée.

— Pourquoi mettez-vous votre nez dans mes affaires ? s'emporta Aretha.

Malgré son allure royale, ses vêtements dataient d'une dizaine d'années et ses traits étaient marqués par la tension et le stress.

— Vous vous sentez bien ? demanda doucement Doreen.

Aretha haussa les épaules d'un air irrité.

— Bien sûr que je me sens bien. Qu'est-ce que ça peut vous faire de toute façon ?

— Vous pourriez être surprise, répondit Doreen en lui souriant. Que pouvez-vous me dire sur ce cambriolage ?

— Rien de spécial, dit-elle, d'un ton sec. Nous sommes arrivés un jour et avons constaté que les fenêtres étaient brisées et que beaucoup de bijoux avaient disparu.

— En avez-vous récupéré une partie ?

— Une partie a été récupérée, en effet. Éparpillés un peu partout. Et tout ça a été vendu pour payer les factures.

— Mais vous n'avez pas tout retrouvé ?

— Non. Pas tout.

Elle hésita, puis pinça les lèvres, ne souhaitant pas en dire plus.

— Vous avez trouvé le coupable ?

Aretha lui lança de nouveau un regard hautain, et son nez se redressa de quelques centimètres.

Doreen reconnaissait les signes. Elle les avait vus chez beaucoup de ses associés dans sa vie antérieure.

— Non, répondit la vieille. Il y avait beaucoup de théories, et mes parents en avaient certainement beaucoup à l'époque, mais elles ne servaient qu'à causer des problèmes.

— Ont-ils accusé votre mari ?

Abasourdie, une expression de surprise couvrit le visage d'Aretha. Comme un lapin pris dans les phares, elle murmura :

— Comment le savez-vous ?

— Parce qu'il est le choix logique.

Aretha secoua la tête.

— Comment cela peut-il être logique ? interrogea-t-elle. Mes parents l'ont aidé à entrer dans le métier. Ils lui ont tout appris. Il n'y avait que moi dans la famille, alors mon mari savait que nous hériterions de tout.

— Mais peut-être qu'il ne voulait pas attendre votre héritage ? proposa Doreen. Vos demandes étaient-elles plus nombreuses que ce qu'il pouvait se permettre ? Ressentait-il une pression pour vous offrir plus ?

Aretha secoua de nouveau la tête, le regard perplexe.

— Non. Tout allait bien.

— Est-ce qu'il voulait des choses ? Voulait-il une voiture de sport de luxe ou une plus grande maison ? Aurait-il pu avoir l'impression que son niveau de vie ne répondait pas à ses attentes ?

— Il était un peu joueur, admit Aretha, et il voyait toujours grand. Il voulait un chalet au bord du lac et une plus grande maison en ville.

Elle haussa les épaules avant de continuer.

— Je l'ai ignoré, pensant qu'il était un peu rêveur.

— Et qu'est-ce qu'il faudrait pour qu'un rêveur franchisse la limite du cambriolage ? interrogea Doreen.

— Nous avions des problèmes conjugaux. Mais, à l'époque, le divorce était encore considéré comme une honte, et je ne voulais pas de ça.

— Vos parents auraient été d'accord, n'est-ce pas ?

Cette fois, le regard d'Aretha fut hanté, mais elle acquiesça.

— Ce n'est qu'en regardant en arrière, au fil des années, que vous réalisez les erreurs que vous avez commises, murmura-t-elle. Mes parents ne l'aimaient pas. Ils lui ont ouvert leurs bras pour l'accueillir parce qu'ils se sont dit que s'ils ne le faisaient pas, ils me perdraient. Et, après tout ce qu'ils ont fait pour mon mari, cela ne semblait toujours pas suffisant.

— Et puis vous avez parlé de divorce, c'est ça ?

— Nous avons eu une grosse dispute. Je voulais déménager, retourner chez mes parents. Je lui ai dit que je voulais divorcer.

— Et le cambriolage ? C'était cette nuit-là ou une autre ?

— Cette nuit-là, dit-elle. Je suis retournée chez mes parents. Je suis partie à 22 heures, bien que j'aie dit à la police que j'étais à la maison. J'ai fourni un alibi à mon mari, mais je ne sais pas s'il était à la maison ou pas.

Bingo.

— Dommage que vous ayez fait ça, dit Doreen, parce qu'une partie de tout cela aurait pu être résolue tellement plus tôt.

— Je n'en sais rien, mais j'ai senti que je devais bien ça à mon mari.

— Et pourtant, vous ne vous êtes pas demandé s'il n'avait pas quelque chose à voir avec ça ?

La femme âgée hésita.

Doreen hocha la tête pour l'encourager.

— Bien sûr que vous vous êtes posé la question. Mais, comme l'assurance n'a pas payé, vous avez eu des problèmes financiers, n'est-ce pas ?

Aretha opina du chef.

— Mes parents étaient dévastés. Tout ce pour quoi ils avaient travaillé si dur, et maintenant ils n'auraient même pas assez d'argent pour leur propre retraite.

— Et puis l'incendie ?

— Pourquoi déterrez-vous tout ça ? déclara Aretha, visiblement ébranlée. Vous ne voyez pas que c'est douloureux ?

— J'essaie de découvrir la vérité, expliqua Doreen. C'est important. S'il vous plaît, faites-moi confiance.

Aretha haussa les épaules.

— Peut-être, dit-elle. L'incendie a été la goutte d'eau. L'assurance ne voulait pas payer et nous traitait déjà de fraudeurs à l'assurance. C'était la pagaille. Ils avaient résilié l'assurance de l'entreprise, mais mes parents ne me l'ont pas dit.

Aretha s'affala contre la balustrade sur le porche.

— C'était trop pour mes parents.

— Et ils sont morts peu après ?

— Oui, je crois.

La vieille dame se leva et pressa ses doigts sur ses tempes, comme si les souvenirs étaient douloureux.

— Je suis vraiment désolée de devoir faire ça, continua Doreen, mais vous ne vous êtes jamais demandé qui avait mis le feu à l'entreprise ?

Aretha releva doucement le regard et acquiesça.

— Je n'ai pas eu à me poser la question. J'ai toujours été certaine que c'était mon mari. Il a dit quelque chose à l'époque que je n'ai pas compris. Qu'il ne savait pas que ce n'était pas assuré. Mais il n'a jamais voulu me dire ce qu'il avait fait. Je n'avais donc aucune preuve. Juste ce malaise…

— Vous l'avez dit à la police ?

— Non, répondit-elle en secouant la tête.

— Peut-être que vous auriez dû, dit Doreen.

— Nous revenons sur une décision que j'ai prise il y a si longtemps, se justifia Aretha, en s'affalant un peu plus sur la balustrade et en regardant le jardin. À l'époque, je pensais que j'étais tout. J'ai été élevée dans la plus haute société et, même si nous travaillions, c'était un commerce riche. Je connaissais tous ceux qui étaient quelqu'un et j'étais au courant de leurs secrets. Je connaissais leur monde. Mon mari et moi avons tous les deux été bien accueillis dans la société, mais, après les accusations de fraude, l'incendie, puis la mort de mes parents, c'en était trop.

— Et, dans tout ça, qu'est-il arrivé à votre mari ?

— J'ai dû retourner chez nous après le cambriolage, sinon la police n'aurait jamais cru à l'alibi. Nous sommes restés ensemble pendant un certain temps, mais notre mariage était en train de se dégrader. J'ai effectivement pensé après coup qu'il n'était resté que le temps de voir si j'allais hériter de quelque chose.

— Et ?

— Mes parents n'avaient plus rien à dire, chuchota-t-elle. Ils avaient déjà épuisé toutes leurs économies, leur propre argent, et avaient même vendu la maison, même si je ne le savais pas.

Les larmes lui montèrent aux yeux.

— Ils ont fait tout ce qu'ils pouvaient pour rembourser les gens qui leur avaient fait confiance.

Le cœur de Doreen se brisa en pensant à ce couple âgé qui avait réalisé combien il avait perdu.

— Je suis heureuse qu'ils soient morts en pensant qu'ils avaient fait de leur mieux, murmura Doreen. Mais comme c'est terrible de savoir que leurs propres pertes et tragédies continueraient à avoir un impact sur d'autres personnes.

— C'est exact, acquiesça Aretha, c'était une période difficile, et Reginald était là pour moi.

— Bien.

Mais Doreen s'interrogeait sur cette relation. Reginald était-il vraiment là pour elle ou plutôt pour lui-même ?

— Mais je me suis encore une fois retrouvée sans rien, renchérit Aretha avec un petit sourire.

— Et votre mari ?

— Il est mort, répondit-elle avec un rire amer. Sur le moment, je ne pouvais pas réaliser si j'étais ravie ou horrifiée, mais je savais que je n'étais pas en deuil. Pas pour Reginald. J'étais encore en train de faire le deuil de mes parents.

— Mais un certain temps s'est écoulé entre sa mort et la leur, n'est-ce pas ?

— Oui. Quelques années d'intervalle. Mais j'étais très proche de mes parents. Cette perte est restée en moi très, très longtemps. À l'époque, j'essayais de trouver un moyen de m'éloigner de mon mari. Il avait pris tout ce que j'avais et l'avait réduit en miettes.

— Avez-vous pensé qu'il avait peut-être volé des pierres précieuses pour plus tard ?

— Je lui ai demandé parce que je n'arrivais pas à me débarrasser de cette idée, confessa-t-elle. Il avait l'air si blessé que j'ai fini par me sentir coupable. J'ai découvert plus tard qu'il avait volé un certain nombre de pierres précieuses et qu'il en avait caché beaucoup dans des endroits que je ne trouverais jamais. Il m'a laissé une étrange lettre avant de mourir, disant que des gemmes étaient encore cachées dans la ville, mais qu'il ne pouvait plus les trouver. Les points de repère qu'il avait notés pour s'en souvenir avaient disparu, donc il n'avait même pas de moyen de les trouver lui-même.

— Pourquoi vous aurait-il laissé cette lettre ?

— Parce qu'il avait gardé certains des bijoux et les avait vendus progressivement, après notre séparation, dit-elle avec amertume. Il a essentiellement vécu aux dépens de ma famille pendant toutes ces années et, lorsqu'il a fini par s'épuiser et qu'il a su qu'il était fini, tout ce qu'il voulait, c'était ce dernier sac de bijoux, mais il ne l'a pas trouvé.

— Savez-vous combien de pierres précieuses se trouvaient dans le dernier sac ?

Aretha secoua la tête.

— Non, je ne me souviens pas. Seulement que ce dernier ensemble contenait une émeraude qu'il n'osait pas vendre parce qu'elle avait été spécialement commandée par un de mes amis pour sa femme. C'était si difficile de garder la tête haute en société.

— Cela vous a-t-il aidé quand votre mari est mort ?

— Je ne sais pas si cela m'a aidée, mais ça m'a permis de clore un chapitre. Un chapitre long et sordide dont je voulais désespérément en finir.

— Et même si des bijoux réapparaissaient, dit Doreen, il n'y a aucun moyen de prouver à qui ils appartiennent, n'est-ce pas ?

— Non, probablement pas. C'est pourquoi l'assurance n'a pas voulu payer pour cet ensemble de pierres, puisqu'on ne pouvait pas prouver qu'elles faisaient partie de la cargaison ou qu'elles étaient en notre possession. Le seul moyen serait que l'émeraude se trouve parmi les autres.

— Pourquoi ça ?

— C'était une émeraude très spécifique qui a été commandée sur mesure. Il existe des archives à ce sujet. Mais pas qu'elle ait été reçue.

— Savez-vous qui a commandé l'émeraude ?

La femme plus âgée sourit et hocha la tête.

— Oui, je sais. C'était un vieil ami, comme je l'ai dit. Il s'appelle Zachary. Zachary Winters.

Bingo.

Chapitre 19

Lundi après-midi…

DOREEN PARTIT PEU après. Elle n'avait pas parlé à Aretha des bijoux que Millicent avait trouvés. Pourtant, trop de questions restaient sans réponses. Notamment de savoir si des crimes avaient été commis à l'époque et qui auraient encore de l'importance aujourd'hui. Si ces bijoux provenaient de la bijouterie, appartenaient-ils à Aretha ? À la compagnie d'assurance ? Ou appartenaient-ils à Millicent parce qu'elle les avait remis à la police, avant qu'on ne les lui rende ? Doreen ne comprenait pas exactement comment cela fonctionnait. Elle devrait en parler à Mack. Mais elle réalisa pour la première fois qu'elle et ses animaux n'avaient trouvé aucun cadavre lié à cette affaire. Comme cela serait sympathique ! Elle rentra chez elle en sautillant, joyeuse à l'idée de faire autant de progrès.

Alors qu'elle se dirigeait vers son allée, elle vit un étrange véhicule, qui ressemblait à une Lexus, garé devant la maison de Richard. Elle fronça les sourcils, mais en s'approchant, un homme en sortit, et elle reconnut Jeremy, l'expert de la bijouterie. Les mains sur les hanches, elle le fusilla du regard.

— Vous êtes un sacré phénomène.

— Un de mes amis cherche cette émeraude depuis long-temps, répondit-il en rougissant.

— Intéressant… et je comprends. Mais vous n'auriez pas dû divulguer d'informations. La confidentialité est primordiale dans le secteur de la joaillerie.

— En effet, acquiesça-t-il, et Zachary m'a dit qu'il vous a contactée à plusieurs reprises.

— C'est exact. Et ?

Jeremy hésita avant de continuer.

— Si jamais vous voulez les vendre…

— Vous ne les avez même pas expertisés, répliqua Doreen. Et je ne sais toujours pas si je peux vous faire confiance. De plus, quand j'aurai dit à tout le monde ce que vous avez fait…

— Attendez, l'interrompit-il en levant une main. Il y avait une circonstance atténuante.

— Pourquoi ça ? railla Doreen. C'était il y a quarante ans.

— Zachary et moi nous connaissions à l'époque. C'était le père de mon meilleur ami.

— D'abord, comment puis-je savoir que vous ne les avez pas volés ?

— Écoutez. Je ne le connaissais pas à l'époque, mais il m'a dit qu'il cherchait l'émeraude depuis longtemps. Il a contacté l'entreprise qui l'a expédiée et a appris qu'elle avait été livrée à Kelowna. Il savait donc qu'elle était ici, en ville, et espérait simplement qu'elle réapparaîtrait un jour.

— Alors, pourquoi est-ce si important, même après toutes ces années ? demanda-t-elle. Ce n'est qu'une émeraude.

Il sourit.

— Pour vous, ce n'est peut-être qu'une émeraude. Mais

vous devez comprendre que sa femme était tout pour lui.

— Vous en parlez au passé ?

— Ce sera bientôt le cas, répondit Jeremy. Elle a un cancer, et il a peur qu'il ne lui reste plus très longtemps à vivre.

— Alors quelle différence l'émeraude ferait-elle alors ? interrogea Doreen avec curiosité.

— Ça les a rongés tous les deux pendant tout ce temps. Ils veulent seulement tourner la page.

— Et, si possible, il veut acheter l'émeraude pour lui offrir. C'est ça ?

— Eh bien, les traitements sont en cours, et il espère qu'elle s'en sortira, et qu'ils auront encore vingt ans à vivre ensemble. Dans tous les cas, il aimerait finaliser quelque chose qu'il lui avait promis à l'époque.

— L'autre émeraude est-elle en possession de sa femme ?

Il hocha la tête.

— Il a fait sertir une boucle d'oreille, et la deuxième attend celle-ci.

— Et vous pensez que c'est celle que je vous ai demandé d'expertiser ?

— J'en suis certain. J'ai identifié et expertisé l'autre plusieurs fois. Je sais qu'il s'agit d'un ensemble apparié.

— Intéressant, dit-elle. Je vais y réfléchir.

Il eut l'air réticent, et Doreen lui lança un regard noir.

— Ne me mettez pas la pression.

— Ils sont prêts à payer le prix fort.

— J'ai compris, et j'ai dit que j'y réfléchirai.

— Trop de personnes ont souffert à cause de ça, bien plus que nous le pensons.

— C'est-à-dire ?

— Lorsque la bijouterie a été cambriolée, puis incendiée, et qu'elle a fait faillite, cela a eu un impact non seulement sur les Johnson, mais aussi sur tous les autres.

— Ce qui signifie que les personnes qui avaient commandé des bijoux nourrissaient des espoirs et chérissaient des rêves eux-mêmes.

— Et beaucoup de créanciers y ont perdu des plumes.

— La famille Johnson a été la plus durement touchée, dit Doreen. Ils ont tout perdu.

— Je sais. Et j'en suis désolé.

— Je pense que tout le monde a oublié Aretha.

— C'est possible. Elle s'est remariée, donc tout le monde a supposé qu'elle allait bien. Le problème, c'est que le vol est tellement vieux que plus grand monde ne s'en soucie.

— Je ne pense pas que quiconque puisse supposer cela, dit Doreen tranquillement.

Dans sa tête, elle criait « Je m'en soucie. Je m'en soucie ».

— Comme je l'ai dit, ne me mettez pas la pression.

Sur ce, elle se retourna et marcha jusqu'à sa maison, avant de rentrer avec ses animaux. Puis elle se dirigea vers la fenêtre du salon pour le regarder partir. Sa respiration redevint normale.

— Il faut en parler à Mack.

Rapidement, se répondit-elle. Dans la cuisine, elle se servit un verre de thé glacé. Assise dehors sur la terrasse avec ses notes, elle essaya de se concentrer. Certaines choses étaient assez explicites, et tous les coupables étaient supposément morts. Et peut-être que c'était le principal. Il ne restait aux autres qu'à composer avec leur préjudice.

Puis elle pensa aux Johnson, se demandant si leur accident de voiture n'était pas un suicide. Et elle pensa au mari d'Aretha. Était-il mort seul ?

Elle n'était assise que depuis une vingtaine de minutes quand on sonna à la porte. Mugs, fatigué et frustré, était occupé à aboyer à la porte d'entrée, faisant savoir au monde entier qu'il y avait un intrus.

Doreen ouvrit ladite porte, et fut surprise de voir un homme âgé.

— Zachary Winters, par hasard ?

— C'est moi, s'exclama-t-il.

— Eh bien, je ne vous invite pas à entrer.

Son enthousiasme disparut.

— Je peux comprendre. Je n'essaie pas de vous presser…

— Et pourtant. J'ai besoin de parler à la police à ce sujet.

— Oh.

Il se tut et la fixa du regard.

Doreen se contenta de hausser les épaules.

— J'aime faire les choses correctement, alors partez et laissez-moi tranquille pour le moment. S'il ne s'agit pas d'une affaire criminelle, alors je réfléchirai à votre demande avec joie.

— Je ne sais pas grand-chose, mais je doute qu'un crime ait été commis. Je sais que les Johnson sont morts dans un accident de voiture il y a longtemps. Même si quelqu'un a essayé de les tuer, cette personne n'est probablement plus de ce monde.

— Si tel était le cas, j'opterais pour Reginald Abelman, leur gendre.

Zachary pouffa.

— Sale petit bougre, dit-il. J'aurais opté pour lui aussi.

— J'essaie encore de démêler le vrai du faux.

— Si je peux faire quelque chose pour vous aider, faites-le-moi savoir.

Doreen sortit son téléphone et lança le dictaphone.

— Vous pouvez commencer par me raconter exactement ce qui s'est passé.

— Il n'y a pas grand-chose à dire. Ma femme et moi avons commandé la paire d'émeraudes. Nous étions tellement heureux quand on a reçu l'appel. J'étais si excité. Finalement, nous en avons approuvé une, mais la deuxième émeraude avait un défaut. Elle ne nous convenait pas. C'est pourquoi ils voulaient que je revienne. Ils l'ont renvoyée et en ont commandé une autre. On a attendu, et finalement on a reçu un coup de fil disant qu'elle était arrivée. Le lendemain matin, lorsque nous sommes venus, la police était sur place et l'entreprise fermée, en raison d'un cambriolage la nuit précédente. À ce moment-là, j'ai su qu'elle avait disparu.

— Avez-vous parlé à quelqu'un de l'émeraude ?

— Non, personne d'autre ne savait. Enfin, Reginald, bien sûr. C'est avec lui que nous étions en contact.

— Intéressant, dit Doreen. Et ensuite, que s'est-il passé ?

— Nous sommes partis. Nous espérions que le voleur de bijoux serait attrapé et les bijoux récupérés, et ensuite, une semaine, peut-être deux semaines plus tard, l'entreprise a brûlé. Suivi par la faillite, le tragique accident de voiture, et quelque temps plus tard, Abelman est mort lui aussi.

— Une idée de la façon dont Reginald est mort ?

— Je crois qu'il s'est suicidé, répondit-il.

— Comme je l'ai dit, ma décision n'est pas encore prise sur cette émeraude, alors vous pouvez y aller.

Zachary éclata de rire.

— S'il n'y avait pas cette émeraude, je pense que je vous aimerais bien, déclara-t-il.

Chapitre 20

APRÈS SA DISCUSSION avec Zachary Winters, Doreen ferma la porte. Elle se posta sur le côté de la grande fenêtre de son salon afin de pouvoir le regarder partir. Non pas qu'elle ne lui faisait pas confiance, mais tout lui explosait à la figure, et elle ne savait pas qui était impliqué ni ce que chacun manigançait. Ce dont elle était sûre, c'était qu'elle n'avait qu'un seul objectif : celui de résoudre le mystère que Millicent lui avait confié. Mais Doreen se demandait toujours qui était le propriétaire des bijoux. Il y avait de l'argent en jeu – une belle somme de toute évidence – sauf qu'elle ne connaissait pas le montant exact. Mais pour quelqu'un qui était fauché, l'argent était une bénédiction.

Millicent ne semblait pas vouloir s'en mêler, mais ça ne voulait pas dire que Mack n'était pas intéressé. Et puis il y avait Aretha.

Secouant la tête, Doreen traversa la cuisine et sortit sur la terrasse. Le soleil de l'après-midi était encore suffisamment présent, de sorte qu'elle put s'asseoir et se détendre, tout en réfléchissant à la grande étendue de terre dans son jardin où les bâches devaient encore être placées et où les parpaings devaient être posés. Elle se demanda si les blocs devaient être posés en premier.

Beaucoup de choses étaient à prendre en compte pour l'extension de sa terrasse. Ce qu'elle ne souhaitait pas, cependant, c'était que de l'herbe traverse les lames. En effet, si l'espacement laissait passer un minimum de lumière, des végétaux pourraient pousser dessous.

Elle s'interrogea ensuite sur la lumière, l'ombre et la tromperie.

Reginald Abelman était-il vraiment si stupide ? S'il était trop zélé, jeune et ambitieux, alors oui, potentiellement. S'il avait organisé le cambriolage, qu'était-il arrivé aux autres bijoux ? À qui les avait-il vendus ?

Doreen regrettait presque de ne pas pouvoir parler aux frères qui avaient participé à l'enlèvement de Crystal. Ils auraient su qui aurait pu receler les bijoux. Ou du moins, ils auraient su dans quelle direction la diriger. Tout cela s'était passé à une époque antérieure, mais selon leur passif dans le domaine des cambriolages, ils auraient pu avoir des informations. Tout cela représentait un réel mystère pour Doreen. Et, bien sûr, le père de Crystal avait une entreprise de prêt sur gage. Il aurait pu être le receleur. Mais aurait-il eu son mot à dire ? Il n'était probablement pas assez âgé de surcroît. Elle se raccrochait à n'importe quoi, cherchait quelqu'un à qui parler. Sans résultat.

Au moment où elle revint s'asseoir avec un nouveau verre de thé glacé, tout en réfléchissant à tout ce qu'elle avait appris, Mack appela. Doreen lui rapporta ses discussions avec l'expert et Zachary Winters.

— C'était donc l'émeraude du cambriolage ? dit-il, d'une voix prudente. Bien sûr, le dossier de l'affaire n'était pas très détaillé.

— Beaucoup de bijoux ici sont répertoriés comme faisant partie du sinistre, mais Abelman ne les avait pas dans l'inventaire de son magasin.

— Et apparemment, ce n'était pas assez assuré de toute façon. J'ai vérifié certaines des notes que nous avons ici. L'assurance qu'ils étaient censés avoir souscrite était un avenant supplémentaire couvrant les bijoux qui étaient dans les cargaisons, et ils ne l'avaient pas.

— Les Johnson ne s'attendaient pas non plus à recevoir une grosse commande, ajouta-t-elle. Apparemment, Abelman a tout commandé à leur insu.

— C'est presque comme s'il essayait de faire couler l'entreprise.

— Et pourtant, il profitait des bénéfices. Ça n'a aucune logique.

— Pour l'instant, mais je suis sûr qu'en creusant un peu plus, tu trouveras la solution, la rassura le policier.

— Peut-être. Je suis un peu fatiguée et surtout frustrée.

— Qui ne le serait pas. J'ai l'impression que ta journée a été chargée. Comment s'est passé ton petit déjeuner avec Mangus ?

— On a brunché, corrigea-t-elle en riant. Et j'ai ingéré beaucoup trop de sucre, entre autres choses, mais Mangus est un type fascinant.

— Tu as découvert autre chose dans ces cartons ?

— Je n'ai pas eu l'occasion de fouiller dans les onze autres boîtes. J'ai scanné un tas de trucs, il y a quelques heures, que je t'ai envoyés par mail. Mais maintenant ? Eh bien, maintenant je vais passer le reste de la journée à penser à tout cela et à espérer trouver un moyen de l'intégrer dans un puzzle qui dévoilera une image. Pour l'instant, les morceaux sont bizarres et éparpillés.

— Je vais te laisser alors, dit-il.

— Attends ! Qu'en est-il de ton affaire ? Du nouveau sur les vieilles femmes ?

— On attend toujours les autopsies.

— Il y a autre chose d'intéressant ? demanda-t-elle avec espoir.

— Pour toi, non, répondit Mack, son ton ne laissant aucune place à la discussion. Pour moi, beaucoup, alors je ferais mieux de m'y remettre.

Sur ce, il raccrocha.

— Bien sûr pour toi, dit-elle en regardant son téléphone. Tu ne réalises pas la chance que tu as que je ne sois pas dans le même bureau. Imagine si nous travaillions ensemble.

Cela la fit rire.

À ce moment-là, Mugs se posa sur ses pieds. Elle tendit le bras pour le caresser.

— Je ne sais pas trop ce qui se passe, mon pote, marmonna-t-elle.

Il aboya légèrement et roula sur le dos, comme pour lui signifier que la seule chose qui comptait était qu'elle lui gratte le ventre. Elle lui accorda toute son attention, puis vit Goliath se promener dans le jardin, s'arrêtant pour renifler toutes les plantes qu'Heidi lui avait données. Et c'était un bon rappel. Elles avaient certainement besoin d'être arrosées.

Quand elle se releva, Mugs fit de même, et tous deux allèrent dans le jardin. Thaddeus se trouvait sur le tas de pierres qu'elle avait dégagées en désherbant. Son perchoir était pour le moins chancelant, mais il observait Goliath avec attention. Elle s'approcha des plantes, pour voir si elles tenaient le coup. Puis elle prit le tuyau et les arrosa.

Les boutures pâtissaient des fortes chaleurs. Il valait mieux repiquer au printemps ou à l'automne, par temps frais et nuageux, mais les mendiants ne pouvaient pas faire la fine bouche. Pour l'instant, Doreen se contentait de prendre ce qu'on lui donnait. Elle avait reçu beaucoup de belles plantes pour rien, à part un peu de sueur. Un côté du jardin était garni au moins. Elle pourrait attendre quelques années, et déplacer certaines choses ici et là pour pouvoir égaler le jardin de Richard, mais elle aimerait pouvoir ajouter quelques plantes de ce côté dès à présent. Il y avait encore des fleurs à cet endroit, bien plus qu'au niveau du lopin où elle avait planté toutes les nouvelles. Peut-être que cela suffisait.

Elle y réfléchissait en se promenant dans son jardin, s'imprégnant doucement de tout. Elle voulait toujours de grandes dalles pour descendre dans le jardin, et peut-être un petit patio au bout, où elle pourrait mettre une chaise et admirer le ruisseau. Il y avait de la place.

Plus près de celui-ci, elle regarda la hauteur et remarqua qu'il était revenu au point le plus haut qu'elle avait vu jusqu'à présent. Ce n'était pas un océan avec une lune affectant ses marées. C'était de l'eau qui fondait depuis les montagnes et d'autres affluents qui se déversaient dans son petit ruisseau avant de devenir la rivière à quelques rues de là, mais être témoin des fluctuations de l'eau et de son mouvement majestueux la fascinait. Tant que le niveau restait bien en dessous de la hauteur de son sous-sol ou du niveau de son jardin, cela lui convenait. Elle ferma l'eau du robinet et marcha jusqu'au ruisseau pour voir si le chemin était encore accessible. C'était le cas.

Doreen sourit et quitta le ruisseau du regard pour revenir à son jardin, afin d'étudier la santé des plantes et leur disposition d'un œil critique. Bien qu'elle eut désherbé l'autre côté, elle n'avait pas encore repiqué. Elle s'était dit qu'elle diviserait ces grandes vivaces à l'automne. Et cela lui laisserait un peu plus de temps pour décider d'une meilleure disposition. Ce qu'elle devait faire, c'était cartographier ce qu'elle avait planté pour l'instant, car elle avait encore les noms en tête. Si les boutures souffraient, elle devrait les tailler à quelques centimètres au-dessus du sol et attendre qu'elles fleurissent au printemps suivant. Il était donc fort possible qu'elle oublie complètement ce qu'elle avait mis en terre.

Chapitre 21

DOREEN SE RÉVEILLA le lendemain matin avec une drôle de question en tête. Comment Aretha avait-elle découvert que son mari avait volé et revendu les bijoux ? Elle se le murmura à voix haute dans la pièce silencieuse. Tous les animaux dormaient encore autour d'elle. Elle vérifia sa montre et constata qu'il n'était que 6 heures. Mais cette phrase tournait en boucle dans sa tête.

Son mari lui avait peut-être avoué. Mais, si tel était le cas, pourquoi lui laisser cette lettre en fin de compte ? Doreen fronça les sourcils sans trop savoir si elle devait contacter Aretha et lui demander des éclaircissements ou supposer que c'était son mari qui la provoquait avec cette information. Et si elle le savait, pourquoi n'avait-elle rien fait ? Pourquoi n'était-elle pas allée à la police ? Ou l'avait-il payée pour qu'elle garde le silence ?

Doreen tournait en rond dans son lit, comme ses pensées dans sa tête, à la recherche du sommeil, mais finit par abandonner et sauta dans la douche. Elle resta sous l'eau chaude plus longtemps que nécessaire, simplement parce que cela lui faisait du bien. Contrairement à ses prévisions, elle n'avait pas de courbatures. Cela était certainement dû à ce qu'elle avait vécu lorsqu'elle avait jardiné chez Penny peu de temps auparavant. Son corps commençait peut-être à s'y habituer, devenant plus tonique chaque jour.

Néanmoins, une fois habillée, elle attrapa Thaddeus sur son perchoir, et il gazouilla doucement dans son oreille pendant qu'ils descendaient les escaliers. Goliath occupait lui aussi son propre perchoir sur l'une des marches en bas de l'escalier, le regard fixé sur Doreen en agitant sa queue, comme pour dire : « Ne te fatigue pas à demander, je ne bougerai pas ».

Elle s'accrocha à la balustrade et sauta par-dessus le chat, mais Mugs resta figé. Goliath miaula et Mugs aboya, et elle se retourna pour regarder les deux s'affronter.

— Allez, Mugs, gémit-elle. Saute par-dessus lui, comme je l'ai fait.

Le chien regarda sa maîtresse, puis Goliath, avant de s'élancer. Malheureusement, ses pattes arrière atterrirent sur le ventre du chat, ce qui les fit dégringoler tous les deux l'escalier. Le félin se remit sur ses pattes et détala en miaulant.

Doreen rit de leurs pitreries puis se dirigea tout droit vers la cafetière. Elle en avait besoin aujourd'hui plus que tout. Quel était le message caché derrière cette interrogation matinale ? Elle ne savait pas. Mais, tandis qu'elle s'adossait au plan de travail en attendant que le café soit prêt, elle se rappela qu'elle n'était pas allée à la bibliothèque durant cette affaire. Elle devait trouver des informations sur la bijouterie et la famille. Des archives de journaux y seraient référencées au moins. Cependant, les recherches étaient épouvantables.

Elle devrait passer en revue tous les journaux, mais Kelowna n'avait toujours qu'un journal principal. Bien sûr, aujourd'hui tout était numérique et quelques nouveaux sites concurrents avaient émergé, mais à l'époque, quarante ans plus tôt, il n'y en avait qu'un seul. Chaque actualité locale et importante aurait été reprise dans le Vancouver Sun.

Dès que le café fut prêt, elle se servit une tasse, et sortit sur la terrasse par la porte de la cuisine.

Goliath passa en courant et se dirigea vers les mêmes plantes que celles qui l'intéressaient la veille.

— Qu'est-ce qui te dérange dans les plantes d'Heidi ? demanda Doreen en fronçant les sourcils. C'est parce qu'elles sont différentes ?

Mugs aboya en direction de sa maîtresse à plusieurs reprises, alors qu'il trottait avant de lever la patte sur une plante en particulier. Elle le gronda pour cela, car l'urine pouvait tuer une bouture fraîche.

Elle courut pour l'arroser, dans le but de diluer l'urine. Mugs retourna sur l'herbe avec un air offensé.

Goliath, lui, se faufilait entre les plantes repiquées, marquant chacune d'entre elles de sa fourrure. Ce que Doreen ne comprenait pas du tout.

Sachant qu'elle ne pouvait pas se rendre à la bibliothèque sans avoir mangé au préalable, elle rentra et fit griller du pain. Dès que les animaux rentreraient pour manger, elle fermerait les portes avant de partir. Elle avait déjà perdu assez de temps, et la bibliothèque serait déjà ouverte quand elle aurait fini de manger.

Elle nettoya la cuisine et but son deuxième café, puis elle nourrit les animaux pour pouvoir s'éclipser facilement. Elle prit son sac à main et se dirigea vers le garage, enfermant les trois animaux dans la maison avant d'activer le système de sécurité. Elle recula dans l'allée et roula vers la grande bibliothèque située à quelques minutes de chez elle. Elle se gara dans un parking vide. En revanche, celui de l'énorme centre de fitness situé dans le même quartier était plein.

— Comme si j'avais besoin de ça avec mes projets de jardinage, marmonna-t-elle.

Elle tourna le dos au grand centre de fitness qui se profilait devant elle, et entra dans la bibliothèque où elle sourit à la bibliothécaire.

Celle-ci, plus jeune que celle que Doreen voyait souvent le soir, leva les yeux en souriant.

— Vous vous êtes levée de bonne heure, dites-moi ?

Doreen acquiesça, puis se dirigea au fond, où se trouvait la microfiche. Elle se mit au travail, définissant les années qu'elle devait parcourir. Ce n'était pas la tâche la plus facile, mais elle avait une tasse de café avec elle, même si elle n'y était techniquement pas autorisée. La tasse de voyage était hermétique, elle l'avait donc gardée dans son sac pendant son périple, mais elle la sortit et la plaça sur la table à côté d'elle, tout en parcourant lentement les journaux avec son bloc-notes à portée de main.

Elle trouva plusieurs articles sur le mariage d'Aretha, sur le cambriolage, suivi de l'incendie, et de la faillite. Ils contenaient tous les mêmes informations. Elle fit des captures d'écran de chacun d'entre eux, afin d'avoir les informations pour plus tard, et se les envoya sur sa messagerie. Cela fait, elle continua ses recherches sur la vie d'Aretha, ses parents, et essaya de trouver quelque chose sur Abelman. Elle n'avait pas encore beaucoup d'informations à son propos.

Apparemment, il était nouveau à Kelowna, et ses parents étaient originaires des Basses-terres continentales. Cependant, dans l'un des articles, elle releva l'existence d'une sœur. Mais l'article était écrit de façon si ambiguë qu'elle n'était pas sûre qu'il s'agisse de sa sœur ou de celle de quelqu'un d'autre. L'information revint à plusieurs reprises, mais Doreen n'arrivait toujours pas à s'y retrouver. Parfois, les auteurs écrivaient sans définir assez clairement qui étaient les sujets. Elle prit une photo, pour pouvoir y réfléchir plus tard. Elle n'avait entendu parler d'une sœur nulle part ailleurs.

Et, bien sûr, aucun des autres articles n'en parlait. Elle ne trouva rien sur le divorce, mais il y avait une note sur l'accident de voiture. Une simple déclaration à propos de la disparition d'une famille locale emblématique. Les deux parents avaient péri dans l'accident. En poursuivant sa lecture plusieurs années plus tard, Doreen faillit passer à côté, mais elle trouva la nécrologie de Reginald Abelman. Celle-ci ne mentionnait pas expressément le suicide.

Elle fronça les sourcils, prit une autre photo et continua ses recherches. Elle devait confirmer avec Mack si c'était bien un suicide. Et elle ne savait pas s'il était en possession de cette information. Qui était au courant? Au fond, elle compatissait avec Aretha, mais elle comprenait aussi la position de Nan à propos de la veuve, la décrivant comme étant une personne méchante et pénible, qui méritait probablement tout ce qui lui arrivait.

En raison de son vécu, Doreen pouvait comprendre à quel point il avait dû être difficile de passer d'une personne riche, éminente et respectée, à une inconnue, cernée par les scandales et les drames.

En parlant de ça, Doreen fit défiler les pages, à la recherche de la compagnie d'assurance. Elle trouva quelques mentions de la compagnie Hobart, mais rien d'important. Rien non plus sur une affaire judiciaire.

Elle n'était pas du tout surprise, car cela ne méritait pas d'être signalé dans les journaux et, si la compagnie d'assurance n'avait pas voulu que quelqu'un s'en empare, il aurait probablement été assez facile d'étouffer l'affaire. Il était évident qu'ils ne paieraient pas pour un sinistre ou un procès s'ils n'y avaient pas été obligés, et ces millions de petites notes de bas de page sur les polices d'assurance leur permettaient de ne pas avoir à payer pour toutes sortes de choses. Elle retomba sur un certificat de mariage pour Aretha, une simple annonce. Elle le prit en photo, car cela lui permettait de délimiter les périodes et les dates, et elle nota tout sur son bloc-notes.

Doreen fit défiler les documents pendant une quarantaine de minutes, puis se rendit compte qu'elle ne trouvait rien de nouveau. Une fois les microfiches passées en revue, le reste serait au format digital. Elle but une dernière longue gorgée de son café qui était froid à présent, puis rangea son bloc-notes dans son sac à main.

Elle rangea la tasse dans son sac, se leva et décida qu'elle devrait probablement emprunter quelques livres. Quelque chose qui justifierait le temps passé ici.

Alors qu'elle se promenait dans les allées, elle crut entendre quelqu'un chuchoter. Elle jeta un coup d'œil à travers les livres et vit deux femmes aux cheveux gris qui discutaient, tête contre tête. Lorsque Doreen s'approcha, ce fut comme si elles avaient senti que quelqu'un était là, et elles se séparèrent.

La jeune femme les salua avec un sourire éclatant.

— Oh, regardez, je ne suis pas seule après tout, lança Doreen joyeusement. Cet endroit ressemblait à un cimetière ce matin.

Les deux femmes se contentèrent de la dévisager.

Doreen sourit, haussa les épaules avec nonchalance et continua.

— Désolée. Je ne voulais pas vous déranger.

Puis elle passa devant elles, en examinant les livres.

Elles se trouvaient dans la section des biographies. Quelque chose qui ne l'avait jamais intéressée. Elle ne comprenait pas pourquoi elle devait lire des livres sur la vie des autres. Elle ne se sentirait que plus mal à propos de la sienne. Elle avait toujours l'impression que les autres faisaient des choses, vivaient leur vie, alors qu'elle ne faisait qu'exister. Les biographies sur les locaux n'existaient pas… dommage, cela aurait été intéressant.

Sur ce, elle se dirigea vers la bibliothécaire et lui demanda si une telle section existait. La femme la regarda avec surprise, puis hocha la tête.

— Nous avons quelques livres sur ce sujet.

Elle la guida vers une autre section qui traitait de Kelowna.

Avec un sourire, Doreen la remercia et démarra ses recherches. Il y en avait un sur la vie du journaliste Bridgeman Solomon, évidemment. Elle l'attrapa et sourit de nouveau.

— Je pensais que les biographies étaient écrites après la mort des gens. Ce n'est pas sympa quand on s'accroche aux derniers moments de sa vie, dit-elle, mais cela pourrait expliquer pourquoi vous avez fait tout ce travail.

Avec ce livre en main, elle prit également l'une des nouvelles parutions situées bien en vue sur une grande étagère dans l'entrée. C'était un bon écrivain, et elle allait l'apprécier. Elle apporta ses deux articles à la réception, où la bibliothécaire enregistra les emprunts. Doreen se pencha vers celle-ci.

— Je suis plutôt nouvelle ici, mais je me demandais juste qui étaient les deux dames ?

— C'étaient madame Applegate et madame Gundon, répondit la bibliothécaire en souriant. Elles viennent presque tous les matins.

— Ah. On aurait dit qu'elles comméraient plus qu'elles ne cherchaient des livres.

— Je pense qu'elles viennent ici justement pour ça. Leurs maris ne sont pas très intéressés par la lecture, alors c'est leur moyen de s'évader un peu.

— Vous devriez ouvrir un café dans la bibliothèque, proposa Doreen. Vous feriez un malheur.

— Nous sommes gérés par la ville, dit-elle en riant, nous sommes donc soumis à toutes sortes de réglementations gouvernementales. Il y a déjà un café dans le centre commercial, donc nous ne pouvons pas leur faire concurrence.

Doreen sourit, puis éclata de rire. En sortant, elle prit son bloc-notes et nota les noms, Applegate et Gundon. Intéressant. Deux vieilles dames aux cheveux gris commérant dans la bibliothèque. Elle fronça les sourcils, et cela la fit s'interroger sur les affaires de Mack. Elle aurait aimé en savoir plus, mais, bien sûr, les vieilles dames avaient tendance à mourir quand elles arrivaient à la fin du voyage. Il n'y avait rien de criminel dans tout cela.

Elle retourna à sa voiture, déposa ses livres sur le siège avant et retourna chez elle. Alors qu'elle s'engageait dans l'allée, un autre véhicule s'arrêta à côté d'elle. Elle sortit en fronçant les sourcils et se dirigea vers le pick-up garé dans son allée.

Un étranger en sortit et lui sourit.

— Vous devez être Doreen, dit-il en lui tendant une main.

— C'est moi, en effet, répondit-elle en souriant. Et vous, qui êtes-vous ?

— Je travaille au central. On m'a dit que vous cherchiez des matériaux pour une terrasse.

Chapitre 22

— TOUT À fait, répondit Doreen en haussant les sourcils. Qu'est-ce que vous avez ?

— Mack a dit que vous cherchiez des lames de terrasse et d'autres planches. J'ai trois litres de vernis également. Ça coûte super cher, mais je n'en ai plus besoin. J'ai construit une terrasse pour ma mère à Vernon, et elle a insisté pour que j'emporte tous les matériaux restants. Alors maintenant, je me retrouve avec tout ce surplus dont je n'ai pas l'utilité.

Doreen était ravie lorsqu'elle se rendit à l'arrière du pick-up et qu'elle vit plusieurs planches et lames de terrasse.

— Vous savez quoi ? Je pense que c'est ce qu'il me manquait pour commencer le travail.

— Bien. Parce qu'il nous reste toujours du bois sur les bras, et c'est pénible de le garder ou on se sent mal de faire un tour à la déchèterie. Alors il ne reste plus qu'à les donner.

Il lui tendit un bidon qui n'était pas tout à fait plein, mais qui contenait encore une bonne quantité de produit.

— C'est le produit pour traiter les lames, si vous le souhaitez. Surtout si vous installez une balustrade, entre autres.

Elle sourit de satisfaction, puis il lui tendit des rouleaux et un pinceau.

— La peinture et moi, ça ne fait pas bon ménage, déclara-t-il avec un sourire. Je ne veux pas les garder. Je ne veux pas qu'ils encombrent mon garage. Si vous voulez bien prendre ça, je vais décharger le bois.

Et, fidèle à sa parole, il empila les planches sur les lames de terrasse. Cela avait dû être son gagne-pain à un moment donné, car il sortit le tout d'un seul coup pour le poser sur son épaule. Doreen ouvrit la voie vers le côté de la maison et lui montra tout ce qu'ils avaient déjà amassé.

— Pas mal, s'exclama-t-il.

Il posa sa cargaison et se dirigea vers le jardin, où il put voir la grande zone dont ils avaient extrait le gazon.

— Cela va faire une énorme différence pour vous. Vous pourrez mettre une table et des chaises et même un barbecue sur une terrasse de cette taille.

Puis il vit le ruisseau et sourit.

— Je n'avais aucune idée que ces propriétés longeaient la rivière. C'est magnifique.

— C'est ce que je pensais, acquiesça Doreen. C'est juste que je n'ai pas eu l'occasion de m'asseoir souvent dehors et d'en profiter.

— C'est parce que vous vous mêlez toujours des affaires des autres, plaisanta-t-il en gloussant. Je m'appelle Donnie, au fait, et je suis un vieil ami de Mack. J'ai entendu parler de vous deux et de toutes ces affaires que vous résolvez.

— Eh bien, je dois admettre que j'aime bien les puzzles.

— Vous n'avez qu'à enquêter sur les décès de ces vieilles dames, proposa-t-il. Une troisième est morte ce matin.

— Vraiment ? s'enquit Doreen en le dévisageant avec surprise.

— J'ai pris l'appel, répondit-il en hochant la tête. En

parlant de ça, j'ai promis à Mack que j'apporterai ces matériaux ici aujourd'hui. Je voulais le faire tout de suite pour ne pas oublier, mais je vais rentrer chez moi maintenant pour dormir un peu. Je fais partie de l'équipe de nuit.

Il la salua d'un signe de la main, sauta dans son véhicule et sortit de son allée.

Elle était stupéfaite, non seulement de la générosité dont Donnie avait fait preuve en lui livrant ces matériaux, mais aussi du fait qu'une troisième petite vieille dame était morte. L'esprit de Doreen se tourna immédiatement vers les deux femmes à la bibliothèque. Elle ne savait pas ce qui se tramait, mais il était très difficile d'ignorer tout cela. Elle était fascinée, de surcroît.

Elle entra dans la maison, mais laissa les animaux dehors. Mugs avait aboyé comme un chien fou depuis l'intérieur parce qu'un étranger était avec elle, et elle ne l'avait pas laissé sortir. À vrai dire, elle n'en avait pas eu l'occasion.

Doreen retourna à sa voiture, déchargea les livres de la bibliothèque et attrapa son sac à main. Elle n'avait pas envie de boire un nouveau café, mais cela serait parfaitement assorti à ses nouvelles recherches, car elle était un peu plus fascinée par les récents cas sur lesquels Mack travaillait. Si quelqu'un ciblait des femmes âgées, sa plus grande crainte était que Nan fut en danger.

De retour dans la cuisine, elle prit son téléphone et envoya un message au policier.

Une troisième vieille dame est morte ?

Il lui envoya un emoji renfrogné.

Elle sourit et répondit.

Oui, je suis au courant.

Elle répondit immédiatement quand son téléphone sonna.

— Comment ? cingla-t-il.

— Comment quoi ?

— Comment as-tu été mise au courant ?

— Donnie était ici. Il a déposé un tas de planches, des lames de terrasse, et un bidon de vernis rempli aux trois quarts.

Le silence se fit à l'autre bout du fil.

— Je suppose qu'il a reçu l'appel ce matin, dit Mack d'un ton résigné.

— Ouaip. Donc c'est de ta faute.

— Certainement pas. Je n'ai rien à voir avec l'affaire.

— C'est intéressant cependant.

— Non. Ce n'est pas intéressant.

— Je suppose que nous devons attendre afin de découvrir si les circonstances sont à nouveau suspectes ?

— Oui, répondit-il. Souviens-toi. Des personnes âgées meurent tous les jours.

— Oui, mais ce sont trois vieilles dames aux cheveux gris à la suite.

— Ce n'est pas si bizarre que ça. Ça pourrait être trois hommes aux cheveux gris la prochaine fois.

— Peut-être, concéda Doreen en fronçant les sourcils. Tu crois qu'il se passe quelque chose ?

— J'espère que non. Qu'as-tu découvert ?

— La seule nouvelle information que j'ai trouvée sur les pierres précieuses, après avoir passé des heures à la bibliothèque ce matin, est qu'Abelman aurait une sœur. Il est mentionné une fois que ses parents étaient à Vancouver avec sa sœur. Il est possible qu'elle soit venue leur rendre visite de temps en temps.

— C'est possible. Mais ça n'a plus vraiment d'importance maintenant, si ? Puisqu'ils sont tous morts.

— C'est le problème avec les affaires non résolues. Les réponses ne sortent pas des tombes.

Puis Doreen se souvint d'une question qu'elle voulait lui poser.

— En parlant de ça, continua-t-elle, y a-t-il un moyen de vérifier l'acte de décès de Reginald pour voir la cause de sa mort ?

Elle l'entendit griffonner une note à l'autre bout du fil.

— Si j'arrive à le retrouver, je jetterai un coup d'œil, acquiesça-t-il.

— Merci. Je veux juste m'assurer de ne faire aucune supposition… comme tu le dis si bien.

Mack ricana.

— Tu supposes beaucoup trop de choses comme ça.

— Peut-être, répliqua-t-elle, mais j'apprends.

Sur ce, ce fut Doreen qui lui raccrocha au nez cette fois.

Elle sourit, posa son téléphone et sortit dans son jardin. La terrasse ne se ferait pas toute seule, et elle avait besoin d'avancer le plus possible, pour ne pas perdre de temps quand Mack viendrait l'aider.

Quelques heures plus tard, elle avait désherbé presque tout le jardin. Elle n'avait pas encore commencé à repiquer ou à diviser le côté droit, mais en regardant le reste, Doreen sentit qu'elle y était presque. Elle prit le coupe-bordure et fit le tour de la future terrasse pour élargir un peu plus la zone. Elle hésita au niveau des futures marches, mais il faudrait probablement faire quelque chose. Elle attendrait Mack pour le faire. Puis elle sortit la tondeuse à gazon, tondit tout son jardin, et marqua les emplacements des futures dalles. Pendant qu'elle y pensait, elle envoya un SMS à Mack.

Quelqu'un a des dalles ? J'aimerais bien un chemin vers le ruisseau.

Il se contenta de son LOL habituel.

Elle ne savait pas si cela signifiait qu'il allait faire passer le message ou non. Elle avait de fortes chances de dégoter un mélange de blocs de cette façon aussi, ce qui pouvait ou non fonctionner. Elle ne connaissait pas le prix du béton. Mais elle avait fait des recherches pour couler des blocs individuels, pensant que c'était peut-être une solution. Lorsqu'elle eut terminé pour la journée, que la tondeuse et les autres outils furent nettoyés et rangés, elle était à nouveau fatiguée. Elle retourna à l'intérieur et s'assit avec ses notes, mais l'énigme de la sœur la dérangeait vraiment. Elle avait besoin de son nom, mais Doreen n'avait encore rien trouvé.

Finalement, en désespoir de cause, après avoir passé une heure à faire des recherches sans résultat, elle envoya un SMS à Nan. Elle lui demanda si elle pouvait solliciter Mangus afin de savoir si Abelman avait une sœur.

OK.

Elle ne reçut rien d'autre.

Doreen se leva en grommelant, fit couler du café et, bien qu'il ne fut que 16 heures, elle avait faim. Elle sortit la dernière assiette de pâtes au saumon et fit réchauffer le tout dans le micro-ondes.

Lorsqu'elle sortit sur sa petite terrasse, elle constata que la nouvelle serait bientôt construite et celle-ci disparaîtrait. Elle ne pouvait s'empêcher de sourire. Jusqu'à ce qu'elle réalise qu'ils auraient du mal à se débarrasser des vieux matériaux. Elle se renfrogna, et, après tout ce temps, elle devrait probablement faire un tour à la déchèterie.

Elle savait que c'était stupide, mais elle espérait aussi pouvoir installer des lampes électriques sur la terrasse. Pourquoi pas une lumière pour son ordinateur portable également, afin qu'elle puisse s'asseoir dehors pour travailler.

Elle n'aimait vraiment pas l'idée d'utiliser une rallonge. Lorsque son ordinateur était complètement chargé, elle pouvait s'en servir à l'extérieur, mais pas en plein soleil, car elle ne voyait plus l'écran. Elle ne savait pas exactement ce qu'elle voulait pour sa future terrasse, mais il y avait tellement de beaux modèles en ligne qu'elle les désirait tous. Et c'était un problème, car, une fois que l'on désirait quelque chose, on devenait gourmand et on en désirait beaucoup plus.

Doreen s'était enorgueillie d'avoir évité la déchèterie jusqu'à présent, mais elle devrait s'y résoudre prochainement. Puis elle fronça les sourcils et se demanda si le vieux lit de la chambre d'amis à l'étage pouvait aussi être jeté. Ce serait génial de l'envoyer chez un antiquaire, mais elle doutait fort que quelqu'un en veuille. Puis elle se souvint du site patri-monial auquel elle avait confié toutes ses vieilles chemises de nuit.

Elle ne devait pas oublier de les contacter afin de voir s'ils étaient intéressés. Ainsi que de prendre des photos. C'était un lit charmant, mais elle n'en voulait pas dans sa chambre d'amis. Elle termina son dîner et regarda tristement son assiette vide.

Je pourrais en réchauffer un peu plus, pensa-t-elle, mais les pâtes seraient natures. Il en restait assez pour remplir une autre assiette, mais elle ne voulait pas manger son dîner du lendemain en avance, car elle se retrouverait à nouveau à devoir manger un sandwich.

Elle fit la vaisselle, attrapa une pomme et monta dans la chambre d'amis, avec ses animaux. Elle prit des photos du lit sous tous les angles, dont une montrant la marque du fabricant. Dommage que Scott n'en eut pas voulu. Elle fronça les sourcils. Elle ne lui avait jamais montré. Elle resta plantée là, à fixer le lit, et se dit qu'elle pourrait aussi bien lui envoyer les photos.

Après cela, Doreen redescendit, et rédigea un mail à Scott. L'objet contenait « Lit ancien » et elle joignit les photos prises avec son téléphone.

Scott, je ne pense pas vous avoir montré cela. Je ne sais pas comment j'ai pu oublier. J'ai supposé qu'il n'avait aucune valeur, alors n'hésitez pas à me dire que c'est le cas, et il ira à la déchèterie avec plaisir.

Elle ajouta un emoji heureux, signa le mail et l'envoya. Une fois cela fait, elle se leva et termina sa vaisselle. Mais elle se sentait agitée. Et sans pouvoir se rendre chez Penny, Steve ou Crystal ces jours-ci, Doreen ressentait quelque chose d'étrange. Mais elle voulait faire une promenade aujourd'hui, car elle n'avait pas eu l'occasion de sortir et de se dégourdir les jambes.

Chapitre 23

Mardi en fin d'après-midi...

DOREEN SE COUPA un gros morceau de fromage et prit une deuxième pomme. Elle était peut-être gourmande, mais elle avait brûlé assez de calories durant son jardinage de la journée. Elle appela les animaux, sortit par la porte d'entrée, et se dirigea inconsciemment chez Heidi et Aretha. C'était stupide d'aller dans cette direction, mais leur jardin était magnifique, et si elle pouvait dénicher quelques plantes, elle en serait ravie. Mais elle était à pied, alors elle ne pourrait pas en rapporter beaucoup.

En déambulant dans la rue, elle passa devant la grande maison ancienne et sourit. La demeure était si belle et si élégante. Elle ne vit personne jardiner, mais le soir était arrivé. Elle passa devant d'autres maisons, voyant de beaux jardins partout où elle allait. Il serait agréable de vivre dans ce coin du monde. Il y avait quelque chose d'intemporel.

Mais personne ne se trouvait dehors, personne à qui dire bonjour. Elle fit demi-tour dans le but de rentrer chez elle, les animaux heureux de la suivre tant qu'ils étaient en extérieur. Quand ils repassèrent devant la maison de Heidi, Thaddeus commença à faire un drôle de gloussement. En baissant les yeux, elle vit Goliath, qui se faufilait entre toutes les plantes du jardin.

— Goliath, sors de là, ordonna-t-elle.

Il se contenta de la regarder et continua. Mugs, remuant la queue comme un fou, s'assit à ses pieds, comme pour montrer à quel point il était bien élevé. Elle se pencha et le caressa. Immédiatement, Thaddeus cancana bizarrement.

— Ah-ha-ha-ha.

Doreen gémit.

— Je ne sais pas ce qui vous arrive, mais venez. Rentrons à la maison. Vous me faites honte aujourd'hui.

— Doreen ? appela une voix heureuse et joyeuse.

Elle se retourna et vit Heidi.

— Salut, Heidi, dit Doreen avec un sourire.

— Qu'est-ce que tu fais ?

Ne souhaitant pas passer pour une idiote, Doreen lança un petit mensonge.

— Eh bien, je suis sortie pour me promener, et ces animaux fous m'ont conduite ici.

— Oh, n'est-ce pas charmant, dit Heidi.

Elle se pencha pour caresser Mugs. Puis elle vit Goliath dans le jardin, et son sourire disparut.

— Je suis désolée, s'excusa Doreen. J'ai essayé de le faire sortir de là.

— Vous devriez peut-être envisager une laisse, proposa Heidi.

Doreen appela Goliath, mais il était couché dans le paillis et la fixait. Elle secoua la tête.

— Normalement, il se comporte bien, dit-elle, mais ce soir, il est juste bizarre.

Heidi hocha la tête.

— Il n'est pas allé dans les jardins la dernière fois, si ?

s'enquit-elle en scrutant autour d'elle, distraite. Bien sûr, je n'ai peut-être pas remarqué, j'étais si occupée à travailler.

— Non, il prenait le soleil sur l'allée en béton, lui assura Doreen.

Elle se sentait mal à l'aise, car les animaux se comportaient mal. Mugs s'approcha et leva la patte au-dessus des belles pivoines. Doreen le tira en arrière.

— Ne fais pas ça.

Heidi rit.

— Eh bien, je vois que tu es débordée. Passe une bonne soirée.

Elle la salua et retourna à l'intérieur.

Un peu déçue, Doreen la salua en retour et appela Goliath à nouveau. Comme il refusait de bouger, elle le prit dans ses bras, ce qui provoqua la colère de Thaddeus, car à force de bouger, Doreen le déplaçait sur son épaule.

— Tu as fini ? dit-il à mi-voix quand elle se redressa enfin.

Elle s'arrêta et tourna la tête pour le dévisager.

— C'est toi qui viens de me dire ça ? souffla-t-elle.

— Ha-ha-ha-ha.

— Ne fais pas ça, l'avertit-elle.

— Tu as fini ? Ha-ha-ha-ha.

Stupéfaite, Doreen partit en trombe. Arrivée au bout du pâté de maisons, elle s'arrêta pour se retourner et vit Heidi dans son allée, devant le portail, en train de la regarder. Quand leurs regards se croisèrent, Heidi fit demi-tour et partit en courant.

— Regarde ce que tu as fait ! De toute évidence, la dame n'était pas heureuse de t'avoir dans son jardin, gronda Doreen à destination de Goliath.

Mugs aboya.

— Je comprends. Vous avez tous été très difficiles ce soir. Pourquoi ?

Elle n'obtint aucune réponse et gémit.

Quand elle arriva chez elle, Mack était en train de se garer dans son allée. Elle le regarda avec surprise.

— Wouah, s'exclama-t-elle. Tant de visites en si peu de temps.

Il la regarda distraitement.

— Surtout parce que tout le monde m'apporte un tas de merdiers, grogna-t-il.

Le ton du policier attira son attention.

— Comme quoi ?

Il sortit deux parpaings et elle éclata de rire.

— Nous n'avons pas besoin de ça, si ?

— Nous en aurons besoin si nous remplaçons tes marches, répondit Mack. Et nous en aurons besoin tout autour des marches si nous nous passons d'une balustrade également.

Doreen hocha la tête.

— Je n'avais pas pensé à ça.

Elle regarda à l'arrière de son pick-up et vit d'autres lames, toutes de couleurs différentes.

— Wouah. Ils t'ont apporté une lame à la fois ?

— Ça vient du capitaine. Tout le monde semble s'intéresser à ta terrasse.

— Ils sont tous les bienvenus pour venir aider le week-end, dit Doreen joyeusement. Plus il y a de mains, mieux c'est. Je ferai de mon mieux, mais je ne pourrai pas t'aider à soulever beaucoup de choses, et tu ne pourras pas tout faire toi-même.

Il hocha la tête, mais ne dit rien.

— On dirait que tu as eu une dure journée, déclara-t-elle

en souriant.

— Ces fichues affaires, grogna-t-il, avant de se retourner pour la regarder. Tu viens d'où ?

— Je reviens d'une promenade, répondit-elle d'un air détaché.

Mack déposa les parpaings sur le côté de sa maison, puis retourna chercher le reste du bois dans le véhicule.

Thaddeus lança au policier un regard perçant.

— Tu as fini ? Ha-ha-ha-ha.

Mack se figea et le regarda.

— Sérieusement ? Maintenant je dois subir le laïus d'un oiseau ?

— Il a un mauvais comportement, s'exclama Doreen. Je suis tellement désolée.

Mack leva les yeux au ciel.

— D'où sort-il ça ?

Le policier la regarda, d'un air interrogateur.

— Pas de moi, répondit-elle. Je ne sais pas d'où il tient ça. Il a dit ça ce soir pour la première fois, quand nous étions en promenade.

— Où êtes-vous allés vous promener ?

— Chez Aretha et Heidi.

— Tu cherches d'autres plantes ? Je pensais que tu en avais assez maintenant.

— J'en ai probablement assez. Mais, quand on est une jardinière dans l'âme, c'est difficile de refuser plus.

— Elle t'en a offert plus ?

— Non. Elle était un peu moins amicale ce soir.

— Eh bien, c'est le soir. Et, si tu y réfléchis, elle était probablement fatiguée, comme nous tous.

Doreen remarqua la fatigue qui le tiraillait, les rides plus profondes sur son visage.

— Je suis désolée, s'excusa-t-elle. J'oublie toujours que tu travailles à plein temps.

— Plus qu'à plein temps ces jours-ci, corrigea-t-il.

Elle hocha la tête, sans savoir quoi dire.

Il retourna vers son pick-up.

— Tu as mangé ?

— J'ai dîné, j'ai chargé tout ça et je l'ai apporté.

Il partit avec un coup de klaxon.

Elle sourit et le salua, puis se sentit immédiatement seule. Même usé, il avait une telle vitalité, un personnage truculent qu'il était difficile d'ignorer.

Alors qu'il s'éloignait, elle se rendit compte qu'il n'avait pas répondu à ses SMS ni à aucune des innombrables questions auxquelles il devait répondre. Un jour de plus s'était écoulé sans réponses, pas même de Nan, et Doreen était frustrée. Elle était habituée au succès, mais là, elle commençait à avoir l'impression d'un gros échec.

Chapitre 24

Mercredi matin...

DOREEN SE RÉVEILLA avec le cœur lourd. Quelque chose clochait dans les informations qu'elle avait. Il lui manquait quelque chose, mais elle ne savait pas quoi. Nan lui envoya un message alors que Doreen préparait son café.

Mangus dit qu'il a connaissance d'une sœur, mais il ne connaît pas son nom.

Bien. Une idée de qui pourrait le savoir ?

Non.

Une autre impasse. Elle n'avait pas eu l'occasion de demander à Aretha et n'était pas non plus sûre de vouloir l'affronter avec Heidi dans leur maison. Aretha était la seule à savoir, mais comment Doreen pouvait-elle prendre contact avec elle ? La belle-sœur n'avait peut-être rien à voir avec cette affaire. Doreen grommela, car rien de tout cela ne lui permettait d'avancer. Cela la frustrait et la rendait mauvaise. Les jours passaient et se ressemblaient tous. Et cela la frustrait encore plus. Elle décida qu'elle devait obtenir des réponses rapidement, elle envoya donc à Mack plusieurs SMS afin de savoir s'il avait découvert quelque chose. À propos de Jeremy. De Zachary Winters. La cause de la mort de Reginald. Les trois vieilles dames décédées récemment.

Non.

Elle grimaça. Un non de Mack était toujours accompagné d'un silence oppressant et tonitruant, alors que le non de Nan ressemblait à un joyeux pépiement. La réponse était la même, mais elle était tellement plus facile à entendre de la bouche de Nan. Doreen sortit, mais elle était perturbée. Elle était allée à la bibliothèque et fait tout ce qu'elle pouvait. Rien ne ressortait sur Internet, bien qu'elle eût cherché le nom de Reginald Abelman, à la recherche de sa famille. Sur un coup de tête, elle prit l'annuaire téléphonique et trouva quelqu'un du même nom.

Renfrognée, elle prit son téléphone et composa le numéro. Après coup, elle vérifia sa montre et espérait qu'il n'était pas trop tôt pour appeler. Elle ne voulait pas contrarier les gens. Mais il était 9 heures passées. Lorsqu'une femme plus âgée répondit, Doreen sourit pour donner du tonus à sa voix et se lança dans une approche directe.

— Bonjour, je m'appelle Doreen. Je me demandais si vous étiez un parent de Reginald Abelman.

Elle fut accueillie par un silence.

— Qui est à l'appareil ?

— Je m'appelle Doreen, répéta-t-elle. J'habite à Kelowna, j'ai parlé avec Aretha et je me demandais si vous étiez la sœur d'un certain Reginald Abelman, qui était son premier mari.

— Non, répondit la femme âgée. Mais je trouve ça étrange que vous posiez cette question.

— Pourquoi est-ce étrange ? demanda Doreen.

— Parce que, si j'étais sa sœur, vous supposez que je ne me serais pas mariée, répondit l'interlocutrice d'une voix cassante. Et je ne suis certainement pas une vieille fille.

Doreen fronça les sourcils ; elle marchait sur des œufs.

— Oh. Je ne voulais pas vous insulter. J'essayais de retrouver sa sœur, et il y a toujours une chance qu'elle soit veuve ou divorcée et qu'elle ait repris son nom de jeune fille. Ou elle aurait pu se remarier.

Elle savait qu'elle se raccrochait au moindre espoir.

La femme à l'autre bout du fil pouffa.

— Alors elle pourrait porter n'importe quel nom, dit-elle, d'une voix moins hargneuse, mais suffisamment pour que Doreen grince des dents.

— En effet. Vraiment, j'essaie juste de trouver tous les membres de la famille possibles.

— Eh bien, je ne suis pas de la famille.

— Oh, dit Doreen en affaissant les épaules. Est-ce que vous connaissez d'autres membres de la famille ?

Elle sentit le regard perçant de la dame à travers la ligne téléphonique.

— C'est possible. Je vais y réfléchir.

Puis elle raccrocha précipitamment.

Doreen fixa son téléphone, se demandant pourquoi cela s'était si mal passé. Puis elle essaya de comprendre comment cette femme pouvait connaître quelqu'un qui pourrait être apparenté à Reginald. Pourtant, si elle avait épousé un homme portant le nom de famille Abelman, elle n'aurait pas été liée, autrement que par alliance. Elle pouvait être cassante, mais dire « Pas de lien du sang ».

Elle saisit son bloc-notes et nota l'essentiel de la conversation, ainsi que le numéro de téléphone. La généalogie était fascinante. Elle aurait aimé reconstituer des arbres généalogiques, mais c'était tellement plus facile d'aller sur ancestry.com ou sur un site de profils ADN. À l'avenir, elle voyait ça comme quelque chose de systématique. Doreen devrait vérifier par elle-même. Elle ne savait pas comment cela fonctionnait. De plus, les parents de Reginald avaient vécu à Vancouver. Elle se demanda si elle pouvait retrouver leur trace.

— Je deviens folle, dit-elle à Mugs.

Celui-ci s'assit et aboya.

— On dirait que tu as acquiescé.

Juste après, le téléphone sonna, et elle regarda le numéro avant de gémir.

— Je ne décrocherai pas, Zachary.

Mais le téléphone continua de sonner. Elle attendit qu'il lui laisse un message vocal, puis l'écouta. Rien n'avait changé. Il voulait vraiment l'émeraude pour sa femme. C'était l'association parfaite et rien ne valait cette pierre. Elle appréciait sa démarche, mais comment pouvait-elle vendre quelque chose qui ne lui appartenait pas ?

L'idée de gagner dix mille dollars grâce à une émeraude était géniale, mais ce n'était pas le problème. Le problème était qu'on lui avait demandé de découvrir à qui appartenaient les bijoux et de les rendre à leur propriétaire légitime.

Une partie d'elle pensait qu'ils appartenaient à Aretha, mais Doreen n'en était pas encore sûre. Si Aretha avait quelque chose à voir avec les mésaventures qui lui étaient arrivées, alors Doreen ne lui donnerait pas cet argent ni les bijoux d'ailleurs.

À présent, Doreen était réellement perturbée. Au moment où elle se leva pour aller dans le jardin et s'occuper, son téléphone sonna à nouveau. C'était encore Zachary. Elle appuya sur « Répondre », puis raccrocha sur-le-champ pour le réduire au silence. Elle ne voulait pas avoir affaire à lui pour l'instant. Quand le téléphone sonna à nouveau, elle s'apprêtait à faire la même chose, mais, elle reconnut un autre numéro, et répondit.

— Je connais une Abelman, annonça la femme hargneuse.

— Bien, dit Doreen, en laissant échapper une longue inspiration lentement. Qui est-ce ?

Silence.

— Y a-t-il un problème à me dire qui c'est ?

— Peut-être.

— A-t-elle déjà été mariée ?

— Oui.

Ayant l'impression de devoir lui tirer les vers du nez, Doreen se calma en prenant plusieurs inspirations.

— Pouvez-vous me dire quoi que ce soit à son sujet ?

— Elle vit à Kelowna.

— C'est utile, dit Doreen, en le notant. Connaissez-vous son nom de famille ? Ou a-t-elle eu des enfants ? N'importe quoi ?

— Non, je ne peux pas trop en dire. Mais pas d'enfants. Et encore une fois, le nom de famille vous permettrait de savoir qui elle est.

— Peut-être, consentit Doreen, en essayant de retenir son exaspération. Mais je ne comprends vraiment pas pourquoi c'est un problème.

— Bien sûr que non, ricana la femme. C'est parce que vous pensez à ce que vous voulez. Pas à ce que les autres veulent.

— Vous avez raison, acquiesça Doreen en grimaçant. Je pense à ce que je veux. Et j'espérais entrer en contact avec elle.

— Y a-t-il de l'argent en jeu ?

Son ton avait changé, comme si derrière cette question se cachait quelque chose dont Doreen devait se méfier. Les bijoux étaient évidemment en jeu, mais n'étaient pas liés à la sœur de Reginald ou à cette interlocutrice hargneuse.

— Je ne sais pas pourquoi vous évoquez une telle chose. Je n'essaie pas de la payer ou de lui faire payer quoi que ce soit, d'ailleurs, ajouta Doreen par souci de clarté.

Elle entendit comme un bourdonnement à l'autre bout du téléphone.

— A-t-elle besoin d'argent ? demanda Doreen.

— Ce n'est pas le cas de tout le monde ? répliqua la femme acariâtre.

— Vous êtes de la même famille qu'elle ?

— Non, mais quand elle a reconnu mon nom, elle a mentionné qu'elle était issue de la même lignée familiale.

— La même famille ?

— Seulement dans la mesure où Abelman est un nom juif très ancien, répondit fièrement la femme.

— Ah. Et, bien sûr, c'est toujours agréable de trouver des personnes liées à son arbre généalogique.

— Eh bien, c'est ce que je pensais, dit-elle, avant de re- prendre sur un ton hautain. Pourtant, cette femme n'est pas vraiment liée. Donc elle n'est pas traitée comme étant de la famille.

Chapitre 25

Mercredi, en milieu de matinée…

DOREEN HOCHA LA tête, mais leva les yeux au ciel en direction de Mugs au passage.

— Si vous pouviez me donner son nom, son prénom, son adresse ou son numéro de téléphone, je vous en serais très reconnaissante, dit-elle. Je ne suis pas de la police. Je ne suis pas journaliste. Je ne suis pas un créancier qui cherche de l'argent.

— C'est une bonne chose, parce qu'elle n'en a pas. Je vais devoir y réfléchir.

Et, une fois de plus, elle raccrocha.

— Wouah, s'exclama Doreen face à son chien. Les fous sont de sortie aujourd'hui.

Ce n'était pas sympa, mais c'était ce qu'elle ressentait.

— Pourquoi ne me dit-elle pas simplement qui c'est ?

Doreen ne cessait de se poser des questions. Elle chercha l'adresse de la femme pour voir si ça pouvait lui dire quelque chose, mais, pourquoi serait-ce le cas ? Puis elle chercha le nom des Abelman qu'elle avait trouvé dans l'annuaire et vérifia les actualités. Encore une fois, il s'agissait d'une ancienne famille émérite qui vivait ici depuis toujours apparemment, et, d'après sa lecture, c'était l'une des familles fondatrices impliquées dans la vie de la commune depuis de nombreuses années. Ils avaient donné naissance à quatre enfants, toutes des filles. Toutes s'étaient mariées, et toutes portaient des noms différents aujourd'hui. C'était la raison pour laquelle il était difficile de trouver une Abelman quelque part. Mais il n'y avait aucune relation avec Reginald ou sa sœur.

Mais cette femme connaissait la sœur de Reginald. Doreen s'imaginait les deux femmes se rencontrant par hasard, et où la sœur se présenterait. Quel choc de savoir que cette personne portait le même nom de famille que vous. Elle ne pouvait concevoir une telle chose. Mais pourquoi cette femme ne voulait-elle rien dire à Doreen ?

Était-elle une criminelle ? Avait-elle des liens en politique ou bien était-elle une de ces personnes aisées qui s'inquiétaient toujours de leur vie privée ? Doreen n'avait jamais eu à s'inquiéter de sa vie privée avec son tyran de mari. Il avait toujours pris soin de tenir tout le monde éloigné, donc elle n'avait pas à s'en préoccuper.

Alors qu'elle était assise là, le téléphone sonna à nouveau. Elle répondit et entendit Mack à l'autre bout.

— Qu'est-ce que tu fais ? grogna-t-il.

Surprise, elle fixa le téléphone.

— Mais de quoi parles-tu ? demanda-t-elle. Je ne fais rien du tout.

— Oh, s'enquit-il avec surprise.

Le silence se fit.

— Que pensais-tu que je faisais ? interrogea-t-elle, curieuse. Car j'ai trouvé ton intonation particulièrement hargneuse.

— Je ne sais pas. J'ai juste eu un très mauvais pressentiment, s'expliqua-t-il.

— Tu es médium maintenant ? répliqua Doreen en haussant les sourcils.

— Ça dépend, si tu fais quelque chose de stupide.

— Ce n'est pas drôle, protesta-t-elle.

— Tu n'as pas non plus à te mêler de ce qui ne te regarde pas.

— Peut-être.

Puis elle se rappela les deux vieilles dames qu'elle avait croisées à la bibliothèque.

— Connais-tu madame Applegate et madame Gundon ?

— Pas que je sache. Pourquoi ?

— Je ne sais pas, répondit-elle. Ça n'a pas d'importance.

— Qu'est-ce que tu faisais ? J'ai essayé de t'appeler il y a un moment. Je suis tombé sur la messagerie vocale.

— Je parlais à quelqu'un de la famille Abelman.

— Tu as trouvé la sœur de Reginald ? demanda-t-il avec surprise.

— Non, j'ai trouvé un Abelman dans l'annuaire, alors j'ai appelé et cette femme vraiment bizarre m'a répondu.

Elle raconta leurs deux appels et l'attitude acariâtre de cette femme.

— Eh bien, beaucoup de gens tiennent à leur vie privée.

— Je sais, concéda Doreen. Ça me paraît simplement bizarre.

— Tu cherches des ennuis là où il n'y en a pas.

Elle ricana.

— Tu es bien placé pour parler, vu ce que tu m'as dit au lieu de me saluer. C'est toi qui cherches les ennuis.

— Dans ton cas, rétorqua Mack avec un profond soupir, c'est presque comme si les ennuis n'avaient pas de fin. Mais si tu ne fais rien, et que tu restes chez toi, sans chercher les problèmes avec tes animaux, alors tout va bien.

Et il raccrocha, ce qui la fit protester.

— Bon sang, Mack, tu n'as pas besoin de m'imiter, dit-elle.

Mais elle lui avait raccroché si souvent au nez que maintenant il pensait pouvoir faire de même. Elle dut admettre qu'elle n'appréciait pas particulièrement cela et décida qu'il était temps de faire quelque chose à ce sujet. Elle lui envoya un message.

Arrête de me raccrocher au nez.

Elle ne reçut pas de réponse, alors elle en envoya un autre.

S'il te plaît.

Cette fois, elle eut une réponse sur-le-champ.

Tu n'aimes pas ça, hein ?

Non. Pas du tout.

Moi non plus.

Elle gémit et répondit.

Bien. Je ne te raccrocherai au nez que si je pense vraiment que c'est nécessaire.

Sur ce, Doreen posa son téléphone et sourit. Elle ne savait pas ce qu'elle voulait faire à présent, mais elle trouverait bien quelque chose. Elle avait envie de manger le reste des pâtes. Mais ce mystère la consumait, et elle souhaitait que cette femme acariâtre la rappelle. Comment pouvait-elle la retrouver sans celle-ci ? Elle sortit et étudia la clôture de son voisin. Il vivait ici depuis un certain temps ; peut-être savait-il. Elle s'en approcha et l'appela.

— Bonjour ?

Elle entendit un grognement de l'autre côté.

— Je me demandais juste si vous connaissiez des membres de la famille Abelman dans le coin.

Cette fois, elle entendit quelque chose être posé contre la clôture, puis le visage de Richard surgit.

— Wilma Abelman ? interrogea-t-il.

— Je ne suis pas sûre. Mais c'est possible.

— Il y avait Mickey Abelman. Et Wilma était une de ses filles. Ils ont eu quatre filles. Mickey était la femme.

— Hmm, d'autres détails ?

— Abelman, Abelman… Oh, attendez, c'était Gorenstein, Wilma Gorenstein.

— Je cherche la sœur de Reginald Abelman qui était le propriétaire des bijouteries Johnson et Abelman à l'époque.

Richard la fixa, et ses sourcils s'élevèrent lentement.

— Vous vous intéressez à ce vieux cambriolage ? demanda-t-il, l'air ravi.

— Peut-être, répondit Doreen prudemment, ne comprenant pas pourquoi cela l'intéressait.

— Beaucoup d'entre nous, à l'époque, voulaient que ce gamin soit expulsé de la famille. Mais, le vieux couple, c'était vraiment quelque chose. C'étaient des gens bien, mais leur gendre, c'était un loser.

— Exact, acquiesça-t-elle en soupirant. Et qu'en est-il de leur fille ?

Il leva les yeux au ciel en entendant sa question.

— Aretha a toujours été une snob, répondit-il. Elle est née snob, elle a été élevée comme une snob, et elle a vécu comme une snob.

— On dirait que personne ne l'aime, déclara Doreen pensivement.

— En effet. Elle n'aime personne, et elle le fait bien comprendre. Donc vous savez immédiatement à quoi vous en tenir avec elle. Sauf que vous n'êtes clairement pas au même niveau.

Doreen hocha la tête, bien qu'elle n'apprécia pas ce qu'elle venait d'entendre, car elle avait croisé tellement de gens de la sorte.

— Apparemment, tous les bijoux n'ont pas été retrouvés, c'est ça ? continua Doreen.

— Non. Des rumeurs ont circulé, comme quoi certains bijoux étaient réapparus, mais les flics n'ont pas réussi à les identifier.

— Oui, parce que les documents ont soi-disant été détruits dans l'incendie.

— Ça, sans parler du fait que Reginald n'a pas pu fournir les documents dont ils avaient besoin pour l'assurance non plus, renchérit Richard. Comme je l'ai dit, ce type était un loser.

— On dirait bien que oui. La théorie du suicide est peut-être vraie finalement.

— Appelez ça comme vous voulez. Une overdose de drogue… Quand on y pense, le suicide est un terme assez dévalorisant. Ça veut dire qu'il voulait la fuir.

Richard ricana.

— Peut-être, dit Doreen, détestant avoir à défendre Aretha. Mais ils étaient séparés à ce moment-là.

— Hmm. Je ne pense pas que les papiers étaient signés. Cependant, il n'était pas si courant de divorcer à l'époque. Il faut toujours du temps pour que la paperasse soit faite.

— Vous pensez qu'il se serait suicidé à cause du divorce ?

Elle n'y avait pas pensé. Peut-être qu'il aimait vraiment Aretha. Peut-être que c'était elle qui le voyait comme un pas en avant.

— Si vous voulez mon avis, vous devriez réexaminer le dossier de cette Aretha, dit-il. Si quelqu'un mérite d'être impliqué dans un crime, c'est elle.

— Elle vous agace, hein ?

— Je suis entré dans ce magasin alors qu'elle n'était qu'une jeune fille, mais elle était déjà prétentieuse, se défendit-il. Je l'ai croisée plusieurs fois en ville au fil des ans, et mon opinion n'a pas changé.

— Intéressant. Avez-vous déjà entendu des rumeurs ou des théories sur ce qui aurait pu arriver aux bijoux ?

Richard haussa les épaules.

— Ils sont probablement partis chez un prêteur sur gages ou peut-être à Vancouver. Ou peut-être qu'il n'y en a jamais eu. Peut-être que c'était de la fausse paperasse, juste pour que la compagnie d'assurance les rembourse.

— Mais ils n'ont pas payé, dit Doreen. L'incendie a détruit tout ce qui restait. Les Johnson ont épuisé tous les biens qu'ils possédaient personnellement, en essayant d'honorer leurs dettes et de payer ce qu'ils pouvaient. La faillite était alors inévitable.

— Et puis ils sont morts, ajouta-t-il. Je me souviens que c'était comme un flot sans fin de mauvais événements. Et Aretha est la seule qui a survécu, ne l'oubliez pas.

Il avait conclu sa phrase en la regardant d'un œil de lynx, puis était descendu de son perchoir.

Elle fronça les sourcils.

— Savez-vous si Aretha avait une belle-sœur ?

— Je ne me souviens de rien à ce sujet, répondit-il.

Les épaules de Doreen s'affaissèrent, puis elle se creusa les méninges.

— Un des journaux a mentionné que Reginald Abelman avait une sœur. Et que ses parents étaient de Vancouver.

— Vous avez pensé à consulter l'annuaire de Vancouver ? suggéra-t-il.

— Non, murmura-t-elle.

Elle rentra chez elle et consulta les pages blanches de Vancouver. Elle n'était pas sûre d'y avoir accès gratuitement. Très vite, elle trouva assez facilement les Abelman de Vancouver. Ils étaient plus d'une centaine. Le problème fut qu'Abelman était un nom courant.

Elle fronça les sourcils devant la longue liste. Puis elle se retrouva sur un arbre généalogique des Abelman. Cela la fascina. Reginald y était mentionné, mais rien à propos des autres membres de la famille. Elle retourna à l'annuaire. Elle parcourut tous les numéros des Abelman, mais cela ne mena à rien, puisque cela pouvait être n'importe lequel d'entre eux. Et la femme au téléphone avait eu raison de dire que, si la sœur s'était mariée, il pouvait s'agir du numéro de n'importe qui d'autre aussi, puisque le nom de famille pouvait avoir changé.

De retour sur l'arbre généalogique, Doreen prit plus de temps pour l'étudier. Elle fronça de nouveau les sourcils quand elle tomba sur un prénom dont elle n'avait jamais entendu parler auparavant. Norm. Elle retourna à la liste des numéros de téléphone et trouva un Norm Abelman. Elle appela immédiatement le numéro. Quand un homme bourru répondit, elle demanda s'il s'agissait de Norm.

— Oui. Qui est à l'appareil ?

— Je suis Doreen de Kelowna, annonça-t-elle.

— Oui, que voulez-vous ?

— Je cherche des membres de la famille d'un certain Reginald Abelman qui vivait à Kelowna, expliqua-t-elle. Il est décédé il y a environ trente-sept ans.

— Hmm, se contenta-t-il de dire.

— Savez-vous par hasard s'il faisait partie de votre famille ? Il a épousé une certaine Aretha Johnson.

— Oh, oui. Ses parents sont morts.

— Oui, mais étiez-vous apparentés à ses parents ?

— Nous étions cousins, répondit-il. Les parents vivaient à Vancouver et sont morts il y a une vingtaine d'années. Il est parti à Kelowna pour de plus vertes prairies peu après avoir atteint la vingtaine et a fini par se marier à une héritière de bijouterie ou quelque chose du genre. J'ai toujours pensé qu'il avait le culot d'un vendeur pour décrocher ce genre d'emploi.

— C'est celui dont je parlais, dit Doreen, son excitation grandissant.

— Et donc ?

— J'essaie de retrouver sa sœur, expliqua-t-elle.

Doreen retint sa respiration en attendant la réponse de Norm. Elle sentait les vieux rouages rouillés tourner dans son esprit alors qu'il essayait de déterrer ses souvenirs.

— Il y avait une sœur, déclara-t-il.

Elle fronça les sourcils.

— Avait ? Cela signifie-t-il qu'elle est morte ?

— Vous savez quoi ? J'ai du mal à me souvenir. Mais, oui, elle est morte. J'en suis sûr. Mais sa fille est toujours en vie.

— D'accord. Connaissez-vous sa fille ?

— Eh bien, vous devriez le savoir, répliqua-t-il. Elle vit à Kelowna.

— Wouah ! s'exclama Doreen. J'espérais qu'elle vive ici, mais je n'ai pas son nom de famille. Ni son prénom, d'ailleurs.

Chapitre 26

Mercredi midi…

DOREEN PRIT UNE profonde inspiration pour essayer d'atténuer sa frustration. C'était une chose de parler à une personne qui ne vous comprenait pas. C'en était une autre de parler à plusieurs personnes qui ne vous comprenaient pas. Parce que cela signifiait généralement que Doreen était le problème. Mais elle ne le pensait pas dans ce cas.

— Je ne peux pas la retrouver avec son nom de jeune fille, dit-elle. Et je présume qu'elle s'est mariée à un moment donné.

— Oh, en effet. Elle a emménagé là-bas après que son frère s'est séparé de sa femme. Il avait besoin d'un coup de main, elle était la grande sœur et l'aidait toujours.

— OK. C'était sa sœur aînée ?

— Non. Non, je pense que je me trompe. Je crois qu'elle était plus jeune… Non, elle était plus âgée, se corrigea-t-il. Elle est allée là-bas et y est restée un certain temps. Puis elle est revenue à Vancouver, s'est mariée ici, je crois, et a eu une fille. Et sa fille est retournée à Kelowna. Oui, je crois que c'est comme ça que ça s'est passé.

— Avez-vous le nom de sa sœur ?

— C'était quelque chose de drôle, répondit-il. Comme Lana ou Lena. C'était bizarre.

— OK, et sa fille ?

Il éclata de rire en entendant sa question.

— Vous avez de la chance que je me souvienne de tout ça. La plupart du temps, je ne me souviens pas de ce que j'ai mangé au petit déjeuner.

— Si vous pouviez m'aider en me donnant le nom de la fille, je vous en serais très reconnaissante, le poussa-t-elle à continuer.

— Je ne pense pas pouvoir me souvenir d'autant de choses. J'essaie. Mais je n'ai même pas réussi à me souvenir du prénom de la mère.

— D'accord. Y a-t-il quelqu'un de votre famille qui pourrait savoir ? demanda-t-elle, en s'efforçant de ne pas laisser transparaître l'inquiétude dans sa voix.

Elle voulait absolument trouver ce prénom parce qu'il était important, mais elle ne savait pas comment contacter quelqu'un qui le connaîtrait.

— Eh bien, peut-être ma fille, dit-il. C'est elle qui travaille sur l'arbre généalogique.

— Puis-je l'appeler ?

— Je n'en sais rien, dit-il, sa voix devenant méfiante. Je ferais mieux de lui en parler d'abord. Je vous rappellerai.

Sur ce, il raccrocha, et Doreen gémit.

— Vous ne pourrez me rappeler que si vous avez enregistré mon numéro…

Elle était de nouveau frustrée. La seule façon de gérer cela était de retourner dehors afin de voir si elle pouvait avancer sur le projet de sa terrasse. Ou au moins jardiner. Elle avait encore des tonnes de choses à faire à l'extérieur, ça ne faisait aucun doute.

En regardant la pelouse, elle se demanda à nouveau ce que cela coûterait de faire livrer des dalles, ou au moins des gravillons pour délimiter un chemin. C'était une longue étendue, au moins quinze mètres jusqu'au ruisseau. Cela lui coûterait probablement un paquet d'argent, et ne se concrétiserait pas tout de suite, mais elle devait quand même dégager quelques centimètres contre les clôtures. Cela prolongerait la durée de vie des planches de celle-ci. Quelque chose qui empêcherait le jardin de capturer l'humidité et de la retenir à côté de la clôture en bois.

Doreen se rendit au bout du ruisseau et commença à enlever la terre de la clôture, délimitant une bordure nette pour que le jardin ne touche pas le bois, ce qui la fit transpirer abondamment.

En retournant à l'intérieur, elle but de l'eau et se souvint qu'elle avait baissé le volume de son téléphone. Elle fronça les sourcils quand elle vit un appel manqué. Elle appuya sur le message vocal en grommelant et écouta. Il n'y avait rien cependant, alors elle rappela le numéro. Et, bien sûr, c'était le vieux monsieur à qui elle avait parlé.

— Elle dit que vous pouvez l'appeler, annonça-t-il.

Ravie, Doreen se dirigea vers son bloc-notes, prit le stylo et demanda :

— Quel est son numéro ?

— Elle s'appelle Jennifer, dit-il après avoir épelé le numéro.

Quand il raccrocha brusquement, Doreen éclata de rire.

— Comment se fait-il qu'il y ait tant de gens qui ne peuvent pas être sociables pendant plus de deux minutes ?

Mais ça n'avait plus d'importance maintenant parce qu'elle avait un nom et un nouveau numéro à appeler.

Doreen composa le numéro, et une femme répondit aussitôt.

— Bonjour, je m'appelle Doreen.

— Oh, mon Dieu. Mon père m'a appelée à votre sujet. Je m'appelle Jennifer.

— Bonjour, Jennifer. J'essayais juste de trouver les prénoms des membres de la famille de Reginald Abelman qui vivaient à Kelowna.

— Vous savez qu'il a épousé Aretha, dit Jennifer, et qu'ils ont demandé le divorce, mais les papiers n'étaient pas finalisés quand il a fait une overdose.

Sa voix prit un ton faussement désespéré avant qu'elle ne continue.

— Le pauvre homme, il devait être follement amoureux.

— Je suis sûre que c'était ça, dit Doreen.

Ou pas. Elle ne croyait pas une seconde à cette théorie.

— Quelle tragédie, déclara Jennifer.

— Connaissez-vous le prénom de sa sœur ?

— Je pense que je l'ai écrit quelque part, répondit-elle. Oh, le voilà ! Lena. C'est Lena.

— Bien. S'est-elle mariée ?

— Oui, mais ensuite…

La femme se tut.

— Vous savez, j'ai tellement de notes ici. J'essaie de m'organiser, mais je n'y arrive jamais.

— Je compatis, dit Doreen. Je viens de faire un grand nettoyage chez moi.

— Merci. Mais l'information doit se trouver quelque part ici.

— Je suppose que la question est de savoir si elle est toujours mariée ou non. C'est sa fille que j'essaie de trouver.

— Sa fille. Oui, elle a eu une fille très jeune. Je crois qu'elle l'a eue avant son mariage. Cela a fait un tollé, si je me souviens bien.

— OK. Alors, vous connaissez le prénom de la fille ?

— Vous savez quoi ? Je suis toujours à la recherche de ces notes.

Sa voix était distraite, et Doreen pouvait entendre une tonne de paperasse être brassée. Elle gémit.

— Je suis désolée. Je suis vraiment désolée, s'excusa Jennifer. Je vais devoir vous rappeler pour vous le dire. Je le ferai dès que possible.

— Ce n'est rien, la rassura Doreen. Si ça a attendu tout ce temps, ça peut attendre encore un peu.

Jennifer eut l'air soulagée.

— Je vous promets que j'ai l'information quelque part.

— D'accord, j'attends de vos nouvelles, lança Doreen, imperturbable, avant de raccrocher.

Elle avait maintenant affaire à trois personnes. Elle prit des notes, dont les informations de Jennifer, et savait que la solution la plus simple serait de parler à Aretha. Mais elle ne possédait pas son numéro de téléphone. Elle regarda ses animaux, puis prit une profonde inspiration, et se rappela leur dernière rencontre.

— Une promenade ?

Ils devinrent tous fous. Elle prit la laisse et s'élança sur le sentier pédestre en direction de la maison d'Aretha. En s'approchant, elle vit que le portail était fermé. Elle appuya sur l'interphone, mais personne ne répondit. Elle soupira, puis arracha une page de son bloc-notes. Elle adressa sa note à Aretha, lui demandant de l'appeler, avant de griffonner son numéro. Elle le glissa dans la boîte aux lettres, en laissant dépasser un petit bout, pour qu'elle le voie.

Elle passa lentement devant la maison, déterminée à marcher suffisamment pour être fatiguée en rentrant. À présent, elle bouillonnait de nervosité. C'était mercredi, et la semaine passait à une vitesse folle. Toutes ces personnes l'avaient rappelée, mais les réponses qu'elle recherchait et dont elle avait besoin manquaient toujours à l'appel. C'était frustrant.

C'était quand même intéressant de revenir autant d'années en arrière et d'entendre les interprétations de chacun sur ce qui s'était passé. Elle fit demi-tour pour rentrer lorsqu'elle vit un véhicule s'arrêter dans l'allée, mais il était trop loin pour qu'elle puisse appeler la personne et attirer son attention. Quelqu'un s'arrêta et prit sa note dans la boîte aux lettres.

— Maintenant, appelez-moi, s'il vous plaît, dit Doreen en souriant.

Mugs se contenta de la regarder. Thaddeus s'appuya contre elle, comme pour lui apporter réconfort, compassion et soutien. Elle gloussa.

— Vous êtes géniaux. Je ne sais pas ce que j'aurais fait sans vous ces derniers mois.

Alors qu'elle poursuivait sa promenade, son téléphone sonna. Elle s'arrêta quelques maisons plus loin et regarda l'écran. C'était elle.

— Bonjour, Aretha, répondit-elle joyeusement.

— Pourquoi voulez-vous que je vous appelle ? demanda celle-ci.

Il n'y avait pas de panique, rien d'autre dans sa voix que de la curiosité.

— Honnêtement, dit Doreen, j'essaie d'enquêter sur ce cambriolage, et je me demandais si vous pouviez me donner le prénom de votre belle-sœur.

— Pourquoi ? demanda-t-elle.

— C'est une pièce de puzzle que je n'ai pas.

— Elle s'appelait Lena ou quelque chose comme ça, dit-elle d'un air contrarié. Je ne vois pas pourquoi ça a de l'importance.

— D'accord, dit Doreen. C'était Lena. Mais je viens de réaliser que ce que je voulais vous demander concernait la fille de Lena. Comment s'appelait-elle ?

— Oh, je ne me souviens pas, dit Aretha. Elle était mère célibataire, vous savez. Je ne me souviens pas des détails.

Doreen fixait le ciel. Personne d'autre n'était aussi curieux qu'elle ?

— Bien. C'est pour ça que j'essayais de vous joindre.

— C'est arrivé il y a tellement longtemps, continua Aretha. Vous ne pouvez plus faire grand-chose à ce sujet à présent.

— En effet, consentit Doreen, mais, ne pouvant résister, elle ajouta, sauf que tous les bijoux n'ont pas été retrouvés.

— Je sais. Je suis presque sûre que mon mari a organisé le vol, mais ça a aussi foiré, dit-elle. Il essayait de toucher l'assurance, je pense, et de garder une partie des bijoux. J'en ai parlé à mon second mari à plusieurs reprises, et c'est ce qu'il a supposé aussi.

— Ce qui aurait été dur, car il travaillait pour la compagnie d'assurance qui assurait votre entreprise.

— À qui le dites-vous, grommela Aretha. Nous en avons souvent discuté, mais il n'était pas en colère contre moi.

— Non. Cela n'aurait eu aucun sens.

— En effet, acquiesça Aretha avant de poursuivre. Si vous avez fini, j'aimerais rentrer et prendre une tasse de thé.

— Bien sûr, merci beaucoup.

Puis Doreen raccrocha, et remonta la rue.

En se rapprochant de la maison d'Aretha, une femme déboula devant elle. C'était Heidi. Sans savoir comment les animaux allaient réagir, Doreen jeta un regard méfiant à Goliath. Elle tint fermement Mugs et sourit gaiement à Heidi.

— Salut. Comment allez-vous ?

— Ça irait bien mieux si vous laissiez Aretha tranquille, répliqua-t-elle.

Chapitre 27

— OH. VOUS a-t-elle dit qu'elle venait de m'appeler ? s'enquit Doreen.

— Oui, et à propos de quoi ? répliqua Heidi en secouant la tête. Tout cela s'est passé il y a si longtemps.

— Vous avez raison. Mais, quand on y pense, certaines choses n'ont jamais été résolues.

— Je sais bien. Des bijoux qui manquent encore à l'appel, sauf erreur.

— Exactement. Je ne sais pas qui aurait le droit d'en revendiquer la propriété à ce jour, déclara Doreen, mais il est évident qu'Aretha a bien besoin de cet argent.

En entendant cela, Heidi ricana.

— Je doute fort que quelqu'un veuille les lui confier.

— Peut-être qu'elle en a encore quelques-uns, dit Doreen. Vous n'y avez jamais pensé ?

— Si, répondit Heidi en riant. J'ai pensé qu'elle possédait encore les bijoux. Mais elle vit chez moi depuis plus d'un an, et je peux vous dire que je n'en ai jamais vu un seul. Ni aucun signe de sa richesse, à part ses vêtements vieux de plusieurs décennies.

— D'accord, dit Doreen, le cœur serré, avant de continuer en grommelant. Ce serait trop beau pour être vrai, n'est-ce pas ?

— Si elle les avait eu en sa possession, elle les aurait vendus, dit Heidi avec conviction.

Alors qu'elles se rapprochaient, Mugs grogna. Doreen le regarda et fronça les sourcils.

— Mugs, tiens-toi bien.

— Désolée pour l'autre soir, lança Heidi. J'étais contrariée à cause d'un événement de ma journée. Je ne voulais pas être désagréable à propos des animaux.

— Vous aviez tous les droits de l'être, la rassura Doreen. Je comprends que vous ne vouliez pas d'animaux dans votre jardin, et celui-ci est absolument magnifique.

— Peut-être, dit-elle, en regardant la propriété. C'était l'une des propriétés préférées du premier mari d'Aretha. Il avait l'habitude de passer beaucoup de temps ici.

Heidi sourit d'un air mystérieux.

— Il en était propriétaire ? demanda Doreen avec surprise.

— Non, répondit Heidi. Jamais. Mais je sais qu'il était souvent là.

— L'avez-vous déjà rencontré ?

Elle secoua la tête.

— Pas vraiment.

Ce sourire mystérieux réapparut.

— Aretha sait-elle que vous savez quelque chose à propos de son ex-mari ?

— Je ne pense pas qu'Aretha vive beaucoup dans ce monde de nos jours, dit Heidi en riant. Elle a au moins vingt ans de plus que moi, et c'est difficile de voir à quoi je pourrais éventuellement ressembler durant mes derniers jours. La mémoire d'Aretha est clairement défaillante. Elle a des douleurs articulaires et son estomac ne supporte plus beaucoup d'aliments.

— Je suppose qu'il faut s'y attendre dans une certaine mesure, déclara Doreen avec prudence. Mais c'est un point intéressant. Les maux d'estomac pourraient être dus à un trop-plein de stress, à l'inquiétude pour son avenir. Peut-être qu'elle s'inquiète du vol des bijoux.

Cette dernière affirmation était comme un coup d'épée dans l'eau.

— C'est-à-dire ? demanda Heidi. Que, si elle les avait eus, elle les aurait vendus ?

— Évidemment qu'elle les aurait vendus. Après avoir entendu parler de cette histoire, j'ai pensé que son premier mari, Reginald, avait peut-être quelque chose à voir avec tout ça.

— Pourquoi ça ?

— Parce que, après la mort de ses parents, puis celle de son mari Reginald, les affaires judiciaires ont sombré dans une grande confusion.

— Les affaires judiciaires étaient toutes en cours, mais, après la mort de Reginald, il n'y avait plus personne à poursuivre en justice, rétorqua Heidi avec un léger rire.

Heidi releva son regard et offrit à Doreen un sourire supérieur.

— Vous et vos capacités à résoudre des énigmes n'avez pas pensé à ça ? Vous n'avez sûrement pas cru Aretha et sa version du suicide, n'est-ce pas ? Bien sûr, ça la rassure de croire qu'il l'a fait parce qu'il exprimait des remords.

— J'essaie d'obtenir une copie de l'acte de décès, annonça Doreen. Juste pour être sûre que c'était un suicide.

— C'est inutile, car il sera indiqué « overdose », mais ça

ne veut pas dire qu'il en est lui-même à l'origine. C'est peut-être le cas, mais qui sommes-nous pour savoir ce qui s'est réellement passé ?

— C'est vrai, dit Doreen, qui se sentait un peu mal à l'aise, bizarrement.

Et Mugs ne coopérait pas. Contrairement à Goliath qui s'assit à ses pieds. Cependant, Heidi continuait de sourire, mais ce sourire était lui aussi déroutant. Doreen baissa les yeux sur Goliath.

— Je devrais ramener les animaux à la maison.

— Faites donc ça, acquiesça Heidi avec un autre sourire troublant. Et, si vous trouvez des bijoux, faites-le-moi savoir.

— Ha ! Ce serait bien, non ?

— Selon la rumeur, vous en avez trouvé.

Doreen fit volte-face et dévisagea Heidi.

— Et qui vous a dit ça ? demanda-t-elle.

— Ce sont des commérages, répondit Heidi en haussant les épaules, puis elle plissa les yeux. Est-ce vrai ?

— Si c'était le cas, je ne ferais certainement pas circuler la nouvelle.

— Bien sûr que non. Vous ne voudriez pas que quelqu'un entre par effraction, n'est-ce pas ?

— Plusieurs personnes se sont introduites chez moi dernièrement, rétorqua Doreen, d'un air légèrement dédaigneux. Je ne voudrais pas que ça continue.

Puis elle salua Heidi d'une main, se retourna et se dépêcha de partir. Intérieurement, elle savait qu'elle n'aurait plus affaire à elle. Cette femme était tout le contraire de la jardinière chaleureuse qu'elle avait rencontrée les premières fois. Ayant l'impression que le regard d'Heidi était braqué sur elle, elle résista à l'envie de se retourner pour regarder, car elle savait instinctivement que Heidi la regardait. Arrivée chez elle, Doreen téléphona à Mack.

La voix du policier était distraite.

— Oui ?

— C'est Heidi, dit-elle. Il y a quelque chose de bizarre chez elle.

Elle lui raconta leur conversation.

— Ce n'est pas bon, dit-il. Tu n'as pas un coffre-fort où tu pourrais garder les pierres précieuses ?

— Non, répondit Doreen, et je soupçonne fortement que c'est la raison pour laquelle ta mère n'en a jamais rien fait non plus. Elle ne voulait pas attirer l'attention à cause de ça.

— C'est logique.

— As-tu pu jeter un œil à l'acte de décès de Reginald ?

— Oui. Il a fait une overdose. Son acte de décès indique une overdose accidentelle.

— Intéressant.

— Pourquoi ?

— Quel genre de poison ? demanda-t-elle.

— Disons-le autrement. C'était une overdose. Une overdose accidentelle. Un mélange de toutes sortes de médicaments. Comme s'il avait tout jeté dans son verre et l'avait bu.

— Intéressant.

— Tu n'arrêtes pas de dire ça ! s'exaspéra-t-il. Ça ne veut pas dire que c'était un meurtre.

— Et s'il ne voulait pas divorcer, et si c'était un meurtre ?

— Tu soupçonnes Aretha ?

— Je ne sais pas ce que je soupçonne, dit Doreen avec un lourd gémissement. Cette affaire me laisse perplexe.

— Bien, maintenant tu sais ce que nous ressentons.

Elle rit.

— Sauf que je suis un peu inquiète maintenant, après la déclaration d'Heidi, comme quoi une rumeur circulerait sur le fait que j'ai les bijoux et que quelqu'un serait entré par effraction.

— C'est le but. Assure-toi de mettre le système d'alarme en marche.

— D'accord. Et, si je t'envoie un texto bizarre, prends-le comme un signal d'alarme et viens, tu veux bien ?

Il y eut un silence à l'autre bout du fil.

— Penses-tu que tu es sérieusement en danger ? interrogea-t-il d'une voix brusque.

— Oui. J'ai l'impression qu'il se passe quelque chose de vraiment bizarre.

— Quoi ? Il se passe quelque chose de vraiment bizarre et te sentir en danger, ce n'est pas la même chose.

— Je sais.

Cependant, dès qu'elle eut raccroché, elle se prépara une tasse de thé pour se sentir mieux.

Environ une heure plus tard, après avoir passé l'aspirateur, nettoyé les deux salles de bains et fait la lessive, elle se rendit compte qu'elle essayait d'arrêter de penser à toute cette histoire en s'occupant l'esprit. Lorsqu'on frappa à sa porte, elle vérifia d'abord à la fenêtre, puis ouvrit la porte d'entrée.

— Bonjour, lança Doreen.

— J'ai réfléchi à ce que vous avez dit, dit Aretha.

— Voulez-vous entrer pour discuter ?

Aretha fit un pas à l'intérieur et regarda autour d'elle.

— Vous n'avez pas beaucoup de meubles.

— Non. J'ai fait du tri, et maintenant je remeuble petit à petit.

Elle désigna les deux fauteuils d'une main et Aretha s'assit, les jambes repliées, comme une dame. Doreen fit de même et croisa les jambes, à l'opposé de ce que son mari aurait voulu.

— Que vouliez-vous me dire ?

— La vérité, et je ne pouvais pas vous le dire plus tôt, mais Heidi est ma nièce. Elle ne voulait que personne ne le sache à cause de tous mes antécédents.

Doreen la regarda, choquée, et Aretha hocha la tête.

— C'est la femme la plus charmante que je connaisse, et évidemment je ne voulais pas partager le logement de quelqu'un qui n'était pas de ma famille.

— Bien sûr. J'aurais aimé que vous me le disiez dès le départ. Comme ça, je n'aurais pas passé des jours à essayer de retrouver son nom.

— C'est par respect pour Heidi que je n'ai rien dit, car elle me l'a demandé. Et, naturellement, elle a bien mieux réussi que moi, dit-elle tristement. J'ai fait tout ce que j'ai pu pour améliorer les choses, mais ça n'a pas suffi.

Chapitre 28

Mercredi en fin d'après-midi…

— AVEZ-VOUS DÉJÀ vu l'un de ces bijoux ? demanda Doreen à Aretha.

— Une fois, j'ai vu quelque chose que j'ai pris pour des bijoux dans la main de Reginald, mais quand je lui ai posé la question, il a simplement ri et dit que ce n'était rien. Je me suis toujours demandé s'il en avait retrouvé en nettoyant après le cambriolage et s'il ne les avait pas remis dans l'inventaire du magasin. Je ne voulais pas le croire, mais il était amer, il disait souvent qu'il avait tout perdu. Bien sûr qu'il avait tout perdu. Mais moi aussi, chuchota Aretha.

— Et votre second mari ? Ne voulait-il pas ces bijoux pour lutter contre les réclamations des assurances ?

Elle leva les mains.

— Qu'aurais-je pu lui dire ? C'était des années plus tard, je ne savais pas vraiment ce qui leur était arrivé, et Reginald était mort. C'était un tel cauchemar, et je voulais juste oublier.

— Vous avez dit que Reginald vous a laissé une note, disant que d'autres bijoux étaient cachés dans la ville.

— Oui, mais il ne m'a jamais dit où.

— Avez-vous une idée du genre d'endroit qu'il aurait choisi ?

— Seulement qu'il a toujours pris de mauvaises décisions, donc, peu importe où ils se trouvaient, quelqu'un a dû mettre la main dessus depuis longtemps.

— Heidi était-elle au courant ?

— Nous n'en avons jamais parlé, répondit la vieille dame.

Doreen hésita, ne sachant pas si elle devait lui dire.

— Elle m'a dit qu'elle ne vous a jamais vu en porter.

— Bien sûr que non, répliqua Aretha. Je déteste devoir avouer cela, mais j'ai été obligée de tout vendre. Et même maintenant, j'ai à peine de quoi payer Heidi.

— Mais Heidi a très bien réussi ?

— Elle a très bien réussi, répéta-t-elle. Elle m'a dit un jour qu'elle avait reçu un héritage surprise de sa mère.

— Intéressant.

Aretha la regarda et fronça les sourcils.

— C'est-à-dire ?

Doreen sourit et haussa les épaules.

— Un nombre impressionnant de personnes mortes sont impliquées dans cette histoire.

— C'est vrai, acquiesça Aretha. Parfois, j'aimerais être l'une d'entre elles. Vieillir avec grâce est une chose. Vieillir, fauchée et avec grâce, c'est un tout autre problème.

Elle esquissa un faible sourire.

— C'est vrai, consentit Doreen, qui comprenait Aretha mieux que celle-ci ne le saurait jamais. Et vous faites confiance à Heidi, n'est-ce pas ?

Aretha hocha la tête.

— Bien sûr que oui. Pourquoi ?

— Je me demandais si elle pensait que vous lui laisseriez

les bijoux à votre mort.

— Je n'ai rien à lui laisser, dit tristement Aretha. Même mon deuxième mari ne m'a pas laissé assez pour vivre. Je savais qu'il était perdu et toujours amoureux de sa première femme, mais je cherchais de la compagnie, alors j'ai pris ce qu'on m'offrait. Mais je pense que je me suis lésée par deux fois.

— Comment avez-vous fini par emménager avec Heidi ? l'interrogea Doreen.

— Elle s'est proposée, répondit la vieille femme. Elle est venue me voir un jour, et nous avons discuté. Je lui ai dit combien j'étais bouleversée par la façon dont ma vie s'était déroulée. Tout ça, à commencer par le fait que le cambriolage n'ait jamais été résolu.

— La mère de Heidi soupçonnait-elle son frère ?

Aretha hocha la tête.

— Sa mère lui avait dit quelque chose à ce sujet, admit-elle d'un air pensif. Tous ceux qui avaient des réponses sont morts.

— C'est tellement vrai.

— En effet, et vous devez être insensible pour fouiller dans cette affaire, dit Heidi, traversant soudainement la cuisine pour entrer dans le salon.

Mugs bondit, mais elle le regarda de haut et ricana.

— Quel genre de chien de garde es-tu ? Je suis entrée par la porte ouverte de la cuisine et tu n'as rien remarqué.

Aretha la regarda avec surprise.

— Pourquoi n'es-tu pas venue avec moi ? demanda celle-ci. Et pourquoi tu ne m'as pas dit que tu venais ici ?

— Je suis venue dans le but d'écouter discrètement une conversation pour nous aider à trouver ces bijoux, répondit Heidi. Parce que tu sais que Doreen en a trouvé une partie ?

Aretha regarda sa nièce, choquée, puis se tourna vers Doreen.

— C'est vrai ?

— Heidi semble avoir entendu des rumeurs en ville, se défendit Doreen.

Son téléphone était dans sa main et elle le regarda, puis sourit en faisant semblant de vérifier ses e-mails, mais elle ouvrit sa conversation avec Mack à la place. Elle leva les yeux vers Heidi et continua.

— Mais ce ne sont que des rumeurs.

— Pensez-vous que les bijoux sont encore ici en ville ? s'enquit Aretha en se penchant en avant pour poser sa main sur le genou de Doreen. C'est possible ?

Doreen la regarda avec douceur.

— Quelle différence cela ferait-il si c'était le cas ?

— Eh bien, ils m'appartiendraient, dit-elle, l'espoir dans le regard. La compagnie d'assurance n'a jamais remboursé, et les dossiers ont été classés. Cela ferait une énorme différence dans ma vie si des bijoux étaient retrouvés.

— Quelle différence cela a-t-il fait au début ? demanda Doreen. Avez-vous quelque chose à voir avec la mort de votre mari ?

Aretha eut les larmes aux yeux.

— Non. C'était un raté, et je le savais. Mais je l'aimais. Et comme je disais que mon deuxième mari aimait sa première femme, mon cœur a été enterré avec mon premier époux. Je voulais divorcer parce que j'étais incapable de vivre avec lui et tous ses ennuis, mais je ne voulais pas le laisser partir, chuchota-t-elle.

— Et vous, Heidi ? s'enquit Doreen. Vous êtes-vous déjà demandé de quoi était mort votre oncle ?

— Il a fait une overdose, répondit-elle. Je suis sûre que

c'était un suicide. Je vous l'ai dit.

— Peut-être. Mais de quoi sa sœur, votre mère, est-elle morte ?

— Un cancer.

— Combien êtes-vous prête à parier que les médicaments de sa sœur ont tué votre mari ? interrogea Doreen en direction de Aretha.

Celle-ci secoua la tête.

— Alors il lui a rendu visite et pris tous ses médicaments. Ça fait d'elle une victime aussi.

Doreen jeta un coup d'œil à Heidi qui la fusillait du regard.

— Mais Heidi connaît la vérité. N'est-ce pas, Heidi ?

— Les médicaments de ma mère ont été utilisés, et alors ? Avez-vous une idée du nombre de personnes qui meurent d'overdoses de médicaments chaque jour ?

Mais la question n'avait pas déconcerté Heidi.

— Avez-vous tué votre mère ? demanda Doreen à Heidi de but en blanc.

— Le cancer l'a emportée, répondit celle-ci en secouant la tête.

— Et ensuite vous avez trouvé ses journaux intimes, je présume ?

— En fait, elle me l'a dit sur son lit de mort, mais j'étais trop jeune. Je n'ai pas vraiment tout compris. Mais j'ai tout enregistré et noté, bien décidée à me lancer dans les recherches quand je le pourrais.

— Te lancer dans les recherches ? l'interrompit sa tante. Tu es en train de dire que mon mari a été assassiné ?

Heidi hocha la tête.

— Ma mère l'a tué. Elle savait pour les bijoux qu'il avait gardés de la fraude à l'assurance. Il a volé les bijoux et espérait aussi toucher l'argent de l'assurance. Mais ce n'était pas une flèche.

Aretha cria à nouveau, et porta sa main à sa bouche.

— Il a donc provoqué tout ça ? Je me suis posé la question, mais j'espérais que non…

— Ma mère était aussi impliquée dans le cambriolage, renchérit Heidi. Elle est venue une nuit et l'a aidé, puis a disparu avec un tas de bijoux par la suite. Mais elle a pris de mauvaises décisions elle aussi et n'a pas pu obtenir grand-chose pour les bijoux. Oncle Reginald en avait un tas qu'il a caché dans la ville. Tu as raison, Aretha. C'était un raté. Et il a laissé des notes à Lena pour lui indiquer où ils se trouvaient. Elle en a trouvé un tas, et ça l'a aidée à financer ses traitements contre le cancer, et elle m'en a donné une partie. C'est comme ça que j'ai pu acheter cette grande propriété. Et, bien sûr, pendant mon mariage, nous avons vécu ici, mais quand Jorgensen est mort, tout était déjà payé.

— Votre mari était-il au courant de vos biens mal acquis ? demanda Doreen.

Heidi haussa les épaules.

— Non. Il n'a pas posé trop de questions. Ce n'est pas comme si je voulais partager ma vie avec quelqu'un de plus intelligent que moi.

— Naturellement, acquiesça doucement Doreen. Et qu'en est-il du dernier sac de bijoux ?

— Ils n'étaient plus là, répondit-elle. Le sac avec la grosse émeraude n'était plus là. C'est celle que nous cherchions. Je me suis dit qu'après la mort d'Aretha, j'allais fouiller dans ses affaires et le trouver. Mais je n'ai encore rien vu de tel.

— Tu as fouillé dans mes affaires ? s'offusqua Aretha.

— Bien sûr. Ce n'est pas pour ça que tu as emménagé

chez moi ? s'enquit Heidi avec cynisme. Pour voir si j'avais des bijoux ?

— Cela m'a traversé l'esprit, dit Aretha, parce que tu semblais avoir si bien réussi.

— En effet. J'avais quelques bijoux, et tu as raison, j'ai réussi. Mais je n'ai tué personne. Bien que Doreen pourrait être ma première victime.

— Quoi ? Si je ne vous donne pas les bijoux, vous allez me tuer ?

— Bien sûr, dit Heidi. Parce que je n'ai plus d'argent et que je n'ai pas l'intention d'être pauvre, comme Aretha.

— Vous pouvez toujours vendre votre maison, proposa Doreen d'un ton pince-sans-rire.

— Jamais ! répliqua Heidi. Quand on est habitué à un certain style de vie, on est prêt à tout pour le conserver.

— Je ne pense pas, dit Doreen en se levant. Je n'ai pas de bijoux, mesdames, alors vous allez devoir m'excuser. Je suis fatiguée. Je pense qu'une sieste s'impose.

— Je ne pense pas, l'imita Heidi, et une arme apparut soudainement dans sa main.

Doreen la regarda et soupira.

— Vous savez quoi ? Je suis vraiment fatiguée de me faire frapper, battre et tirer dessus, dit-elle.

— Heidi, que fais-tu ? murmura Aretha en se levant.

— Ce que j'aurais dû faire quand j'ai entendu parler des bijoux, il y a quelques jours, répondit sa nièce avant de pointer l'arme sur Doreen. Aller les chercher.

— Je ne sais pas de quoi vous parlez, réfuta Doreen en secouant la tête.

Heidi avança dans le salon, et Doreen fit tout son possible pour ne pas sourire en voyant Goliath se faufiler sous les fauteuils, derrière Heidi. Doreen savait ce qui allait se passer, ce qui n'était pas le cas d'Heidi. Thaddeus attendait sur la table de la cuisine, mais il apparut soudainement sur le balustre de l'escalier.

Heidi le regarda avec dégoût.

— Tous ces animaux. Ils sont juste vilains.

— Thaddeus est beau, se mit à chanter celui-ci.

Heidi le dévisagea.

— Il n'est pas sérieux, si ?

— Oh, que oui, dit Doreen avec un soupir. Que faites-vous avec cette arme ? Soit vous me tirez dessus, et bien sûr, vous tirez aussi sur Aretha, soit vous le rangez et vous oubliez les bijoux.

— Dans vos rêves, répliqua Heidi, qui arma le pistolet et le pointa à nouveau sur Doreen.

— Alors vous allez tuer votre tante également ?

— Elle ne dira rien, dit Heidi. Sinon, elle finira dans une maison de retraite gérée par le gouvernement, sans rien pour récupérer son mode de vie.

Aretha écarquilla les yeux, et elle dévisagea les deux femmes.

Doreen ne voulait pas la mettre à l'épreuve, car elle aurait pu en être capable.

— Tu as fini ? demanda Thaddeus.

Heidi se retourna et lui jeta un regard noir. Doreen profita de cette distraction et fit un pas en avant pour lui arracher l'arme des mains. Mais Heidi la retourna de nouveau contre Doreen et l'écrasa contre son épaule.

— Reculez ! cria Heidi.

Thaddeus sauta sur l'épaule de celle-ci et y enfonça ses griffes.

Sauf qu'il s'agissait du bras qui tenait l'arme. Et le doigt de Heidi sur la gâchette fléchirait en réponse à un coup de griffe dans l'épaule. Doreen réussit à tendre son bras sur le côté, juste au moment où Thaddeus s'y attaqua.

Heidi hurla et appuya sur le pistolet. Une balle vint se loger dans le mur au-dessus de la porte.

Doreen essaya d'attraper sa main, mais Heidi était robuste et en forme.

Mugs sauta devant elle, et Goliath avait apparemment choisi le dos de Heidi comme cible cette fois. Il s'étira et planta ses griffes à l'arrière de ses genoux.

Heidi s'effondra et s'agenouilla, puis Mugs lui sauta dessus une fois de plus, ce qui la fit vaciller en arrière.

Ceci fait, Doreen réussit à libérer l'arme et la pointa sur Heidi.

En arrière-plan, elle put entendre les véhicules remonter le cul-de-sac jusqu'à son allée.

— Vous êtes géniaux, lança-t-elle chaleureusement à sa famille à poils et à plumes. Et on dirait que la cavalerie est arrivée.

La porte s'ouvrit, et Mack entra. Quand il aperçut Doreen avec l'arme pointée sur Heidi, il gémit.

— Tu n'aurais pas pu te tirer d'affaire au lieu de t'attirer des ennuis cette fois-ci ?

— Pourquoi pas la prochaine fois ? dit-elle en lui souriant avant de lui tendre l'arme. Nous avons ici un cas classique : la mère d'Heidi a tué son frère, Reginald Abelman, et Heidi ne faisait qu'aider Aretha à retrouver ellemême les bijoux disparus.

— Les bijoux que ma mère a trouvés ? interrogea Mack par souci de clarté.

Doreen hocha la tête.

—Absolument. Ces bijoux-là. Et nous avons déjà un acheteur, si nous arrivons à trouver qui est le propriétaire légitime.

Elle regarda Aretha, qui était restée assise, la main sur la bouche, les larmes aux yeux en regardant sa nièce.

— C'est peut-être Aretha, murmura Doreen à l'oreille du policier, mais je ne suis pas sûre.

Il passa son regard de la jeune femme à la vieille dame, puis secoua la tête.

— Ce n'est plus ton problème à présent, dit-il.

Elle se retourna et vit Chester et Arnold.

— Salut, les gars, lança-t-elle avec un sourire.

— Dans quel genre d'ennuis t'es-tu fourrée ? marmonna Chester.

— Je viens de résoudre le cambriolage d'il y a plusieurs années et un meurtre aussi, annonça-t-elle. Mais malheureusement, il n'y a plus personne pour engager des poursuites.

— Pourquoi ça ? demanda Chester, en plissant le regard.

— Parce que la mère de Heidi a tué son frère, qui est actuellement classé comme une overdose accidentelle dans vos archives, expliqua-t-elle. Et tous les deux étaient impliqués dans le cambriolage et la tentative de fraude à l'assurance de la bijouterie.

— Et mon oncle a aussi incendié l'entreprise, cracha Heidi, allongée au sol.

— Intéressant, dit Doreen. Ont-ils un rapport avec la mort des parents d'Aretha ?

— Ma mère a dit qu'elle avait coupé les freins, répondit Heidi, alors que les policiers la remettaient debout.

Aretha haleta, et elle porta ses mains à son cœur.

— Wouah, s'exclama Chester. Tout ça date d'il y a si longtemps.

— Ouaip, dit Doreen. Mais pensez-y, les gars. Pas de corps cette fois. Juste de la paperasse.

— De la paperasse ? Encore de la paperasse ? grommela Chester.

— Encore de la paperasse, répéta-t-elle en riant. Mais ce n'est pas grave. Vous serez à la hauteur.

— Si vous le dites, cingla Arnold. Une chance que tu puisses rester en dehors des problèmes pour une fois ?

— Pas de souci. Sortez cette charmante dame de ma vie, et je serai plus qu'heureuse de le faire.

— Mais avons-nous un chef d'inculpation ?

— À part essayer de me tirer dessus à l'instant ? L'impact de balle situé dans mon mur en est la preuve. Et je vous suggère fortement de vous pencher sur la mort de son mari, proposa Doreen. Elle est un peu trop heureuse qu'il soit mort.

Heidi lui lança un regard noir.

— Vous ne savez rien de tout ça.

— Non, mais je suis sûre que la police fera toute la lumière sur cette affaire.

Mack sourit, et, en un rien de temps, Heidi fut menottée et emmenée. Elle tourna la tête pour regarder Doreen.

— Vous n'êtes rien de plus qu'une fouineuse qui se mêle de tout.

— Et vous êtes égoïste, avide et sournoise. Vous avez déménagé ici uniquement pour trouver tous ces bijoux, et vous avez manipulé votre tante pour qu'elle vienne vivre chez vous, juste pour pouvoir garder un œil sur elle, au cas où d'autres bijoux seraient trouvés.

— Elle avait besoin d'un toit.

— Et c'est toujours le cas, dit Doreen avec un sourire. Vous allez la laisser vivre chez vous pendant que vous serez en prison ?

— Je n'irai en prison que pour un délit mineur. Je serai

dehors en un rien de temps, répliqua Heidi.

— Jusqu'à ce qu'ils déterrent le corps de votre mari et le réexaminent. De quoi est-il mort ?

Heidi la fusilla du regard.

— Ça ne vous regarde pas.

Mais Doreen répondit à sa place.

— Il s'est suicidé, n'est-ce pas ? Il a ingéré un tas d'antibiotiques et d'autres médicaments.

— Oh, mon Dieu. Comment as-tu fait pour qu'il les avale ? demanda Aretha.

Heidi ne dit rien.

Pourtant, Doreen eut la réponse en la regardant.

— De la même façon que sa mère a forcé son oncle à prendre ses médicaments, dit-elle. Elle a pointé une arme sur lui et a insisté. Pas vrai ?

Heidi se redressa fièrement.

— Ça ne vous regarde pas.

Mais tout le monde hocha la tête.

— Exactement, dit Chester. Wouah. Vous auriez pu simplement lui tirer dessus. Ça aurait été plus facile.

— Pas nécessairement. Ça aurait laissé beaucoup plus de preuves médico-légales, cingla Heidi.

— Alors, maintenant que vous serez en prison pour le meurtre de votre mari, Aretha pourra-t-elle rester chez vous ? renchérit Doreen.

Les épaules de Heidi s'affaissèrent.

— Je vais y réfléchir.

Doreen se tourna vers Aretha, qui fixait sa nièce, pleine d'espoir.

— Vous pourriez aussi bien mettre fin à sa misère maintenant. Elle a besoin d'un toit.

— Elle est déjà installée, n'est-ce pas ? dit Heidi. Elle

peut rester pour l'instant.

Le visage d'Aretha s'illumina et un grand sourire apparut.

— Je vais m'occuper de ta maison, promit-elle.

— Quelqu'un doit s'en charger. On va trouver une solution, râla Heidi.

— Merci, murmura la vieille dame à Doreen en lui tendant une main.

— Je vous en prie. Et, si vous vous occupez de payer les factures et d'entretenir la propriété, je pense que vous aurez droit à une indemnité pour cela.

— Ça suffit ! cria Heidi.

— Certainement pas, poursuivit Doreen. Aretha va devoir faire appel à des jardiniers pendant votre absence. Elle devra payer les factures et s'occuper de toutes sortes de choses. Je pense qu'elle a besoin d'au moins mille dollars par mois pour pouvoir s'occuper de tout cela.

Heidi se contenta de la regarder fixement, puis se tourna vers sa tante et soupira.

— Je verrai. Mais ce n'est pas une promesse.

— Merci. Merci à vous. Merci ! murmura Aretha en serrant la main de Doreen.

Alors qu'elle commençait à descendre les marches de l'entrée, Heidi se retourna.

— Et les bijoux ?

— Je n'y penserais pas, si j'étais vous, intervint Mack en secouant la tête, puis il poussa rapidement vers Arnold et Chester.

— Oh, mais… s'exclama Aretha.

— Je pense que Zachary mérite d'obtenir enfin l'émeraude qu'il désire pour sa femme bien-aimée, et cet argent – plus l'argent de la vente des autres bijoux – eh bien, je pense qu'une association caritative pourrait être la meilleure solution. Nous ne voulons pas que quelqu'un pense que vous êtes impliquée dans le but d'obtenir ces bijoux, n'est-ce pas ? dit Doreen avec douceur, à destination d'Aretha.

Le regard de celle-ci se remplit d'horreur.

— Non. Si ma nièce peut me verser mille dollars par mois pour m'occuper de la maison tout en y restant... dit-elle en souriant de joie. Vous savez quoi ? Peut-être qu'après tout ça, une association caritative est la bonne solution.

La vieille dame baissa les yeux sur les animaux.

— Pourquoi pas une association caritative pour les animaux ? Je vote pour qu'on leur donne tous les soins dont ils ont besoin. Je suis vraiment contente que Heidi ne vous ait pas tiré dessus.

— Moi aussi, acquiesça Doreen.

Elle salua Aretha qui rentrait chez elle. Puis elle se murmura à nouveau à elle-même :

— Moi aussi.

Épilogue

Mercredi en fin d'après-midi…

ARNOLD ET CHESTER s'apprêtaient à partir, chacun tenant Heidi d'un côté.

— Tu as fait une bonne chose, dit Mack à voix basse.

Doreen lui offrit un petit sourire.

— Elle avait besoin d'aide. Maintenant, je n'ai plus d'affaire sur laquelle travailler…

Elle regarda Mack avec espoir et il se raidit face à elle.

— Tu ne travailleras pas sur les miennes, répliqua-t-il avec un regard noir.

— Vous n'avez pas une autre affaire en cours ? s'enquit Arnold.

— Non, répondit Doreen avec un grand sourire. Je me suis dit que j'allais m'intéresser à ces vieilles dames qui tombent comme des mouches.

— C'est vous la jardinière, dit Chester, avec son sourire habituel. Si quelqu'un réussit à comprendre ce que les kiwis ont à voir avec cette fichue affaire, j'aimerai le savoir.

Doreen le regarda fixement.

— Des kiwis ?

Mack lança un regard d'avertissement à Chester, mais il

était déjà trop tard. Il en avait déjà trop dit.

— Oui. Un kiwi dans la bouche.

— Mais seulement pour une des vieilles femmes ?

— Oui, mais toutes les trois en avaient un sur elles, chuchota-t-il en se penchant en avant.

Doreen sourit.

— Le criminel aux kiwis. J'adore ça.

C'était donc sa prochaine affaire.

— Reste en dehors de ça, ordonna Mack avec un regard dur. Les affaires non résolues sont une chose, mais mes affaires en sont une autre.

Elle lui offrit un sourire effronté.

— Pas de problème, dit-elle. Tu as, voyons voir, quoi ? Vingt-quatre heures ?

Mack posa ses mains sur ses hanches, tandis qu'Arnold se mit à glousser. En sifflotant, il se dirigea vers Chester et les deux firent monter Heidi sur le siège arrière de leur voiture de patrouille de la GRC, laissant Doreen avec Mack.

Celle-ci se retourna vers lui.

— Alors ?

— Alors, quoi ? grogna-t-il.

— Vingt-quatre ? Quarante-huit heures ? De combien de temps as-tu besoin ? demanda-t-elle avec espoir.

Il fit un grand pas vers elle, mais elle ne se sentait plus menacée par Mack. Elle leva les yeux vers lui et lui fit un sourire.

— Allez. Disons quarante-huit heures. Marché conclu. Je suis sur l'affaire du criminel aux kiwis.

Elle se précipita dans la cuisine en riant. Elle entendit la porte d'entrée claquer lorsque Mack sortit, car il n'avait pas d'autre choix que de partir. Il avait encore plus de travail au poste de police maintenant. Et c'était une bonne chose.

Elle lui donnerait quarante-huit heures et pas une minute de plus.

C'est la fin du tome 10 de *Jolis Jardins Maudits, Des bijoux dans la genièvre.*
Découvrez *Un tueur dans les kiwis :*
Jolis Jardins Maudits, tome 11

Jolis Jardins Maudits :
Un tueur dans les kiwis,
tome 11

Un nouveau polar « cozy mystery », par Dale Mayer, auteure de best-sellers au classement du USA Today. Suivez les aventures de Doreen Montgomery, jardinière et détective en herbe, et de ses adorables assistants (un chat, un chien et un perroquet) dans leurs enquêtes criminelles dans la jolie ville de Kelowna au Canada.

Du luxe à la misère… Le chaos continue… Les souvenirs s'estompent… mais pas pour tout le monde !

Doreen est submergée de joie lorsqu'elle voit tous les bénévoles qui se présentent pour l'aider à construire sa terrasse. La plupart sont des policiers, amis du caporal Mack Moreau, et heureux d'aider la grande amie de Mack, qui a contribué à résoudre tant de crimes pour eux, en rénovant sa maison.

Mais avant que la terrasse ne soit terminée, les agents sont appelés sur une affaire. Une autre vieille dame est morte. Une nouvelle victime de crise cardiaque s'ajoute à la longue liste. Et, bien sûr, aucune de ces femmes récemment décédées n'avait de problème médical expliquant leur décès soudain.

Avec ses animaux à ses côtés, Doreen est déterminée à découvrir ce que ces dames avaient en commun, et pourquoi et comment les kiwis continuent d'apparaître dans cette affaire. En fouillant dans la vie des défuntes, Doreen découvre de curieux éléments… qui culminent par la résolution plus intriguante encore de cette énigme…

Le tome 11 est disponible !
Pour en savoir plus, visitez le site web de Dale Mayer.
https://geni.us/DMFRKillerUni

Note de l'auteure

Merci d'avoir lu *Des bijoux dans la genièvre : Jolis Jardins Maudits, tome 10* ! Si vous avez apprécié le livre, merci de prendre un moment pour laisser votre avis.

Chers lecteurs,

J'aime avoir de vos nouvelles, alors n'hésitez pas à me contacter sur mon site web : www.dalemayer.com ou sur ma page d'auteure Facebook. Pour être informés des nouvelles parutions et des offres spéciales, inscrivez-vous à ma newsletter ou suivez-moi sur BookBub. Si vous souhaitez rejoindre mon groupe de lecteurs, voici la page d'inscription sur Facebook.

À bientôt,
Dale Mayer

À propos de l'auteure

Dale Mayer est une auteure de best-sellers au classement de *USA Today*, connue pour ses romances militaires sur les forces spéciales, sa série *Psychic Visions* et sa série *Jolis Jardins Maudits*, dans le genre cozy mystery. Ses romances contemporaines sont vibrantes d'émotion et de passion (série *Broken But... Mending, Hathaway House*). Ses thrillers vous laisseront à bout de souffle (séries *By Death* et *Kate Morgan*) et ses comédies romantiques vous feront rire aux éclats (*It's a Dog's Life*, une novella hors-série, et la série *Broken Protocols* avec Charming Marvin, le chat).

Elle laisse libre cours aux séries qui lui viennent... dont certaines sont carrément folles, enfreignant toutes les règles et croisant différents genres !

En plus de ses romans de fiction, elle écrit également des textes documentaires dans de nombreux domaines, dont la rédaction de CV, le jardinage de loisir et le système de crédit immobilier américain. Elle a récemment publié la série professionnelle *Career Essentials*. Tous ses livres sont disponibles aux formats papier et ebook.

Contactez Dale Mayer en ligne

Site web de Dale – www.dalemayer.com
Twitter – @DaleMayer
Facebook Page – geni.us/DaleMayerFBFanPage
Facebook Group – geni.us/DaleMayerFBGroup
BookBub – geni.us/DaleMayerBookbub
Instagram – geni.us/DaleMayerInstagram
Goodreads – geni.us/DaleMayerGoodreads
Newsletter – geni.us/DaleNews

* 9 7 8 1 7 7 3 3 6 6 4 4 9 *